ROBERT FROST

林间空地

[美] 弗罗斯特 著

杨铁军 译

人民文学出版社
PEOPLE'S LITERATURE PUBLISHING HOUSE

图书在版编目(CIP)数据

林间空地/(美)弗罗斯特著;杨铁军译.
—北京:人民文学出版社,2016(2022.1 重印)
(巴别塔诗典)
ISBN 978-7-02-011829-8

Ⅰ.①林… Ⅱ.①弗… ②杨… Ⅲ.①诗集-美国-现代 Ⅳ.①I712.25

中国版本图书馆 CIP 数据核字(2016)第 152614 号

责任编辑 **朱卫净 何炜宏**
装帧设计 **高静芳**

出版发行 **人民文学出版社**
社　　址 **北京市朝内大街 166 号**
邮政编码 **100705**

印　　刷 **宁波市大港印务有限公司**
经　　销 **全国新华书店等**

字　　数 **200 千字**
开　　本 **889 毫米×1194 毫米 1/32**
印　　张 **19.75 插页 1**
版　　次 **2016 年 9 月北京第 1 版**
印　　次 **2022 年 1 月第 2 次印刷**

书　　号 **978-7-02-011829-8**
定　　价 **56.00 元**

目录

_8

一道更远的山峦 _429

译者序

弗罗斯特（1874—1963）是二十世纪美国最伟大的诗人之一，这个评价应该没有什么争议。相比同时期其他的现代主义诗人，比如艾略特、庞德、史蒂文斯等，弗罗斯特的诗名大大超出了学院的范围，深入到美国社会的各个阶层，成为美国文化的重要遗产。弗罗斯特一开始的诗歌生涯并不是一帆风顺的，虽然早有写诗的雄心，却不得不向生活妥协，做各种杂活养活自己和一家人。他养过鸡，在工厂做过零工，长年经营自己的农场，农闲的时候教书贴补家用，大约四十岁的时候才出版了自己第一部诗集《一个男孩的意愿》，获得了关注，随即而来的第二部诗集《波士顿北》完全确立了只属于他自己的声音，自此之后，饱受生活波折的诗人柳暗花明，写作上屡有突破，先后四次获得普利策诗歌奖，始终保持了较大的公众关注度。

如果说艾略特着眼于个人和文明的关系，说起话来总有一副放之四海而皆准的架子，弗罗斯特的语调则要收敛得多，他的诗不管是其中的人物，人物说话的方式，还是所描写的景色，都是具体的，有比较明显的新英格兰地域色彩，他本人也热衷于在公众场合塑造、加强自己“乡巴佬智者”的形象。惠特曼包容万有的美国意识，到了弗罗斯特这里，忽然得到了一个强有力的纠正：自我不再伟大，不再象征一个观念或精神，而是成为一个只专注自身周围的丛林、花朵、鸡群、牛马的光荣孤独者，被“蛮荒”的大自然所包围，领会到自我的局限，但却能从此局限出发，触摸世界和宇宙。弗罗斯特的格局虽大致局限于新英格兰地区，却从一个相反的方向（相对于惠特曼），“实现”（或者说“概括”）了一个同样具有代表性的美国意识。弗罗斯特的地域性，正因其有限，才获得了一种具有同等广度和深度的普遍性，从地域性上升到普遍性，这种“民主”的方向太符合普通大众的美国梦了，这也许就是他能比其他现代主义诗人得到更大范围欢迎的原因。

其人其事

弗罗斯特身上的新英格兰标签往往使人们忽视这样一个事实：他出生、成长在西海岸的大都市旧金山。一直到父亲去世，也就是弗罗斯特十一岁的时候，他才随母亲、妹妹举家扶柩，从西向东，横穿美国大陆，来到新英格兰地区的马萨诸塞州，投奔在那里的祖父母。1961年冬，八十多岁的弗罗斯特获邀在肯尼迪总统的就职典礼上读诗，白发苍苍的诗人在灿烂的阳光下和耀眼的新雪反射中，全凭记忆朗诵了《完全奉献》，其中一句“模糊地向西扩张的土地”（vaguely realizing westward），不仅仅是对美国西部扩张史的概括，冥冥之中，也是其个人记忆的隐秘“实现”（realizing），只不过和美国扩张的方向相反：从西到东，从新世界到旧世界，从阳光灿烂到寒冷阴郁，诗人的写作似乎从一开始就被这些矛盾的两极“模糊地”确定了。正是这段沉痛的“回返”之旅，开启了一个现代诗人的自我“实现”。在《西流的小溪》中，弗罗斯特把人生的意义概括为，在不可避免的下行运动中，朝向上游的“源头”的努力所挽留的短暂停驻，这种短暂的反向停留就是人生的本质。新英格兰对弗罗斯特，甚至对美国文化来说，应该就是这样一个必须不断回返的源头。

弗罗斯特关于旧金山的记忆表现不多，但也有一些较为明显的例子，比如《大量黄金》，应该指的是旧金山这座城市的淘金史。另外，《沙丘》《在伍德沃德公园》等诗里也都可以看到诗人对童年的记忆的影子。最有趣的一首诗是《创纪录的一大步》，诗人写他橱柜里的皮鞋，其中一只在旧金山的海滩上被“一道更猛的海浪打湿”，这应该是对童年时期和父亲在旧金山海滩上散步的经验的回忆，因此说从其中一只鞋上“尝到了太平洋的盐”。在《曾经一次在太平洋边》中，弗罗斯特似乎看到了他跟着父亲散步时看到的场景：（旧金山的）海岸很幸运，背后有了悬崖的支持，悬崖背后有大陆的支持。这句诗似乎暗示了诗人童年的丧父创痛，在远离风暴的大陆（也就是新英格兰）得到了决定性的抚慰。

弗罗斯特在《新罕布什尔》一诗中用不无讽刺性的游戏态度说，美国人写不了陀思妥耶夫斯基的小说，也许是因为生活过得没那么糟，所以美国作家谈不了沉重的东西，为此而焦虑不安。虽然美国作家一般不会遭遇俄国式的社会压迫，但并不是每个个体都能免于连绵不绝的生活重负和打击，弗罗斯特本人动荡不安的一生就是一个典型的例子。弗罗斯特的父亲患有肺结核，咳血、酗酒，却还竭力维护一个维护不了的一切都在掌握中的安全感。他死后，安葬事毕，全家只剩下八块钱。弗罗斯特成年之后，有严重的不安全感：其一，担心自己一大家子的经济安全，几个子女都各有问题，需要父亲的财政支持，所以他一有钱就拼命地买房置地；其二，时常担心自己遗传了父亲的肺结核，动不动就卧床休息一两个星期，觉得自己快要死了。

更严重的是，弗罗斯特家族似乎有遗传性精神疾病史，充满了各种不幸。弗罗斯特的妹妹吉妮患有精神病，死于精神病院。大儿子艾略特不到四岁就死于霍乱，这件事对弗罗斯特的影响是长久而深刻的，在《家葬》一诗有所反应（虽然弗罗斯特否认这点）。二儿子卡罗尔长期抑郁，三十几岁的时候用猎枪自杀，其子（也就是弗罗斯特的孙子）年纪尚幼，一个人守着尸体过了一夜。六个子女中只有两个活到了父亲身后，弗罗斯特也时常担心自己陷入“疯狂”的黑暗之中。由此看来，他最有名的关于诗的洞见，“a momentary stay against confusion”（抵住混乱的暂留），绝非侥幸得来的领悟，也绝不仅仅是停留在修辞层面的空话。

汤普森是弗罗斯特生前指定的“官方”传记作家，他对弗罗斯特的不幸有不同的理解，曾经在很大程度上左右了人们对弗罗斯特的理解，特别是学术界对弗罗斯特的认识大转变。汤普森是弗罗斯特的朋友，因为他传记作者的身份，曾有很多机会深入诗人的生活。弗罗斯特死后，他出版了三大本传记，分别对应早中晚三个时期，把诗人塑造成一个家人和朋友眼中的“恶魔”，并得出结论说，这才是造成弗罗斯特一家各种不幸的主要原因。这些极具争议的观点在很长时间颠覆了批评家们对弗罗斯特的认识，似乎再一次验证了诗人的性格和其成就的背离性。但从许多材料看，汤普森对弗罗斯特的恶感不无偏见，其真正动机似乎是因为诗人后期的文学秘书恺依·莫里森，她和弗罗斯特、汤普森以及好几个人都有一定的暧昧关系。汤普森的传记方法也因此遭到了很多批评，引发了人们对传记该如何写的反思，帕里尼广受欢迎的弗罗斯特传记虽然也采用了汤普森的许多材料，却做出了更有平衡性、对弗罗斯特其人其诗更有同情心的结论。

弗罗斯特的全名是罗伯特·李·弗罗斯特，是诗人的父亲按美国内战时期最著名的南方军将领李将军的名字取的，寄托了他父亲的政治理想。弗罗斯特的父亲毕业于哈佛大学，在旧金山的一家报纸做编辑，热衷政治，是个铁杆儿民主党员。他性格强硬，并乐于公开宣示这一点。弗罗斯特小时候喜欢去父亲的办公室，拉开父亲放有手枪的抽屉，看里边滚动的子弹。父亲好斗的性格对他有很深影响。弗罗斯特一生喜欢竞技体育，认为比赛就是要赢，结果永远比过程重要，在写作上同样如此，他对同时代的其他作家怀有强烈的竞争意识，对维护自己的名声有着病态的坚持，每隔几年就出一本诗集，害怕自己在公众眼前消失，害怕自己的重要性减弱。他好些重要的诗在早年的时候已经写成，却捂着不发，有的竟然留到二十年后才发表，据说是因为，怕在读者面前显得江郎才尽。

弗罗斯特本人在政治上倾向民主党，但却不一定总认同民主党的路线，比如，弗罗斯特对民主党罗斯福总统在大萧条时期的“新政”的反感态度广为人知。他更认同共和党托马斯·杰斐逊的观点，主张有限政府，反对政府介入个人的自由，这是他的基本政治原则，关于这点，弗罗斯特在《黑色小屋》中有所透露：“这就是杰斐逊的绝对神秘之处……，这个威尔士人把它种下了，它还要再烦我们一千年，每个时代都得重新思考它。”弗罗斯特的诗歌从来不吝于宣扬某个观点，不管是政治性的，还是艺术性的，在这点上和同时期的现代主义诗歌有很大区别，不会费尽心思隐藏自己的观念，或者摈弃所谓的主观意志和情感，实现绝对的、零度的客观投射。可以不夸张地说，弗罗斯特的诗浸透了他的来源复杂的哲学思想：

达尔文的进化论，柏格森主义，爱默生的个体、自由，梭罗的清教徒生活主张，等等。弗罗斯特对宗教的态度和政治态度类似，有自己的看法，也就是说不暧昧，但也不和某一特定团体保持亲密的、始终一致的关系。

不管在政治上，还是宗教上，弗罗斯特似乎都是倾向于保守的，他说，“年轻时我从来不敢激进，怕我年老时变得保守”(《十个米尔》)。弗罗斯特的观念本身并不能说是保守的，但他的行动却向来谨慎。在《新罕布什尔》中，他提到一位“从另一个州来的诗人”想让我写抗议书反对禁酒法案“沃尔斯台德法”，弗罗斯特的拒绝是技巧性的：“他甚至没有提供给我一杯酒”。在实际生活中，弗罗斯特更是多次碰到这样的情况，作为名人，弗罗斯特经常会感到压力，要求对社会性事件进行表态。比如二战时期希特勒对犹太人的迫害，当时弗罗斯特拒绝明确表态，虽然这并不意味着他赞成，但还是遭到了很大的误解，对他帮助甚大、他一生的犹太人朋友昂特迈尔就对他这点很失望，曾一度和弗罗斯特疏远。但晚年的弗罗斯特对政治比较热衷，在肯尼迪总统就职仪式上朗诵，去古巴参加文化活动，去苏联和赫鲁晓夫会谈等等，不过诗人的政治态度总是有天真的地方，他在苏联的某些谈话（比如美国人太自由，所以不擅打仗云云），在美国国内遭到不小的误解。这时期弗罗斯特写了很多政治讽喻诗，比如《银河是一条牛路》就是关于当时美苏核竞赛的。弗罗斯特最著名的诗《补墙》写于1912年，被不同的人在不同的场合，做了最具政治意义的解读，包括弗罗斯特自己，1962年访苏的时候，他特地挑选了这首诗在莫斯科举办的一场文学活动上朗读，暗示柏林墙的不受欢迎。

诗的基本形态

弗罗斯特的诗有两种基本的形态，第一种是抒情诗。弗罗斯特的第一部诗集《一个男孩的意愿》基本都是抒情诗，最著名的就是那首《割草》，此后的漫长写作生涯中，弗罗斯特写了许多脍炙人口的抒情短诗，其中广为流传的包括《未选择的路》《雪夜林间暂驻》等等，正是这些诗成就了弗罗斯特在普通大众读者中的名声。第二种是叙述夹对话的小戏剧诗，弗罗斯特紧随第一部诗集出版的《波士顿北》，除了少数几首，大部分都是这一类诗，代表了弗罗斯特诗歌的最高成就，被称为是对维吉尔牧歌传统的继承和发展。在其后写作中，弗罗斯特发展深化了他的叙事技巧，更加自如地把抒情、议论、沉思熔为一炉，比如《西流的小溪》《雪》等等。

布兰福德·帕克（CCRF，182）认为，弗罗斯特的诗还有第三种形态，也就是“沉思诗”，其代表作有《补墙》《摘罢苹果》《桦树》等等，这类诗的目的是通过人物和情境说明一个观点，叙事只是从属性的，比如《补墙》，读者关心的不是怎么修墙或者作者对一个邻居的不满，而是通过叙事的线索思考一系列问题，比如界限、劳动的本质、仪式等等，这样的诗类似寓言，企图说明一个道理，虽然这个道理并不一定是明确的，需要读者的智力参与。与此相反，那些纯粹叙事性的诗，比如《家葬》等，目的在于刻画冲突的人性，并不企图做任何道德宣示。

《新罕布什尔》在弗罗斯特作品中算是一个非常特殊的例子，其特殊之处不在于它的篇幅之长（差不多有450行），而在于它的语气。不同于所有其他的叙事戏剧诗，这首诗没有出现对话的人物，整首诗都是由一个夸夸其谈的叙述者（从诗中看，这个叙述者就是诗人自己）的独白组成。批评家大都对这首诗评价不高，认为其冗长，缺乏戏剧性和感染力，比如劳伦斯·布厄尔（CCRF，108）。这样的评价并不公允。

《新罕布什尔》在长达四百多行的篇幅中，始终维持了一定的紧张度，在议论层层发展的递进中，各部分的前后呼应和对话中，既维持了一致性，也呈现了发展性，体现了无与伦比的想象力和形式感。在对新罕布什尔州极尽夸饰之后，诗的最后一行出人意料地说"目前我住在佛蒙特州"，以一行之力，对前文四百多行的铺垫做了充分的交代，形成一个恐怖平衡，这句最为平常的句子，因而展现千钧之力。

《新罕布什尔》一诗的独白风格并非突如其来，在《波士顿北》里的个别诗中已经出现了苗头。提姆·肯达尔观察到（ART，109）:《山》和《原则》中，对话成了一边倒，接近独白，尤其是在《仆人之仆》中，弗罗斯特使用了从罗伯特·布朗宁学来的手法，让主要叙述者用设问等修辞手段，把次要对话者的话嵌入自己话语中，形成一种对话式的独白。比如下边的诗句：

"你从哪儿听到它的？

我以为每个人都听说过它。

从一本关于蕨类的书里？"

这样的独白方式在弗罗斯特第三部诗集《山间之地》中的《雪》中发展成为了大段的沉思冥想，集中体现在梅泽夫这个角色身上，它既是独白，也是对其他人物的答非所问的回答。

弗罗斯特是个严肃的诗人，探讨的也是沉重的主题，但他本人却是一个喜欢恶作剧、幽默、懂得自嘲的人，从不会把自我拔高到需仰视的程度。他诗歌里的叙述者，几乎总是一个和其他人物或读者面对面的对话者的形象。这个对话者试图说服或者强塞给你观点，但却从不强加自己的观点。在说服的过程中，他会耍小聪明、小手段，有时严肃，有时狡黠。甚至在上述的长诗《新罕布什尔》中，一个最容易语调高昂的独白体诗里，也是塑造了这样一个夸夸其谈的叙述者形象，也就是弗罗斯特“本人”，以半开玩笑半认真的语调说话，说起家乡的好就停不住，听别人说家乡的不好就急于反驳。通过这样的叙述者之口说出来的道理，既雄辩，但也绝不咄咄逼人，更容易让人感到亲切、更容易让人信服，哪怕有错误，也让人觉得是生活中的常态，需要你通过人生常识进行修正、接受，如果你全盘接受，作者反而会促狭地笑话你。

更多的时候，弗罗斯特叙事诗中的对话者，是遭受生活苦厄却有自己一套应付生活的朴素哲学或智慧的普通人，他们哪怕喋喋不休，也不是因为目光总在天上，看不到对话的另一方，而是出于性格的病态偏执，也因此才更真实可感。他们对自己所处的环境、生活处境有自己的认识，也有自己的快乐，面对苦厄，也有自己的处理办法，有时候，这种处理办法也可以看出一些典型的美国性格，比如《布朗下山》中，布朗“一直都是洋基佬，不要指望布朗会放弃……”。在挫败之后鼓起勇气重新开始之前，所有需要做的不过是耸耸肩，挤眉弄眼一番，这样的姿态绝不是惠特曼笔下“船长”的英雄形象，但同样是“洋基佬”，代表了一种普遍的美国性格。弗罗斯特的抒情诗也始终保持了一种低调的声音，就像他在《割草》里所说的长镰刀沙沙低语，绝对不会脱离一个沉思者、反思者、对话者的语境而做出抽象、语调高昂的宣示。不管是升调还是降调，总是处于彼此的矛盾发展和解决之中，不脱离这个矛盾统一体。唯一一处弗罗斯特略微提高了声调、并且脱离了这种平衡的地方，在我看来，大概就是《我们歌唱的力量》的结尾了：“乡村的歌唱……准备好了，一旦解脱就把野花从根和种子唱上去。”前半部的暴风雨也没有压抑住这种歌唱的力量，结尾向上的力量、升调没有被前半部分的相反观念和降调中和。虽然这首诗的升调结尾，怎么看都不算特别地高昂，却已经算弗罗斯特诗歌中的例外了。

自然观念

弗罗斯特的第一首诗《进入我自己的》塑造了一个走入自然的孤独自我的形象，这个既是偶然，也是命运，此后，这个孤独地走入自然的形象还会一再出现。弗罗斯特在《熟悉黑夜》中说，“我曾是一个熟悉黑夜的人”，是一个走入雨中，又走回雨中的人。在初稿中我译成“我曾是一个领教了黑夜的人”，这样我觉得更传神，也更能体现弗罗斯特的态度。但是为了遵守我紧扣字面的原则，在定稿时很遗憾地把acquainted改成了“熟悉”，相信读者自己的参与和领会力。

独自深入森林，进入黑暗，在西方的文学传统中，至少从但丁开始，就已经是一个非常有意味的母题和原型。但弗罗斯特的恐惧经常是在林子外就已经开始了。布罗茨基对《请进》的解读，令人信服地揭示了弗罗斯特如何在林子外，抗拒黑暗（死亡）巨大的诱惑，这诱惑是如此之大，好像有一个无形的磁石般，拽着林子之外的诗人，在痛苦挣扎中，向着林中的方向挪动，每走两步似乎都要退后一步。但是，很少例外，一切的忧郁和矛盾都得在黑暗的林子里得到拷问、考验才能得到解决，即使这解决是短暂的、含混的。

确实，弗罗斯特重新定义了浪漫主义的自然，自然不再是心灵的慰藉之所，而是一个势均力敌的危险对手，是一个“厄运的边界”(《进入我自己的》)，在大自然威胁面前，人得担心自己的生存，在暴风雪中“光靠我们自己能否熬到天亮”(《暴风雪的恐惧》)。大自然是漠然的，根本不在意人的命运，山养育了我们，但今天却“连我们的名字都忘了”，最终，山“把我们从她的膝盖推出去，现在她的大腿上全是树”(《出生地》)。自然是如此广大、冷漠，一个人“填不满一座农场”(《一个老人的冬夜》)。《雪》中的弗雷泽承认，在暴风雪中，他也想像“一只野兽”钻在暴风雪的下边睡大觉，而“不愿做一个与之相斗，努力不被淹没的人”，但是他最终还是决定出发，走到暴风雪里，因为人不能连树枝上蔑视风暴的小鸟都不如，风暴意味着“我必须继续前行”，风暴被进一步拟人化了，它想“让我继续，就像一场要来的战争”。

正因为人必须在和自然的搏斗中获得尊严、赎救，人因此对自然发展出了依赖、信任和亲密的关系。正因为林子里既深且暗，所以才“可爱”(《雪夜林间暂驻》)；正是因为“领教”了黑暗，才会“熟悉”黑暗；正是因为一场“暴风雨”，才显出了“乡村的歌唱力”；正是因为大自然对人的漠然，才会培养出诗人多样的情感。大自然就好像《只需一次，然后，某事出现》中的井水，映着一个神一样的镶嵌在蕨类和云朵中的“我自己”，给人以形状，又泛起涟漪，把这不稳定的形状抹去，只有在大自然的映照下，人才可以期待某些事的出现，不管这是什么，每个人都必须问这样的问题，然后回答它。

弗罗斯特成长的年代，现代机械文明早已经开始了征服自然的过程，并且在迅速扩大战果。人们在和大自然搏斗时产生的亲密感正在遭受越来越不可挽回的损失。诗人作为大自然的晴雨表，对此最为敏感，弗罗斯特也不例外，有相当一部分诗处理这样的主题。在《相遇》中，“我”在森林深处迷路，却在一棵复活的死树的“肩膀”上看到一股黄线，“里头传输着人类之间的某些东西”，诗中的叙述人对电线感到惊奇，不无抱怨地说，“你都到这儿了？”架设电线的人破坏了森林，用“死掉的树代替活着的”(《架线人》)。在《蛋和机器》里，叙述者威胁将要开来的火车：“你最好不要打搅我”，“我已经武装起来准备打仗”，要把蛋砸在下一个开来的火车头的“护目棱镜”上。《城里的小溪》写一道被城市下水道锁在地下的小河，只有叙述者还在记忆中保留小河在大自然中奔流的情景。在《孤独的罢工者》里，弗罗斯特虽然承认现代工厂的必要，但是现代工厂“并非神圣，也就是说，它不是教堂”，取代不了人和大自然相互依赖的传统所给予人们的终极安慰。只有“精通乡村事物”，才可能克服那永久的失去的悲伤。

弗罗斯特的诗中充斥着大自然的意象，常被人误解为自然诗人，甚至田园诗人。在一部访谈纪录片中，弗罗斯特反对别人给他贴上自然诗人的标签，说除了一首诗，他所有其他诗里的大自然都有人的出现。他反问观众，他对天文学抱有同样强烈的兴趣，在其诗中也多有涉及，为什么却没人称他为天文诗人？如果我们了解了自然在弗罗斯特诗中的复杂角色，那么我们也就理解了为什么弗罗斯特反对称自己为自然诗人。很多批评家会把弗罗斯特的自然观放在一个连续性的文学传统中，从浪漫主义的自然，到爱默生和梭罗的自然观，梳理、过渡到弗罗斯特，形成一个进化论的线性叙述，进而说明弗罗斯特的独特之处。这样的叙事并不能解释弗罗斯特本人是怎样形成这样的自然观的。也许对文学传统的回顾并不能帮助我们回答这个问题，更有说服力的、更自然的回答也许得从他的直接生活经验中得来。

弗罗斯特二十岁的时候向未来的妻子艾莉娜求婚

失败，负气出走二十几天，独自一人进入弗吉尼亚和北卡罗来纳之间的“阴暗大沼泽”（The Great Dismal Swamp，这个地方现在还叫这个名字），在月光下沿着伐木工人漂木的运河边漫无目的地行走，接近死亡。也许正是因此，这个独自走入森林的意象对弗罗斯特有着绝大的诱惑，成为他挣扎一生的不可解的情结。弗罗斯特从小就害怕黑暗，为了克服这种“懦夫”心态，弗罗斯特常常有意识地要走入黑暗。在达特茅斯上大学的时候，弗罗斯特常常深夜一个人走入林子，据说目的是克服自己的恐惧，兄弟会的其他同学很不理解，问他在林子里干什么，他回答说，啃树皮。在追求艾莉娜的时候，弗罗斯特随她们姐妹度假，在一所几乎废弃的房子里遭遇了夜间不速之客的大恐惧，衣衫不整就从窗子跳出去，想去艾莉娜住的旅馆求救，但又怕在心爱的人面前暴露自己的弱点，于是在旅馆和那栋房子之间来来回回好几次，到天明才敢回去。多年后，弗罗斯特在《无锁的门》里写到这段经历，终于为自己的恐惧达成了内心的解决：“听到敲门声，我腾空了我的笼子”。

在好些首诗中，弗罗斯特写到夫妻俩或者一家人在野外的孤独和恐惧。比如《暴风雪的恐惧》，一对夫妻还有一个小孩，担心被暴风雪埋没；《最后阶段》，夫妻俩搬家到荒郊野外，在搬家的小伙子们走后，忽然感到了陌生感，甚至对搬家的决定产生了怀疑和动摇，担心房屋背后的森林，好像在和他们玩游戏似的，会在他们不注意的时候偷着挪一步。有一首诗歌干脆就叫《恐惧》，写夫妻两个在自家附近碰到夜行人受到惊吓。弗罗斯特一家长期在农场里居住，除了自己一家，周围再没有别人，面对恶劣的天气、漆黑的夜晚和森林，这些恐惧都是再自然不过的个人体验。我们后来人可以在文学传统中合理化弗罗斯特对自然的态度，好像他的自然态度是一种对文学传统的反拨，一种进步，但是这种解释往往比较荒谬，更有可能的是，弗罗斯特的直接生活经验，正如上文所说，才是形成这种态度的根本原因。

从上述讨论可见，给弗罗斯特贴上“自然诗人”或“田园诗人”的标签对理解他的诗歌不但没有帮助，而且完全是偷换概念，导致读者误入歧途。但不可否认的是，这样的偷换概念和阅读的误解，常常是一个诗人得到广泛接受的前提条件，弗罗斯特也不例外；尤其是当弗罗斯特自己也很配合地迎合这种大众趣味，乐于扮演大众期待他扮演的角色的时候。弗罗斯特的自然观念是理解弗罗斯特的关键所在，大自然作为矛盾冲突的一方不仅是对作为另一方的人的旗鼓相当的对手，双方的矛盾冲突不仅是一个永恒的主题，其解决或深化构成了弗罗斯特诗歌中一系列矛盾中的最重要的一对，而且往往成为为其他矛盾提供解决的结构性力量。比如在《雇工之死》中，导致塞勒斯之死的矛盾是人世间不可调和的，但弗罗斯特没有把这个矛盾不负责任地悬置，而是把它抚平：

我要坐着看那朵滑行的小云

会碰上月亮还是错过它

……

三者在那儿形成暗淡的一排，

月亮，银色的小云，还有她。

自然景象很自然地进入了情节的发展，似乎成了一种推动性的外力，一下子把个体的悲剧上升到了一般性的高度，而这往往就是诗的魅力所在，是任何其他的人类话语都无法介入的“神秘”之境。这样的例子在弗罗斯特的诗歌中比比皆是，但更多的情况是，作者的沉思在一个从容不迫的语气中，渐渐浸入荒蛮、漠然的大自然，从而赋予自然景象以活力，让大自然回答自己心中的疑问，解决那不可解决的矛盾。这样的解决方式是弗罗斯诗歌的核心所在、标志性的特征，尤其是在他的“沉思”类诗歌中。一个典型的例子是《柴垛》的结尾，诗人的想象让铁线莲围绕的柴垛：

……留在那儿，远离任何可用的火炉
以它腐败的缓慢无烟的燃烧
尽最大努力去烘暖冻结的沼泽。

一方面柴垛是人类的遗弃物，只能在荒野中腐败，但是在作者沉思模式的内视中，这样的腐败却成了“无烟的燃烧”，反过来开始“尽最大努力”参与人类的历史进程。

关于翻译

弗罗斯特1930年和1939年出版的《诗选集》成为1949年出版的《诗全集》的基础，《诗全集》包括了此前出版的十本诗集，其中两部诗剧《理性的面具》和《仁慈的面具》本书没有翻译。这部《诗全集》1969年再版的时候又加入了1967年出版的《林间空地》，另有编辑爱德华·康讷里·莱瑟姆（Edward Connery Lathem）的一些修订，主要是标点符号，1949年本的引号都是单引号，莱瑟姆按照新习惯全都改成了双引号，还有极少一些异文（比如《泥泞时节的两个流浪汉》第9行，1949年本作“山毛榉”，莱瑟姆修订本作“橡树”），另有一些修订引起了争议（详见 Donald Hall 文），莱瑟姆在书后列出了所有的修订和异文，研究者或有兴趣的读者需参看原书。莱瑟姆的修订本是本书翻译的底本。曹明伦的翻译比较全，底本是美国文库本的《弗罗斯特诗选集、散文集和剧作》，美国文库本包括了 1949 年本的《诗全集》（不包含莱瑟姆的修订）中的全部诗集，和 1967 年出版的《林间空地》，还包括了没有出版过的一些零散作品，另在书后附有编辑理查德·伯利尔和马克·理查森撰写的注释。本书有一些新的注释，但并没有全部包括美国文库版的注释。

弗罗斯特的第一本诗集《一个男孩的意愿》，一共 30 首，本书收入 16 首，另补充了一首单行本收入、但从 1930 年本开始就没收入的《求玫瑰》（美国文库版也没有收入）。第二本诗集《波士顿北》比较重要，所有 16 首诗都翻译了。接下来的 4 本诗集每本翻译了大部分篇目，其中《山间之地》30 首选译了 26 首，《新罕布什尔》44 首选译了 32 首，《西流的小溪》42 首选译了 29 首，《一道更远的山峦》41 首选译了 32 首。后期的几部诗集相对选得少一些，《见证树》44 首选译了 20 首，《绣线菊》39 首选译了 12 首，《林间空地》38 首选译了 8 首。一方面是篇幅有限，另一方面是后期的有些诗确实不如以前的好。

具体篇目的选择则没有一致的标准，有些好诗因为有难点或疑点，索性就略过了，只能期待以后有机会补足。

在翻译过程中，有一部分诗参看了曹明伦的译本，个别比较著名的比如《雪夜林间暂住》《修墙》则参考了多个译本，以求在前译的基础上有所提高。在校读阶段，译者看到了方平的译本和姚祖培的译本，用了几天时间进行了粗略对照。方和姚都是少量的选译，曹译是全译。这些译本各有特点，对弗罗斯特在中国的传播和接受有着巨大的贡献。但是它们有一个共同的“问题”，就是为了押韵，不惜增添字词，甚至添加原文没有的意思，尤其是短诗。长诗方翻译得少，姚基本没译。曹译长诗相对来说更好，因为不用像短诗那样凑韵，反而更忠实一些，很多地方处理也很见功夫。方译用了很多民间俗语，大幅度调整原文语序、句序，常常把原文好几个句子揉碎掰开，进行重组，显得最口语化，生动活泼，问题在于，这样在我看来基本上是改写，而不是翻译了。不可否认的是，自由的翻译（或意译）确实有成功的例子，比如鸠摩罗什的翻译，庞德对中国古诗的翻译，还有希尼对维吉尔牧歌的翻译，因为希尼本人的强力，给人深刻的印象。但是作为译者，除非你同时具备那个能力，那个意愿，还有那个匠心独运的运气，否则还是老老实实为好，尤其是涉及一整本诗集，而不是少量精心挑选的诗的时候。希尼翻译的维吉尔也只是收在他自己的诗集里，而不是翻译集，这说明，他对自己的再创作还是有清醒认识的。

弗罗斯特曾经说过，诗是翻译中失去的东西。这句流传甚广的话有点脱离语境，因为弗罗斯特的原话大约是，诗（Poetry）是诗体（Verse）和散文（Prose）在翻译中失去的东西（SC，857）。在弗罗斯特看来，诗并不是诗体或韵体的专利。不管怎样，这句话让任何想翻译其诗歌的译者不得不进行一番自我辩解，以证明翻译不光是可能的，翻译他的诗也是可能的。首先，我们都知道这些人类文化在翻译中得到了保留和复活的例子：比如希腊文化借着阿拉伯语的翻译得到复活，《圣经》詹姆士王译本塑造了现代英语，再比如佛经在中国绵延千年的迻译。翻译自然是可能的，翻译虽然必定会失去一些东西，但是也必然保留一些东西、创造一些东西。具体到弗罗斯特自己的诗来讲，翻译会失去什么，保留什么呢？

第一个必然失去的自然是英语中的抑扬格和韵律，这在汉语中没有办法得到表现。弗罗斯特相当多的诗都是有韵律的，但也有相当多的诗其实是所谓的无韵诗或者素诗体（blank verse），简单说，就是五音步抑扬格，但句末不押韵，具体实践上当然有变体，这里就不详细讨论了。虽然弗罗斯特的作诗法比较传统，但他在抑扬格的基础上，也发展出了只属于自己的不同于传统的特色。弗罗斯特有一个有名的说法：韵律就像打网球必须有网，没网就不好玩了，因为没有必要的难度。可见韵律对理解弗罗斯特诗歌的重要性。迄今为止，大家比较公认的事实是，我们所有中文现代诗人在迻译英语韵律上的探索和努力都不是很成功。而且，那些特别执着于迻译英语韵律的翻译实践往往更糟糕，这是因为汉语和英语在韵律上的本质不同造成的，硬要仿造汉语中没有效果的音律完全没意义，反而会伤害译文的语言质地。很显然，对抑扬格的放弃是汉语读者必须接受的一大损失。

至于押韵，译者也不完全拘泥，有些工整的短诗尽量保留韵脚，但如果押韵意味着必须对语序进行大的改动，导致不必要的跨行，或者造成语义的改变，那么就放弃押韵，绝对不会以韵害义，添词凑韵。这并不意味着译文不应该有汉语本身的美，事实上，每个译者的功力如何，都将在此得到表现和评判。比如，正如西渡等批评家注意到的，曹明伦机械的音顿处理，还有把有些短诗翻译成民谣或者顺口溜式的口语的倾向，不但不能传达弗罗斯特的音律，反而造成了完全和弗罗斯特的语气不合拍的效果。当然，在很大程度上，这种翻译实践也不是完全不能理解，因为有些稍老一辈的翻译家，由于时代的局限，对当代的汉语诗歌实践不了解，前人在韵律上的探索也没有成功的先例，不能苛责。

那么，没有了韵律，诗歌还剩下什么呢？弗罗斯特的诗虽然讲究形式，但毕竟有着现代的内容，而且，不像现代主义的绝对形式主义和创新，弗罗斯特的韵律和形式并不是他的全部。新英格兰口语或“意义的声音”，在传统形式的限制下、抑扬格的约束下，造成了效果惊人的阻滞。这样的阻滞，在“说什么和怎么说”的永恒的矛盾两极中，是完全可能得到传达的，这样的传达如果能够达成，则对中国现代诗而言必然有很大的借鉴意义。本书的翻译原则是直译，即在意思通顺、逻辑清楚的前提下，尽量照顾原文的字词顺序和跨行，绝对不添加原诗中没有的词和意思，只在极少数万不得已的情况下，添加虚词，让上下文的意思更清晰、通畅。译者相信，这样做的效果并不会像有些人想当然的那样少了诗意，很多时候，直译下来反而更有诗意，在最坏的情况下也比为了凑韵而搞成顺口溜、民谣那样的形式要好得多。当然，直译都是有度的，绝对的、百分之百的直译即使可能，也会造成咒语化的音节之谜。每词每字的机械对照，则往往不过是译者偷懒，这样的翻译结果肯定会让读者百般不可索解。我比较重视诗的逻辑发展和含义，在直译的原则下，力求措辞有助于清晰化全诗的硬朗的骨骼、骨架，而不是支离曼衍，全诗读后还是云山雾罩，不知所云。这个并不是我的个人偏好，而是因为，原文的逻辑结构本来就是很清晰的，翻译过来如果不能让读者把握到其发展线索，就是失败。英文诗往往都有这样清晰的结构，有时候一首不短的诗就只有一个 argument（论辩、发展线索），甚至就是一个单独的句子，很多翻译没有抓住这样的 argument，枝蔓丛生，完全没有主干，也正好迎合了一些天真的读者和当代诗歌的初学者对什么是诗的幻想，以为迷雾不清就是美，神神秘秘就是王道，彻底走入迷途。

做到这些其实需要更大的功夫，也肯定包含了译者对原诗风格的理解和对汉语语调的想象力和把握力。有些译者太过于追求所谓的“美”或所谓的“像诗”，把原文饱满结实的骨骼裹了一层厚厚的糖醋，非但不美不真，反而惹人生厌。但也不排除有一些经验不多的外国文学读者会更喜欢这样的译文，在自我循环的路上越偏越远，完全没有得到应有的智力和艺术上的挑战。弗罗斯特的硬朗诗风和清晰的逻辑，是我的翻译企图保留的两个品质。从具体的措施上来讲，除了上边提到的不添加多余的词和意思，不以韵害义等等，尽量保留原诗的语序，如果不影响理解，甚至有些不合汉语习惯的从句顺序也保留。在翻译中，也注意避免成语、惯用语或有中国特有文化意味及宗教色彩，任何可能超出原文对应词的含义范围的词汇，有时候甚至到了偏执的程度。举个和弗罗斯特文本没有直接关系的例子：all directions（所有的方向），我就会避免翻译成“四方”，或者“四面八方”，因为为什么四或者八，这都是有一些背后的文化思维体系的，这样翻就给原文增添了其不具备的含义。虽然“四面八方”这个词已经太平常，一般不会在读者脑海中引发那些多余的联想，但是能避免还是尽量避免。再比如 spring（泉水），一个不加警惕的译者下意识地就会译成“清泉”，但是这个“清”字哪里来的呢？为什么必须加这么个垫字呢？很多时候加这么一个垫字也许不会对译文造成太大的伤害，但如果没有这种对汉语的敏感，被惯用语、套话的惯性所支配，整体这样顺下来，追求一种所谓的“美文”效果或者“歌谣风”、“抒情体”、“民国风”等等矫揉造作的语调，译文的质地必然受损，更无法让人信赖。

翻译弗罗斯特这样的大诗人，我们汉语的语境里并没有一个成熟的、完美的语调可供借用，所以，即使严格执行上述的具体翻译原则，更多的时候也只能是“运用之妙，存乎一心”，每一个句子、每一个词都要做出选择，有时候是妥协，没有所谓透明的“直译”，整体看来，必然见出译者的判断能力，对汉语的把握能力和对原诗的理解力。具体的字句选择往往可以商榷，但风格、语调必然是确切的。每一位译者都得想象、发明一种语调，在这种语调中，陌生的、异质的东西得到确立，这是每一位译者都必然面临的问题和挑战。问题是，所有的原则都得落实到具体，而原则和具体往往有距离，我希望，在本书的翻译中，这个距离在我能力范围内做到了最小。另外，我并无意提出一个一般性的翻译原则，因为翻译语调和翻译理念总是具体的，是在一个逐渐发展的具体过程中确立的，而且，没有一个理论是适合所有翻译实践的，翻译弗罗斯特的方式应用到其他诗人的翻译上也不一定合适，尤其是非英美诗人或风格特异的诗人。

翻译是个艰辛的事业，本书初译完成之后，经过了反复阅读，前期的翻译改动尤多，以期融入后期翻译过程中所形成的新认识。虽然经过了多次反复校读和改动，错误和疏漏之处还是在所难免，敬望各位读者批评指正。本书在翻译的过程中得到了很多朋友的帮助：如果不是北大西葡语系闵雪飞老师的大力推荐，还有本书编辑何家炜的充分信任，我也根本不会想到要整体性地翻译弗罗斯特。诗友周琰在百忙之中帮我从原文校对了全书的第一和第二部分，也就是《一个男孩的意愿》和《波士顿北》。初稿完成后，我曾就一些疑难问题请教过我的同事 Chris Hall，Jason Nester 和我在爱荷华大学读书时的老同学 Kevin Lawrence（柯文）。老朋友刘澜、雷武铃也就具体译文提出了宝贵的意见。刘巨文赠送我曹明伦的《弗罗斯特集》，汤惟杰老师传给我方平的译本，网友陈江彬发给我姚祖培的译本。网友胡一红帮我校读全书，并审阅本序，提出了建设性的意见。王敖也对本文提出了对我很有启发性的建议。在开始翻译的最初几个月我在北京，得到了许多朋友的关心和照顾，包括于颖、王志军、刘冰、张世国等。谢谢你们！

杨铁军，2015 年 1 月

参考书目

Joseph Brodsky, Homage to Robert Frost, Farrar Straus & Giroux, 1996.

Deirdre Fagan, Critical Companion to Robert Frost: A Literary Reference to His Life and Work, Facts on File, 2007.

Donald Hall, Robert Frost Corrupted, PN Review, Vol. 9, Number 4, March—April, 1983.

Tim Kendal, The Art of Robert Frost, Yale University Press, 2012 (ART).

Jay Parini, Robert Frost: A Life, Henry Holt Company, 1999.

Robert Frost, Collected Poems, Prose, & Plays (Library of America), ed. Richard Poirier and Mark Richardson, Penguin, 1995.

Robert Frost, The Poetry of Robert Frost, ed. Edward Connery Lathem, Henry Holt Company, 1969.

Robert Frost, Speaking on Campus, ed. Edward Connery Lathem, W. W. Norton & Company, 2009 (SC).

Robert Frost, and Louis Untermeyer, The Letters of Robert Frost to Louis Untermeyer, Holt Rinehart

Winston, 1963.

Robert Frost, The Notebooks of Robert Frost, Belknap Press, 2010.

Robert Faggen, ed., The Cambridge Companion to Robert Frost, Cambridge University Press, 2001 (CCRF).

Lawrence Roger Thompson, Robert Frost—The Early Years, 1874—1915, Henry Hold & Company, 1966.

Lawrence Roger Thompson, Robert Frost—The Years of Triumph, 1915—1938, Henry Hold & Company, 1966.

Lawrence Roger Thompson, Robert Frost—The Later Years, 1838—19163 Henry Hold & Company, 1977.

曹明伦,《弗罗斯特集》, 辽宁教育出版社, 2002。

方平,《一条未走的路》, 上海译文出版社, 1988。

姚祖培,《朱兰花:罗·弗罗斯特抒情诗选》, 中国文联出版公司, 1992。

西渡,"汉语中的弗罗斯特",《诗东西》第四期, 2011。

牧场[1]

我要出去清理牧场的水泉。
我去那儿只为了耙走树叶，
（等着看水恢复清亮，也许）
我不会去久——你也来吧。

我要去带回那头小牛犊子，
它站在母亲旁边那么幼小，
母亲舔它一下都踉跄欲倒。
我不会去久——你也来吧。

---

① 此诗原本是单行本《波士顿北》的题头诗，后来被诗人抽出来作为诗选集的压卷诗。

一个男孩的意愿①

（1913）

① 男孩的意愿 A Boy's Will 出自朗费罗的诗 "My Lost Youth"《我失去的青春》：

A boy's will is the wind's will,
And the thoughts of youth are long，long thoughts
一个男孩的意愿是风的意愿
青春的记忆是长长的，长长的记忆

进入我自己的

我的愿望之一是，那些黑暗、
老硬，几乎显不出微风的树，
不再像以前那样仅是阴郁的面具，
而是延伸开去，成为厄运的边界。

我不应退缩，但终有一天
我要偷偷进入它们的巨大，
不害怕再也找不到空地，
或公路，那里缓慢的轮子在吐沙。

我看不出有任何返回的理由，
也不明白那些关心我，渴望了解
我是否还亲近他们的人，
为何不沿我走过的路把我超过。

他们不会发现我相对他们所认识的他有何改变——
只是更确定了，我的全部所想的正确。

_6

傍晚散步

我走入刚割过的草地，
　砍了头的劫后景象，
平伏的草上落了沉重的露珠，
　半掩了花园小径。

我踏上花园的土地
　冷静鸟儿的嗖嗖声
从纠结的枯萎杂草上腾起
　比任何词语都更悲伤。

墙边站着一棵光秃秃的树，
　残留了一片叶子发黄，
希望不是被我的思想惊扰，
　窸窣着，软软地掉落。

我往前走没多远就停下，

捡起还没落的最后那朵
紫菀花褪色的蓝，
再一次捧去，给你。

_8

暴风雪的恐惧

风在黑暗中和我们作对，
把雪砸在
楼下朝东房间的窗户上，
用一种捂住了的吠叫
这只野兽悄声说：
“出来！出来！”——
不用内心挣扎就决定不出去
哦，不！
我计算我们的力量
两个大人一小孩，
我们没睡着的人能做的只是刻下
火缓缓熄灭而寒气缓缓爬近的标记，——
刻下飘雪怎样堆积，
门廊及道路怎样被抹平的标记，
直到那令人安慰的谷仓也越来越远，
我的心里升起一个怀疑

林间空地_9

光靠我们自己能否熬到天亮
而不需别人帮忙。

致解冻的风

随雨来吧，哦，喧闹的西南风！
请带来歌手，带来筑巢者。
给掩埋的花儿一个梦。
使冻住的雪堆冒气。
从白色下找出棕色。
但不管今晚你干什么，
请洗洗我的窗户，让它流动，
让它像冰那样融化。
把玻璃融化留下窗棂
如隐士的十字架。
闯入我狭窄的隔间。
摇动墙上的画。
哗啦啦地翻卷书页。
把诗乱扔在地。
把诗人赶出房门。

求玫瑰

一座明显没有男女主人的房子，
　它的门除了风从来没有人去关，
地板上满是玻璃和石膏，
　位于一座爬满古玫瑰的花园。

我和玛丽暮色时分从那儿经过，
　“我想知道，”我说，“主人是谁。”
“哦，是个你不认识的，”她随口答道，
　“但若是来要玫瑰，却必须要问的人。”

于是我们手拉手踩过
　寂静林间冷凝的露珠。
拐个弯，朝那敞开的门大胆走去，
　作为玫瑰的乞讨者，敲出一串回声。

“请问，您在里边吗，那个谁谁谁夫人？”

“是玛丽在问话，把我们的来意说明。”
“请问，您在里边吗，打扰，打扰！”
“又是一年夏天；我们两个来要玫瑰。”

“有句话说给你听，一个歌手的回忆——
老海力克①：每个少女都知道的说法，
一朵没有被采的花也不过是留下、凋落，
不采玫瑰就等于什么都没获得。”

我们没有松开交缠的手指
（并不怎么关心她会怎么想），
她带着雾蒙蒙的闪光出现在我们面前
默默赐予我们以她玫瑰的恩惠。

---

① 十七世纪英国诗人罗伯特·海力克。弗罗斯特这里复述的诗句出自海力克的名诗“To the Virgins，to Make Much of Time”《致少女，珍惜时光》：
在你大好的时光采摘玫瑰
趁着老去的时光还在飞驰；
今天还欢笑的同样的花朵，
到了明天就将一点点死去。

梦中的痛

我已退入森林，我的歌
也被刮走的树叶吞没。
有一天你来到森林的边缘
（这是我的梦）久久地沉思观望，
却不进来，虽然进来的愿望很强：
你摇着忧思的头颅似乎在说，
“我不敢——随他的脚步迷失太远——
他必须来找我，如果他愿改正过错。”

不远，很近，目睹这一切的我，
就站在树木披拂的低枝后边。
不让我呼唤你、告诉你我有看见，
所致的甜蜜刺痛，确实还在肆虐。
但要说我就那么无动于衷却也不对，
因为林子醒了，你来这儿就是证明。

被忽略

他们听任我们选自己的路，
　已被证明寄错了希望的两人，
有时候我们坐在路边角落，
带着淘气的、流浪的、天使的表情，
　试一试我们能否感觉不到被弃。

瞭望点

厌倦了树，我再次寻找人类，
　我很清楚跑去哪里——黎明，
　一道山坡上，牛在草地上放牧。
斜倚在懒洋洋的刺柏间
别人看不到的地方，我眺望白色的轮廓，
　那是远处的人类房屋，再往远处，
　就是对面山坡上人的坟墓，
是看生者还是逝者？随便脑子怎么想。

到了中午，我厌倦了这些，
　就转身支在胳膊肘上，看，
　太阳灼烧的山脊照亮我的脸颊，
我的呼吸像微风吹动了矢车菊，
　我闻着大地，我嗅着瘀伤的草，
　我就着蚂蚁洞往里看去。

割草

树林旁从无声响，
除了我的长镰刀对着地面低语。
它低语些什么？我自己也不清楚。
也许是关于太阳的热气，
也许，是关于四下俱寂——
这就是它呢喃而不说话的原因。
它不是不劳而获的梦想，
也不是仙女精灵手里易得的黄金：
任何多于这真理的东西，相比那热切的爱
都会显得无力，那爱把洼地修刈成行——
虽然免不了遗漏一些纤弱挺立的花
（苍白的兰花），吓走一条亮青的蛇。
事实是劳动懂得的最甜蜜的梦。
我的长镰刀低语着，留下干草堆积。

启示

我们把自己隐藏在
　冷嘲热讽的轻浮言辞后
但是，心被搅动的啊
　直到某人真的发现了我们。

遗憾的是，最后这事需要
（或我们是这样讲）我们
每个字都直截了当，才能启发出
　一个朋友的理解。

不过大家都一样，从捉迷藏的
　婴孩，到远方的上帝，
所有那些藏得太好的人
　必须告诉我们，他们在哪儿。

丛生的花朵

日出前有人在露水中割过草
我过去再把草翻一次。

使他的刀片更尖锐的露水
在我来看这平伏的景象前已消失。

我在一排树后找他；
我听微风吹过他的磨刀石。

但他走了，草全割了，
我肯定也是，跟他一样——孤独一人，

“所有事情都这样，”我心里说，
“不管他们是一起工作还是分开。”

就在我自语的当儿，从我身边轻快地

飞过一只困惑的蝴蝶，翅膀无声，

凭着在黑夜里变暗的记忆寻找
昨日欢愉后歇息过的某枝花朵。

我盯着看它一圈圈地飞行，
盘绕着地上发蔫的花儿。

它飞到视线够不到的远处
然后扑闪狂颤的翅膀，又朝我飞回。

我本应返身去翻草晾干
却想着一些没有答案的问题，

而他先一步转身，把我的目光引到
小溪岸边，一丛高高的花朵，

一蓬怒射的花舌被镰刀留情，
在镰刀割秃的芦苇丛生的溪边。

我挪过去想知道它们叫什么名字，

过去了才发现它们是蝴蝶草。①

露水中的割草者爱它们这个样子
因此留下它们盛开，不是为了我们，

也不是为了把我们的注意力转向他，
而是因为洋溢着的早晨的喜悦。

不管怎样，蝴蝶和我忽然想到了
黎明传来的一条消息，

这消息使我听到苏醒的鸟儿啼鸣，
还有他的长镰刀对着地面沙沙低语，

感到一个对我有亲缘性的精神。
所以此后我不再是一个人干活儿，

而是高兴地与他一起，像在他帮助下工作，
中午累了，就和他一起寻找阴凉；

① 1946 年后的版本这一节被删去。此诗版本之间异文较多，除了此节，译文遵照后期版本的修订。

梦见和那个人进行兄弟般的谈话，
而他的思想我从不曾期望企及。

“人们一起工作，”我从心里对他说，
“不管他们是在一起工作还是分开。”

魔神[①]的嘲笑

那是在景色雷同的林子深处。
　我沿着魔神的小径高兴地跑着，
虽然知道我追猎的不是真神。
　正当光线变暗的时候
我忽然听到——所有我需要听到的：
从此它纠缠了我很多很多年。

那声音是在我身后而非身前，
　一个昏昏欲睡的声音，半嘲讽，
像发自一个完全漠不关心的人。
　魔神从他的泥坑里升起来，嘲笑着，
擦去他的眼睛上的泥垢。

① 魔神，造物主，demiurge，出自柏拉图《蒂迈欧篇》，宇宙的创造者。这个词来自希腊语，意思是工匠，在柏拉图主义和新柏拉图主义等各个哲学流派中有不同的含义。但可以确定的是他并不是一神教意义上的造物主。

我再清楚不过他这是什么意思了。

我将不会忘记他的笑声如何回荡。
　我感到自己像个傻瓜一样被左右，
小心地迈着步伐，假装
　我寻求的是落叶里的什么东西
（虽然他有没有留下查看值得怀疑）
之后我把我自己靠在一棵树上坐下。

现在关好窗

现在关好窗，使整个田野沉静。
　若树必须摇动，让它们默默摇动。
现在没有鸟叫，如果有，
　权当是我的损失。

还要很久湿地才能恢复，
　还要很久最早的鸟儿才会出现：
所以关好窗，不要听风，
　但请看万物在风中摇动。

在硬木林里

同样的树叶年复一年！
它们在上面遮阴，然后落下，
形成一层淡棕色的质地，
覆盖着大地，像皮质手套。

在叶子又一次攀上
给树木添加又一重色彩之前，
它们必须先往下和上升之物交错。
它们必须往下落入腐烂的黑暗。

它们必须被花刺穿，落在
纷纷跳舞的花儿脚下。
而我是在另一个世界才知道，
这是我们这个世界的规则。

十月

呵，寂寂温和的十月清晨，
你的树叶成熟了即将掉落。
明天的风，如果是狂暴的，
就将把它们全部废弃。
森林上空的乌鸦呼叫，
明天也许就会排成行，飞走。
呵，寂寂温和的十月清晨，
让今天的时光慢慢展开。
让今天对我们显得不那么短暂。
心不在乎被哄骗，
假如哄骗，请用你熟知的方式；
破晓时放出一片叶子。
中午放出另一片叶子。
一片从我们的树上，一片从远处。
用轻柔的雾拖住太阳，
用紫水晶使大地痴迷。

慢下来，慢下来！
为了葡萄，如果它们是全部，
它们的叶子已被寒霜灼烧，
它们一簇簇的果子，不如此也必将落失——
为了沿墙挂着的葡萄！

我的蝴蝶

你珍爱的好胜的花儿也死了，
愚蠢的太阳攻击者，经常把你
吓得够呛的他，不是跑了就是死了：
除了我
（于卿而言亦非悲哀）
除了我
田野里没剩什么人哀悼足下。

灰草依稀点缀着积雪。
两岸还没有把河流封闭；
但那是很久以前了——
似乎是永远——
自从我第一次看到你飞掠而过，
和你许多艳丽的同类，
在轻浮的露水情缘中
陷入爱情，

在风中抛扬、纠缠、旋转，在高处旋转，
像仙女舞中一个松乱的玫瑰花冠。

那时，我的悔恨，
那柔软的雾，没有笼罩所有的土地，
我为你高兴
也为了我，我明白。

你踉跄着，用那些伟大的
漫不经心的翅膀在高处漫游，
不知命运创造你是为了满足风的欢愉，
这个我也不知。

而且尚有别情：
上帝似乎让你从他温柔的紧握中鼓翼而出，
却害怕你会成功脱离他
太远而无法收回，
一把攫住你，太急切了，动作粗暴。

呵！我记得我
有一次阴谋是如何罗织
对我生活的反对——

它的慵懒，和迷梦的网。
汹涌的草使我发晕，什么都想不了，
微风吹来三种味道，
一朵宝石花在嫩枝上摇摆！

然后，当我忧心如焚
无法说话的时候，
那阵鲁莽的西风猛然吹起
你斑驳的翅膀
横打了我一脸！

今天我发现那翅膀碎了！
因为你死了，我说，
那些奇怪的鸟说。
我在屋檐下发现了它，混在
枯萎的树叶里。

不愿

穿过田野和树林
　我蜿蜒踏上了墙垣
我登临视野广阔的山
　眺望世界，然后下来。
我循着公路回家
　事情结束了，看。

树叶已全死在地上，
　只有橡树保留的那些，
把它们一片片松解
　让它们在雪的硬壳上
磕磕碰碰，匍匐而动，
　当别的叶子正自睡眠。

死叶子抱团静止，
　不再被风随处乱吹。

最后一朵紫菀花已消失。
　金缕梅的花已全枯萎。
心还在发痛、寻求，
　但脚问“去哪里？”

呵，什么时候人的心
　认为这不是背叛：
随着事物的漂流而移动，
　优雅地屈服于理念，
弯腰低头接受一段爱、或
　一个季节的结束？

波士顿北
（1914）

补墙

有个什么东西不喜欢墙
在它底下隆起冻土，
阳光下挤掉墙上的石头，
造成两人肩并肩都能过去的裂缝。
猎人的祸害是另一回事：
我曾跟在后边修补，
他们破坏的地方石头不再垒着石头，
兔子也让他们赶出了藏身地
给吠叫的狗取乐。这些缝，我的意思是，
没有人看到或听到它们是怎么裂开的，
但春修季一到，就在那儿看到它们。
我跟山那边的邻居说，
哪天见面时沿线巡查，
把分隔我们的墙再一次确立。
我们分别走在墙的两边。
石头落在哪边就归哪边负责。

有些是整条，有些圆滚滚的，
必须念咒语才能把它们稳住：
“停住别动，直到我们转过身去！”
我们搬石头把手指都磨粗了。
呵，不过是另一种户外游戏，
一人一边。事情就是这样：
我们在那儿并不需要这堵墙：
他全是松树林，我是苹果园。
我跟他说，我的苹果树永远不会
越界吃他树下的松球。
他只回答：“好篱笆隔出好邻居。”
春天让我有点烦闷，我不知道
能否在他脑子里塞进这个概念：
“为何它们能隔出好邻居？难道不是
在有牛的地方才行？但是这儿没牛。
在我修墙前，我想知道
我的墙把什么圈进，把什么圈出，
有可能得罪[①]什么人。
有个什么东西不喜欢墙，

---

① 得罪，give offense，诗人在这里语带双关，offense 还有对抗游戏的进攻方的意思，呼应前边提到的“户外游戏”。

想让它倒塌。”我可以对他说是“精灵”，
但准确说又不是精灵，我宁愿
他自己那么说。我看到他在那儿
搬石头，两只手从上部各抓
一块，像旧石器时代武装起来的野蛮人。
在我看来他是在黑暗中移动，
不仅仅是林子的黑暗和树荫的黑暗。
他不会把他父亲的说法抛在脑后，
他很高兴自己把这事想得如此周全，
就又说了一遍：“好篱笆隔出好邻居。”

雇工之死

玛丽坐在桌边灯焰旁沉思，
等沃伦。一听到他的脚步，
就连忙踮脚从黑洞洞的楼梯跑下
赶在门口截住他，让他听到这消息后
提着点小心。“赛勒斯回来了”。
她把他推出去，自己也出去
在身后掩好门。“态度好点”，她说。
她从他手上接过店里买来的东西
放在门廊，然后拉着他
坐在木阶上，她的身旁。

“我什么时候对他有半点不好了？
但我不想让这家伙回来”，他说。
“上个干草季我就这样告诉他，不是吗？
我说，‘那时候他走了就意味着结束’。
他有什么用？别人有谁会收容他

在这样的年纪几乎什么都不会干?
他能帮什么忙根本没办法指望。
总是在我最需要他的时候出走。
‘他觉得他应该拿点工资,
至少能够用来买烟草,
用不着求别人欠下人情。’
‘好吧,’我说,‘我付不起
固定的工资,虽然我希望能付。’
‘有人能付得起。’‘那就让付得起的人付好了。’
如果事情确实那样,我不介意
他有改善自己境况的想法。你能肯定的是,
一旦他开始那样做,就像有人盯着他
用零花钱诱惑他出走——
还是在干草季,帮工最缺的时候。
一到冬天他就回到我们这儿。我受够了。”

“嘘!别这么大声儿:他会听见的,”玛丽说。

“我想让他听见:早晚他得听见。”

“他累坏了。在炉子边睡着了。
我从若奥家的店里回来,看到他在那儿

胳膊抱住牲口棚的门，睡得很死。
一个可怜景象，也让人害怕——
你别笑——我没认出是他——
我没料到是他——他也变了。
等会儿你就看到了。”

“你刚才说他都去哪儿了？”

“他没说。我拉他进了家，
给他沏了茶，试着让他抽烟。
我试着让他说说他的旅行。
什么都没用：他只是不停地打瞌睡。”

“他说什么？他有说什么吗？”

“很少。”

“一点都没有？玛丽，你得承认
他说过要回来给我挖草地。”

“沃伦！”

“不是吗？我只是想知道。”

“他当然说了。你想让他说什么？
你肯定无法和一个可怜的老人生气，
他不过是用一些可怜的办法挽回自尊。
他接着说，如果你真的想知道，
他还会清理一下高处的牧场。
这话听起来是不是你以前听到过的保证？
沃伦，你要是听到他怎样
夹杂不清就好了。我几次停下来
查看——他让我觉得奇怪——
看他是不是在说梦话。
他老是说起哈罗德·威尔逊——你记得吗——
那个四年前开始帮你收干草的男孩。
他学完了，留在他的大学教书。
赛勒斯说你必须把他叫回来。
他说他们俩一组就可以干活：
就他们俩便能把农场弄得很棒！
他说着说着还夹杂了其他事情。
他觉得年轻的威尔逊是个好小伙儿，就是
太痴迷教育——你知道整个七月他们俩
怎样在烤人的太阳下争吵，

赛勒斯在车上叉草
哈罗德在旁往上挑。”

“是啊，我特意走远点，耳根子清静。”

“唉，那些日子像梦纠缠着赛勒斯。
你根本不会相信。有些事怎么都忘不掉！
哈罗德大学生的幼稚自信伤害了他。
这么多年过去了，他还在不断寻找
当年本来可以使用得更好的辩辞。
我很同情。我知道这有多痛苦，
想到了如何说正确的事却已太晚。
在他脑子里哈罗德和拉丁语相联。
他问我怎么看哈罗德的说法，
他学小提琴，就像学拉丁语，
因为他喜欢——那也算讲道理！
他说他无法让那小伙子明白
用一张榛木叉便可以挖出水来——
这说明学校教育何曾教过他有用的东西。
他想把那一页翻过。总而言之
他想着如果他再有一次机会
教他如何堆干草，那该有多好——”

“我知道，那是赛勒斯的一个成就。
每一叉干草都能被他堆砌到位，
还贴上编号以便将来
卸车时可以很容易找到
然后卸下。赛勒斯很擅长这事。
他把草成捆叉出来像大鸟的巢。
你绝不会看到他站在他试图叉起来的
干草上，憋着劲儿把自己举高。”

“他认为如果他能教他这个，那么他就是
对这个世界上的某个人做了好事。
他恨好好的一个孩子却成了书呆子。
可怜的赛勒斯，那么关心别人，
回首过去没有什么值得自豪，
展望未来没有看到什么希望，
现在是这样，从来没有任何变化。”

月亮的一部分沿西方落下，
把整个天空拖下落在山丘上。
月光轻柔地洒在她的大腿上。她看到了，
摊开围裙盖住它。她把手

伸入竖琴一样的牵牛花藤，
——藤蔓从花床爬到屋檐，因吸露而绷紧——，
她像是演奏了某些听不见的温柔，
在夜色里裹着身旁的他。
“沃伦，”她说，“他回家是为了等死：
这次你不用担心他再离开你。”

“家，”他略带嘲讽地说。

“是的，不是家是什么？
这取决于你说起家时指的是什么。
当然了，对我们来说他什么都不是，不比
那条猎狗更强，被林中小路耗尽了力气，
才找到根本不认识它的我们。”

“家是那个在你想回的时候
必须让你进的地方。”

“其实我倒想把它
称为某种你不配却也应该有的东西。”

沃伦探身出去，走了一两步，

捡起一条小树枝回来
用手折断扔在一旁。
“你觉得我们比赛勒斯的兄弟更应该
照顾他吗？区区十三英里
就能把他带到他兄弟的门口。
毫无疑问，赛勒斯今天已经走了很远，
为什么不再远点去那儿？他的兄弟很有钱，
是个什么——银行的头头。”

“他从来没跟咱们说过。”

“但我们知道。”

“我觉得他的兄弟当然应该帮忙。
如果有必要我会去说。他有责任
收留他，也许他也愿意呢——
也许他人没有表面看上去那么糟。
不过可怜可怜赛勒斯吧。他把这事
闷在肚子里这么长时间，你觉得
他可能因他兄弟而自豪
或者可能跟他要什么东西吗？”

“我好奇他们俩之间发生了什么。”

“我可以告诉你。
赛勒斯就是赛勒斯——我们不在意——
但却是亲戚们不待见的那种人。
他从来没有把什么事做绝。
他也不知道为什么不如别人
那么好。但哪怕他一无是处，
也不能要他厚着脸皮去求他兄弟。”

“我想不出赛伤害过啥人。”

“是啊，不过他把头枕在那张尖边
椅背上滚动的样子伤了我的心。
他不让我把他放在沙发上。
你进去看看你能做点什么。
我给他铺好了今晚休息的床。
他肯定会让你惊讶——几乎完全垮掉了。
他再干不了活儿了；这我敢肯定。”

“我可不敢那么快就给他下结论。”

“我没有。去，你自己去看。
但是，沃伦，记着：
他来是要帮助你挖草地的。
这是他的计划。你不能笑话他。
他也许不会那么说，也许会。
我要坐着看那朵滑行的小云
会碰上月亮还是错过它。”

它碰上了月亮。
三者在那儿形成暗淡的一排，
月亮，银色的小云，还有她。

沃伦回来了——在她看来似乎太快——
悄悄来到她身边，抓住她的手，等了一会儿。

“沃伦”？她问道。

“死了”是他全部的回答。

山

山把小镇裹在阴影里。
有一次我在那儿过夜，睡前我看到了太多。
我发现看不见西边的星星，
它巨大的黑色躯体插入天空。
它看来离我很近：我感到它像堵墙
把我挡在后边吹不到风。
但拂晓之际我往前走，想看看新鲜事的时候，
我发现在小镇和山之间
是田野，一条河，再过去是更多的田野。
当时河流是枯水期，
在一片宽阔的鹅卵石河床里哗哗响。
但还有印迹表明它春天时的活动：
平整的草地形成了沟渠，草掩盖不住
隆起的沙地，和脱了皮的浮木。
我过了河，沿着山转。
在那儿碰到一个人慢腾腾地

随几头白脸公牛移动，坐在一架沉重的车里。
似乎拦住他也不会给他添麻烦。

“这小镇叫什么名字？”我问。

“这个吗？卢伦堡。”

那我搞错了：我逗留的那个小镇，
桥那边的那个，不属于这片山，
只是在夜晚感到它阴影的存在。
“你的村子在哪儿？离这儿很远吗？”

“这儿没有村子——只有散布的农场。
上次选举我们只有六十个投票的。
我们天生养活不了很多：
那家伙把地方全都占了！”他动了一下鞭刺。
矗立在那儿的山接受他的指向。
牧场从侧面往上形成一条小路，
然后是一排树组成的墙。
再过去就只有树顶和悬崖
被树叶半遮半掩。
一道干涸的沟渠从枝条下出现，

通向牧场。

　　　　　“看起来那像一条路。
是从这儿到山顶的路吗？——
不是今天早上，而是别的时间：
现在我必须回去吃早饭。”

“我不建议你从这边上。
这边没有像样的路，那些
上去过的，据我所知，是从莱兹上去的。
回头五英里。你肯定不会错过：
去年冬天他们在那儿稍高的地方伐木。
我可以带你去，不过我们方向相反。”

“你从没爬过吗？”

　　　　　“我只去过山腰，
猎鹿，钓鳟鱼。有一条小溪
从那儿发源——我听说就在
山顶，最顶上——很奇怪。
不过这小溪更可能引你注意的是，
夏天总是很清冽，冬天温暖。

最美的景色之一就是看
它冬天的时候冒气，像公牛的呼吸，
直到沿两岸分布的荆棘
长到一寸来深，上边点缀霜寒的硬茬和绒毛——
你知道的。这时候让太阳一照！”

“从这样的山顶应该可以看到
周围的世界——如果山顶
不是长满了树。”我透过叶子的帘幕
看到阳光下和斑驳阴影下的花岗岩平台，
还有石梯架，仅容一个人膝盖撑住往上爬——
身后就是一百英尺深的悬崖——
或者转身坐下眺望四周，往下看，
胳膊肘压着伸出裂缝的蕨类。

“这个我不敢肯定。但山顶上
有泉水，差不多像一口喷泉。
那景色应该值得一看。”

　　　　“如果它就在那儿。
你从来没看到过？”

"我猜毫无疑问
它就在那儿。但我从来没看过。
也许不一定在最高点：
但往下不太多就应该
出现一点水源的踪迹，
就是往下很多也不算什么，如果和人
往上走那么长的距离相比。
有次我让一个爬山的家伙
替我看看，下来再告诉我什么样子。"

"他说什么？"

"他说在爱尔兰的什么地方
山顶上有一片湖泊。"

"但湖不一样。泉水呢？"

"他根本没爬到够高的地方。
所以我刚才劝你别从这边走。
他试的就是这边。我总打算要去
亲自看看，但你知道总是这样：
爬山看起来似乎没有什么，

毕竟你在山脚下干了一辈子。
但我该怎么办？穿上工作服，
拿着大棒，跟挤奶时奶牛
没回到围栏时用的棒子一样？
或者拿一支猎枪防迷路的黑熊？
为爬山而爬听起来不大真实。”

“如果我不想爬山，我就不会爬——
不应单纯为爬山而爬。它叫什么名字？”

“我们叫它何珥[①]：我不知道对不对。”

“能环绕它走吗？是不是太远？”

“你可以驾车环绕，不出卢伦堡，
你能做的也就这些了。
边界线离山脚很近。
何珥是小镇，小镇是何珥——

---

① Mount Hor，见《圣经·民数记》第 33 章 37 节：从加低斯起行，安营在何珥山。不过这里的何珥山指的应该是佛蒙特州北部威洛比湖西边的山，威洛比湖是佛蒙特州境内最深的湖，结冰期比其他地方都要晚，本辑中的另一首诗《仆人之仆》提到此湖。

几座房子稀稀落落地分布山脚，
像高处悬崖剥落的圆石，
只不过比其他的滚得更远一点罢了。”

“你说，十二月温，六月冷？”

“我不认为水有什么变化。
你和我都知道得够清楚
和冷相比就温，和温相比就冷。
同一件事，有趣的地方在于你怎么说。”

“你一辈子都在这儿生活？”

“自从何珥
的大小还不如——”什么？我没听见。
他用细长的刺棒轻触牛鼻和腰
把公牛朝自己的方向收拢，
发出了让它们往前的命令，移动了。

一百件衬领

兰开斯特生了他——这么个小城，
这样的大人物。最近几年他
不常来，但他保留了老屋，
夏天把孩子们和孩子妈送到
那儿疯跑——有一点点疯而已。
有时候他也和他们待一两天
去看那些不知怎么他无法接近的老友。
他们晚上和他在杂货店会面，
看他只顾处理令人敬畏的邮件，
一边说话一边翻弄一张打印的信纸。
他们看起来很害怕。他不想这样：
虽然是大学者，但却是民主党员，
哪怕不是内心里的，至少也是原则上的。

最近一次回兰开斯特，
火车晚点了，他错过了换乘车，

晚上十一点多，要在乌兹维尔枢纽
等四个小时。他累坏了
不想坐熬这个严酷考验，
他进旅馆想找一张床。

“没房间了”，夜班服务员说，“除非——”

乌兹维尔这个地方到处是尖啸和游荡的灯光，
哐当作响的车辆　　只有一家旅馆。

“你说‘除非’”。

　　　　　　　　“除非你不介意
和别人分享一个房间。”

　　　　　　“谁？”

“一个男人。”

　　　　　　“我希望是。什么样的男人？”

“我认识他：他还行。男人就是男人。

分床睡，当然了，你懂得的。”
夜班服务员挤了挤眼打趣他。

“那个在办公室椅子上睡的是谁?
我是不是抢了他的机会?”

“他担心被人抢了，被人杀了。
你怎么说?”

“我必须得有一张床。”

夜班服务员带他上了三段楼梯
经过两边全是门的狭窄过道，
敲门进入最里一扇门。
“拉夫，这儿有个人想和你合睡一间。”

“让他进来。我不怕他。
我还没有醉得照顾不了自己。”

夜班服务员踢了一下床。
“这是你的床。晚安，”说完他就走了。

“拉夫是你的名字，对吧？”

“是的，拉法耶特。
你第一遍就发对了。你叫？”

“莫古恩。
Doctor 莫古恩。”

“医生？”

“不是，是老师[①]。”

“化圆成方，乐此不疲教授？
等一等，有件事我一时想不起
却在我脑子里盘旋，我想问
我碰巧遇到的第一个
多少知道点儿什么的人。
我等会儿再问你——别让我忘了。”

博士看了一下拉夫就转移了视线。

---

① 英文里医生和博士是同一个词，Doctor。

一个男人？畜生。他光着膀子
坐那儿，满身褶子在灯光下发亮，
笨拙地摸索一件浆洗干净的衬衣的纽扣。
“我得穿大一号的衬衫了。
最近我觉得瘦了；瘦都不足以表达。
今儿晚上我才发现怎么回事：
我像一棵被窒息的温室树
崩断了绑着它的铭牌的绳索。
我把这归咎于纠缠我们的酷暑。
原来是因为我愚蠢地想缩小，
不喜欢接受我大了一号的事实。
十八号我这是。你穿几号？”

博士的喉咙差点没噎着。
“哦——呵——十四——十四。”

　　　　　　　　“十四！你说十四！
我还记得我穿十四号的时候。
我在家里应该还有
一百多件衬领，号码全是十四。
很可惜都没用了。你应该拥有它们。
它们是你的了；让我把它们发送给你——

你为什么那样一条腿站那儿？
你几乎待在凯克刚带你进来的地方没动。
你看起来似乎希望自己没进来过。
坐下或躺着，朋友；你搞得我很紧张。”

博士谨慎地冲过去，
支靠在一个枕头上。

“不是那样，别把鞋子放在凯克的白床单上。
你不能那样休息。让我把你的鞋脱掉。”

“请别碰我——我说，别碰我，拜托。
我不会让你帮我上床，我的先生。”

“随你的便。你想怎么样就怎么样。
你说‘我的先生’是吗？你说起话来像个教授。
不过，说起谁怕谁，
如果事情不对劲，我在想
我失去的要比你多。
谁愿意割你那个十四号的脖子！
让我们双方交个底儿，作为
诚意的证明。这儿是九十块钱。

来吧，如果你不害怕。”

　　　　　　　　“我不害怕。
我有五块：我身上就带了五块。”

　　　　　　　　　　“我可以搜吗？
你要去哪儿？站住了。
你最好把钱压在身下
睡上边，我也总是这么干，
尤其是在晚上和我不信任的人一块儿。”

“如果我把钱放在那个床垫上
你会相信——我确实信任你吗？”

“你是那么说，我尊敬的先生。——我是一个收账的。
那九十块钱不是我的——想不到吧。
我是乡下各地到处跑，一块一块给
巴奥①出版的《新闻周刊》
讨来的。你知道《新闻周刊》吧？”

---

① 新罕布什尔的一个小镇。

“我从小就知道。”

“那你肯定知道我。
现在我们终于能一起——说说话了。
我是它派在前线特能干的人。
我的任务是了解人们想看什么：
他们付了钱，然后就应该得到。
费尔班克斯，他对我说——他是个编辑——
‘要了解大众的情绪’——他说。
说到底，我的责任十分重大。
唯一麻烦的是我们的政治理念
不相同：我是一个佛蒙特州民主党——
什么意思你知道，彻头彻尾的，
《新闻》一直是共和党。
费尔班克斯，他对我说，‘今年帮帮我们吧，’
他指的是他们的选票。‘不行，’我说，
‘我帮不了也不会帮。你们在台上太久了：
是你们回头给我们宣传宣传的时候了。
你必须每周给我十块钱往上
才能指望我选比尔·塔夫特。
但我怀疑我根本做不到。’”

“你似乎能影响报纸的导向。”

“你看，我和每个人都熟，全认识。
我对他们农场的了解和他们本人差不了太多。”

“你驾车四处跑吗？肯定是个令人愉快的工作。”

“公事罢了，但我不能说它没意思。
我最喜欢的是不同农场如何在眼前出现。
有的要从一片树林旁走近，
有的坐落在山坡上，还有的一个急拐弯才看见。
我喜欢看人们春天去外边，
在院子里耙草，在房子附近干活儿。
后来他们就到更远的野外。
有时除了牲口棚的门，所有的东西都关了；
全家出动去远处某片草地。
一架满载干草的车来了——在时间到了的时候。
再后来他们全都被赶进室内：
田野全都脱成了草坪，处处花园
推成光秃秃的地，枫树
只剩枝条和树干。四下无人。
虽然烟囱还在冒着青烟。

我往后一靠，让车自行。直到有人来了
才抓住缰绳，母马愿意停
就停下来：让她什么时候走就走。
我把哲咪玛宠坏了。
她养成了每经过一处房子都要进去
的习惯，好像她有了某种弯度，
不管我那里有没有事办。
她认为我喜好交往。也许我是。
虽然我很少下来，除了吃饭的时候。
人们到厨房门口的台阶上欢迎我，
全家从大到小排成一排。”

“是不是可以认为他们看到你
没有你看到他们那么高兴。”

“哦，
因为我管他们要钱？我不要任何
他们没有的东西。我从来不催。
我到那儿，他们如果愿意就付我钱。
我不是专门去那儿：我只是碰巧路过。——
对不起我没有杯子给你倒水。
我就着瓶子喝——和你的风格不符。

要不我给你倒点儿——?”

“不，不，不，谢谢你。”

“随你便。那就这样。——
我现在得离开你一会儿。
我走了也许你会休息得好点儿——
躺下——让自己放松睡一会儿。
不过首先——嗯——我刚才说要问你什么来着?
那些衬领——我寄给谁呢，
假设我回来了你还没醒?”

“真的，朋友，不用了。你——也许还用得着。”

“除非我瘦下来，那时它们就不时兴了。”

“不过真的，我——我有很多衬领。”

“我不知道能把它们给谁。
它们在那儿只能发黄。
不过你是博士，听你的。
我会把灯关掉。你不用等我:

晚上对我才刚开始。你好好儿休息。
我回来的时候会敲门，把头在门旁边
露出来，以便你知道是谁。
我最怕的就是吓坏了的人。
我可不想你开枪打中我的脑袋。——
我怎么还拿着这个瓶子？
好了，你休息会儿。”

他关了门。

博士沿着枕头往下滑了一点。

家葬

他从楼梯底下看到她时
她还没看到他。她正往下走，
回着头，似乎看到某种恐惧的事。
她迟疑地探脚，又缩回
抬高身体再次看。他一边朝她走去，
一边说，“你总在那儿看的
是什么？——我想知道。”
她回过头，裙子随之塌陷，
她的脸从恐惧变成呆滞。
他说话拖时间：“你看到了什么？”
直到爬上比她高的位置。
“我会找到的——你必须告诉我，亲爱的。”
她原地不动，拒绝给他任何帮助，
脖子稍稍僵硬，一声不吭。
她让他看，很肯定他什么都看不到，
盲眼的动物；一开始他确实没看到。

但最后他低语："哦，"然后又是，"哦。"

"是什么——什么？"她问。

"就是我看到的。"

"你没有，"她反驳。"告诉我是什么。"

"奇怪的是我没一下子就看到。
我从来没有从这儿注意过它。
我肯定是习以为常了——就是这个原因。
那个埋着我亲人的小小墓地！
那么小，窗都把它整个框住了。
比一间卧室大不了多少，是不是？
三块条石，一块大理石，
阳光照着山坡一侧宽肩的
小石板。我们不用管这些。
但我理解：不是因为石头，
而是因为孩子凸起的坟——"

"不要，不要，不要，不要，"她大叫。

她往后退，从他歇在栏杆上的
胳膊下缩身钻过，往楼下溜。
然后回过头看他，眼神是那么愤怒，
他一连说了两遍才回过神：
“难道一个男人不能说说他失去的孩子？”

“你不可以！——呵，我的帽子呢？呵，我不需要它！
我必须离开这儿。我快窒息了。——
我不知道哪个男人可以。”

“艾米！别去找人，这次。
听我说。我不会走下楼梯。”
他坐下，用拳头托着脸。
“有个事我想问你，亲爱的。”

“你不知道怎么问。”

“那么帮帮我。”

她所有的回应就是用手指拉动门闩。

“我的话几乎总是一种冒犯。

任何事我都不知道该怎样说
才能让你高兴。但我觉得你完全可以
教教我。我不敢说我知道怎么做。
一个男人必须部分地放弃作为男人
才能和娘们儿相处。我们可以这样安排，
我约束自己不去碰
任何你觉得特殊的东西。
虽然我不喜欢这样，相爱的人之间不该如此。
不相爱的两个人才离不开这一套。
相爱的两个人在一起不能这样。”
她拉了一下门闩。“别——不要走。
这次不要找别人诉苦。
如果是人类能理解的，就告诉我。
让我进入你的悲伤。这方面我和别人
没太大差别，你站在那儿保持距离
便足以证明这点。给我应有的机会。
虽然我确实认为你做得有点过分。
什么东西让你把失去初生儿的
母亲的痛苦弄得这样
不可抚慰——尽管是因为爱。
能回忆他你也许就应满足了——”

“你在嘲笑！”

“我没有，我没有！
你让我发狂。我要下去对付你。
上帝，多蠢的女人！竟然这样，
一个男人不能谈他自己死去的孩子。”

“你不能，因为你不知道怎么谈。
如果你还有半点感情，你用
你的手——那么忍心——挖他小小的坟墓；
我就是从那个窗口看到你，
把碎石子高高掀到空中，
掀起来，就那样，就那样，轻轻地
落在墓穴旁的石板上。
我想，那个男人是谁？我不认识你。
我在楼梯间上来下去，
再看时，你的铁锹还不停地挥舞。
然后你进来了。我听到厨房里
你雷鸣般的嗓音，我不知道为什么，
不过我走近用我自己的眼睛看。
你竟坐在那儿鞋子上还有斑痕
从你自己孩子的坟墓里沾上的新鲜泥土

谈着你的家常。
你把铁锹立起来靠墙，
就在那儿，门口，我看到了。”

“我简直是哭笑不得。
我是被诅咒了。上帝，我肯定是被诅咒了。”

“我还能复述你说的那些话：
‘三场早雾和一个雨天能把
搭得最好的杨木围栏朽坏。’
想一想，在那种场合说那样的话！
杨木多长时间朽坏，和那停在
遮暗的客厅里的①，两者之间有什么关系？
你根本不在乎！不管谁死了，
最亲近的朋友可以去送葬，但也可以
挪不了几步，根本就不去。
不，从一个人生病到他死，
他一直是孤独的，死的时候更孤独。
朋友们假装跟到墓地，
但人还没埋进去，思绪就回头了，

---

① 停在遮暗的客厅里的，指的是孩子的遗体。

用最快的方式返回自己的生活，
回到那些活着的人中，他们熟悉的事物中。
世界是恶的。如果我能改变它
我就不会这么悲哀。噢，我不会，我不会！”

“喂，你把什么都说了，总该感觉好点吧。
现在你不要走。你在哭。关上门。
心都伤碎了：为什么还要继续？
艾米！有人从那边路上来了！”

“你——哦，你以为说说就行了。我必须走——
出了这座房子的什么地方。我怎么能让你——”

“你——要是——走！”她把门缝开得更大。
“你想要去哪里？先告诉我。
我会跟着你，强拽你回来。我会的！——”

黑色小屋

那天下午我们偶然经过
发现它镶在一幅特别的画里
周围是刷了焦油的老樱桃树，
远离公路，被疯长的野草包围，
我们说的那小屋，
正面看只有两窗夹一门，
阵雨给它新粉刷了一遍丝绒黑。
我们驻足观看，牧师和我。
他伸开手臂像托着它
又像拂去框住它的树叶。
“真美，”他说，“进来吧。没人管。”
路依稀埋在草丛里，
把我们带到一个剥蚀的窗沿。
我们把脸贴在玻璃上。“你看，”他说，
“她死前的陈设一点没变。
她儿子不想卖掉房子和里头的家什。

他们说要回来在他们童年
住的地方避暑。他们今年还没回来。
他们住得太远——一个在西部——
很难说回就回。
不管怎样，他们不会惊扰到这地儿。”
一个系了扣的毛织沙发伸开卷状扶手，
摆在墙上挂着的一幅古旧炭笔肖像下边，
是照着达盖尔银版照片绘成的，技法糟糕。
“那是赴战场前的父亲。
她在谈论打仗的时候，
总是过来，半跪着斜倚
旁边那个沙发，虽然我怀疑这些
毫无生气的线条在这么多年后
还有什么力量激起她的反应。
他死在葛底斯堡，或弗里德里克斯堡，
我应该知道——很重要的区别：
弗里德里克斯堡不是葛底斯堡，当然。
不过我要说的是这座小屋
看起来从来都是那么破旧。
她走后更加不堪，不过以前——
我的意思完全不是指那些从这里
走出去的人，先是父亲，

然后是儿子们，最后就剩她一个。
（两个儿子走后她对什么都无动于衷。
她重视这体贴入微的忽略
她为之付出代价很多年后才教会他们。）
我的意思是世界从旁经过——
就像我们今天下午几乎从旁经过一样。
对我来说它总是像一种标记
衡量五十年间我们的变化有多大。
为什么不坐下，如果你不忙的话？
门前的这些台阶很少有人来访。
翘起的木板拔出自己的老钉子
没有人来把它们踩回原位。
老太太对事情有自己一套看法。
她也喜欢讲话。她见过加里森①
还有惠蒂埃②，会讲关于他们的轶事。
没多久人们就会了解她的观点，
不管内战是为了什么别的，
它绝不仅仅是为了统一国家，
也不仅仅是解放奴隶，虽然这两者都实现了。

---

① 应该指的是 William Lloyd Garrison（1805—1879），社会改革家，主张废奴，妇女选举等。

② 应该指的是 John Greenleaf Whittier（1807—1892），诗人，主张废奴。

要是为了这些目的，她就不会相信到
把自己的所有都贡献出去的程度。
她的付出从某种方式上触及了
人生而平等自由的原则。
她那些老掉牙的话——和现今世界
对所有那些事的看法差异太大。
这就是杰斐逊[①]的绝对神秘之处。
他的意思是什么？当然，最简单的方法
就是宣布它并非真理。
也许不是。我听过一个家伙这么说。
不过不要紧，威尔士人[②]把它种下了
它还要再烦我们一千年。
每个时代都得重新思考它。
你无法告诉她平静的信仰
西方在说什么，南方在说什么。
她具有某种听的艺术，但听不进
世界近期以来的智慧。
白种人是她了解的唯一种族，
黑种人她几乎没见过，黄种人从来没有。

---

① 托马斯·杰斐逊，美国开国元勋，第三任总统，《独立宣言》的主要起草人。

② 指的是上文提到的托马斯·杰斐逊。

同样的手，用的材料也一样，
怎么造出来的却彼此间如此不同？
她认为这都是战争决定的。
你拿这样的一个人怎么办？
很奇怪这样的天真也走出自己的路。
我不会惊讶，如果这个世界
最后胜出的是暴力。
但你知道吗，为了她的缘故，
我在取悦教堂里的年轻成员时，
也就是教堂里那些不信的人，
那些我们现在必须考虑的人，
为此我几乎把《信经》稍加改动？
不是说她曾要求我别那么做，
从来没到那个地步；但只要想到
长凳上她颤抖的旧软帽，
她半睡着，我就不能忍受。
是啊，我也许会把她唤醒，让她吃惊。
‘沉入冥府哈德斯’这样的话[①]
对我们自由主义的年轻人听起来太异端了。

① 《使徒信经》里用 Hades“哈德斯”一词指地狱。上文提到的《信经》指的就是《使徒信经》。

你知道它们被广泛攻击。
如果它们并非真理，为什么不停地
像异教徒那样谈论它们？我们可以丢弃它们。
只不过——长凳上还飘着那个软帽。
这样的话对她应当不算什么。
但假设她在《信经》里没注意到它，
就像一个小孩子错过了没说出的晚安
带着心痛入睡——我会怎么感觉？
我很高兴由于她我才没做任何改动，
因为，亲爱的我，为什么要放弃一个信仰
仅仅因为它不再是真理。
紧守它足够长时间，毫无疑问，
它便会再次成为真理，事情就是这样。
生活中我们看到的大多数变化
是由于不同的真理时髦了又不时髦了。
我坐在这里，常常希望
自己是一个沙漠里的国王
可以永远投身于、致力于
那些我们不断回归的真理。
它会是那么的荒凉，被半覆积雪的
一道道山峦围起来，
没有人会觊觎它，认为它值得

征服的痛苦，而去强行改变它。
有人居住的散布绿洲，但最多的
还是红荆松散固定的沙丘
徒劳地，被吹得不断自我覆盖。
沙粒用初生的露汁喂养
出生于沙漠的孩子，沙暴把我
蜷缩的商队阻滞在中途——”

“墙里有蜜蜂，”他敲着隔板，
一些凶猛的头露出来；细小身体保持平衡。
我们起身离开。夕阳烧红了窗户。

蓝莓

“你真该看看我今天去的那个村子，
穿过莫特森[①]的牧场，路上看到的景致：
和你拇指尖一般大的蓝莓，
天蓝色，沉甸甸，随时准备
咚地落入头一个来的黑洞洞的木桶！
它们是同时熟的，而不是有的泛绿
有的成熟！你真该去看的！”

“我不知道你指的是牧场哪块儿。”

“你知道就在他们砍树的地方——嗯——
那是两年前——噢不！——会不会不到
两年？——是第二年的秋季

---

① Morteson，词根意思是死亡之子，有版本作 Paterson，词根意思是父亲的儿子。

那场火起来，全烧了，只剩下墙垣。”

“是啊，灌木丛还没来得及冒出来呢。
蓝莓的出现却总能让人意外：
哪怕在松树的阴影下
连它个鬼影儿都还没有，
但只要移开松树，哪怕
整个牧场都烧了，不管是蕨类
还是草茎，更不用说树枝，什么都没剩下，
哗啦！它们一下子布满周围，又深又密，
像魔术师的把戏那样难以解释。”

“它们肯定是在木炭上增肥果实。
我有时候尝出烟灰的滋味。
它们的果皮是乌檀黑：
蓝色部分不过是从风的吹息产生的薄雾，
手一碰就会消失的暗色，
比采摘者晒黑的手那种黑略浅。”

“你认为莫特森知道这些吗？”

“他也许知道却不在意，留下它们让红眼小鸟替他收集——你知道他的人品。
他不想借口说这都是他的财产
而不让我们这些外人接近。”

“我很好奇你有没有在附近见到劳伦。”

“有趣的是，我见到了。你知道吗，
我当时正穿过田野呈现的景观，
从围墙越过的视线，看到马路上
开来一辆车，里头塞满一窝
叽叽喳喳、活蹦乱跳的小劳伦，
除了是老劳伦驾车出游，还能是谁？”

“他看到你了？他做了什么？有没有皱眉不满？”

“他只是上下不停点头。
你知道他总是那么礼貌。
但他脑子里转的弯儿太大——从他眼里能看到——
如果表达出来，大致是这效果：
‘我不应把熟透的草莓留在枝头太久
留给他们。我真是太傻了。’”

“他确实比有些我叫得上名字的人更省。”

“他似乎很节省；难道不是因为
他得喂饱小劳伦们嗷嗷待哺的嘴？
他是用野莓把他们养大的，他们说，
跟鸟一样。在别处他们也藏了很多。
他们一年四季都吃，那些不吃的
他们就卖给商店，换鞋子穿。”

“谁在乎他们怎么说？这样的生活挺好，
只拿走大自然愿意给出的东西，
而不是把犁耙强加给自然。”

“你没看到他总是哈着腰——
还有小家伙们的神态！他们没有一个人转头，
看起来那么专注，神态严肃到荒唐地步。”

“能懂那伙人知道的一半都是我的奢望，
他们知道各种莓以及其他作物在哪儿生长，
泥沼里的蔓越莓，圆石散布的山顶上
生长的树莓，还知道它们的采摘时间。
有天我碰到他们，每人手里一朵花

插在他阵雨一样新鲜的浆果堆里。
是某种奇异的品种——他们告诉我它没名字。”

“我跟你讲过我们来这儿不久，有一次
我怎样差点儿把劳伦给逗乐。
世界上所有的人中，我就问了他，
他是否知道有什么果子还可以
采摘。那个坏蛋，他说他很高兴
告诉我，如果他知道。不过今年天气不行。
确实有一些浆果——但那些浆果都没了。
他没说它们去了哪里。他继续说：
‘我肯定——我肯定’——要多礼貌就有多礼貌。
他对站在门口的妻子说，‘让我想想，
夫人，我们不知道哪儿可以摘浆果，是吧？’
他能做到的就是尽力绷着脸。”

“如果他以为所有的野果都属于他，
他就错了。比如现在，心血来潮之下，
我们今年就会在莫特森的牧场采摘。
我们会在早上去，假如天气晴朗，
太阳温暖地照着：藤蔓肯定还很湿。
距离上次摘浆果太久，我几乎都忘记

我们过去是怎样摘的：我们四下打量一番，
然后沉下去消失，像地下的精怪，
互相之间谁都看不见，也听不到。
除非当你说我把一只小鸟吓得
不敢回巢，而我却会说那都怪你。
‘不是你就是我。’为表不满它绕着我们
飞呀飞呀。我们继续采摘，好半天，
直到我担心你浪荡太远，
以为把你丢了。我喊了一嗓子
声音太大你却太近，因为你
回答的时候，声音是那么小
就像说话——你站起的地方就是我的藏身处，记得吗。”

“我们无法把这块儿地方独享——
尤其是小劳伦们部署的地方。
他们明天就会来，甚至今晚就到。
他们不会很友好——也许很礼貌——
针对那些他们觉得没有权利
在他们采摘的地方采摘的人。但我们不会抱怨。
你应该看到它在雨里多么好看，
浆果和水相混，层层的叶子簇拥着，
像小偷眼馋的两种不同的珠宝。”

仆人之仆[1]

我没让你知道我多高兴
你来到我们这地方宿营。
我发誓总有一天我要去看
你是如何生活的，但我没法确定！
满屋子饥饿的人要喂，
我猜你会发现……我似乎
不再能表达我的感情
也不能提高嗓音或企图把手
举起（哦，必须的话我也能举起），
你有过这种感受吗？但愿你从来没有。
到了现在我不再敢肯定
我是高兴的，后悔的，还是怎么的。
什么都没有，除了一个像是声音的东西
留在身体里，似乎在指示我，假如我没出问题，

---

① 语出《圣经·创世记》：迦南当受诅咒，必给他弟兄作奴仆的奴仆。

我应该如何感觉，又将如何感觉。
你就说湖吧。我看啊看啊。
我看到它是一片平静美丽的水。
我站着，让自己大声重复
它的好处，那么细长狭窄，
像某个古老的河流斩去头尾
剩下的深层。它奔流的地方，
经了一道山谷，离我洗盘子的水槽上的
窗口大约有五英里，
所有吹向房子的风暴，激起
越来越白、越来越白、越来越白的缓浪。
把我的注意力从甜甜圈和苏打饼干
引到户外，一个阳光四射的早晨，
享受水光耀眼，或者那环绕我的脸
和身体，穿过我围裙渐渐吹起的风，
当一场风暴从龙潭刮来，
一阵寒意的颤栗从湖面吹来的时候。
我看到，它是一片美丽平静的水，
我们的威洛比[①]！你从哪儿听到它的？
我以为每个人都听说过它。

---

① 威洛比湖，位于佛蒙特州东北部。

从一本关于蕨类的书里？听听这个！
你让更多的像羽毛一样的东西决定
你的来来去去。你喜欢这里？
我看得出来。但我不知道！
如果更多人来的话，事情就不同了，
因为那时就有生意了。就像现在，
兰恩建的那些小房子，有时候我们租出去
有时候不租。我们有一片大好的沙滩
应该值一些钱，也许会值。
可我不像兰恩那样全指望它。
他每件事看到的都是好的一面，
包括我。他认为我看看医生
就会好起来。但这不是药的问题——
洛是唯一敢这么说的大夫——
我需要的是休息——是的，我就是这么说的——
不再给饿着肚子的雇工做饭
不用在他们吃完后洗碗——从这些
一遍遍永远做不完的事里解脱。
无论如何我不应该把这么多负担
背到自己身上，但似乎没别的办法。
兰恩说持续不断的努力才更有用。
他说最好的出路永远是熬过去。

而我同意，尤其是
我除了熬过去看不到别的出路——
至少对我是这样——然后他们才会被说服。
并不是兰恩不希望我好。
从我那天指给你看的
我们过去住的地方，方圆十里不见人烟，
搬到湖边，就是他的安排。
这个变化并不是毫无代价，
但是兰恩全力投入减少损失。
当然，他干的全是男人活儿，日出日落，
他干活儿就干活儿，跟我一样卖力——
赚的一点小钱却和辛苦付出不配。
（女人和男人一样都得赚钱。）
但工作不是全部。兰恩操持的太多。
镇上每件事他都插手。今年
是那些公路，他得照顾太多
他雇来在他身边制造垃圾的人。
他们毫不害臊地利用他，
这样做他们还自鸣得意。
我们这儿就有四个搭伙的废物，
懒洋洋地横在厨房里光说不干，
让我给他们煎培根。他们哪里关心！

他们不管做什么、说什么
都浑不在意，就当我不在房间一样。
他们一会儿来了，一会儿走了：
我连名字还没记住，更不用说
他们的性格，也不知把他们
留在没锁的房子里是否安全。
不过我不怕他们，如果他们
不怕我。这是互相的事情。
我有时会幻想：这是我的家族遗传。
我父亲的兄弟不对劲。他们把他
锁起来好多年，在那个旧农场。
我也离开过一次——是的，我离开过。
去了州立精神病院。我也许是有偏见，
但我绝不会把我的亲人送到那儿。
你知道那句老话——唯一可以存在的避难所
是救济所，养得起的人家
不应把亲人送到那样的地方，
而是留在家里。这样确实要更人性。
但事情并没有这样发展：那地方是精神病院。
在那儿他们有的是办法，
你也阴暗不了别人的生活——
你对他们没用，在你的状态里他们对你

也没用；比这更糟的是你不懂
感情，在那种状态下也不需求它。
我听过太多的老办法怎么处理。
我父亲的兄弟，他年纪轻轻就疯了。
有人认为他是被狗咬了。
因为他的暴力表现为
用牙齿叼着他的枕头。
不过更可能的原因是他失去了爱，
老掉牙的故事。因为某个姑娘。
不管怎样，他谈论的全是爱。
他们很快发现，没有严格看管的话
他就会伤害别人，最后
父亲用胡桃木杆给他造了
一个笼子，或者说，一个房间里的房间，
像牲口棚的支柱，从地板到天花板——
四周留一条窄窄的通道。
不管他们放进什么当家具
他都会弄成碎片，连躺下休息的床也不例外。
他们只好拿来干草把那地儿弄得舒服一点，
像一个兽棚，以便良心稍安。
当然，他们不能拿餐具喂他。
他们想给他穿上衣服，但他把衣服

挂在胳膊上游行——所有的衣服。
残酷——听起来是。我觉得他们
尽了最大的努力。就在他最厉害的时候，
父亲和母亲结婚了，母亲来了，
一个新娘，帮着照料这样一个生命，
用自己年轻的生活去适应他。
那就是和父亲结婚对她的意义。
她躺着，听爱欲之事在他
夜里的叫声中变得可怕。他叫呀叫呀
直到叫得力气从身体里抽空，
他的声音才因精疲力竭而逐渐微弱。
他会把围栏拉得像弓和弓弦，
然后放手发出嘣的一声，直到
他的手把它们磨得像牛轭一样光滑。
然后欢呼雀跃就像那是孩子的把戏——
他唯一的乐趣。不过我听他们说，
他们找到了一个结束的办法。
他活在我出生前——我从来没见过他；
不过那个圈完全保留了原样
就在楼上房间，房子延伸的部分，
不要的阁楼杂物全堆在那儿。
我常常想起那些光滑的胡桃木栏杆。

以至于我想说——你知道，半开玩笑地——
“该轮到我自己进楼上的监狱”——
久而久之就形成了习惯。
难怪离开时我会那么高兴。
要知道，我一直等兰恩发话才走的。
我不想在事情办糟后被指责。
不过我很高兴，真的，我们搬走时
我看起来很快乐，那时我确实快乐，
正像我说的，不过只快乐了一阵儿——我不知道！
不知道为什么变化像处方药一样作用越来越小。
窗外风景，湖边住所，
这都不够。这些对我都已经没用——
除非兰恩想到这个，但他不会，
我更不会问他——我也没那么确定。
我想我必须走在我正在走的路上：
别的人必须，为什么我不？
我几乎认为如果我能像你那样，
撂下所有东西四处流浪——
但很可能，夜晚降临，或者阴雨连绵的时候
我就不喜欢了。我会很快无法忍受，
希望头上有一个完好的屋顶。
在类似的夜里，我躺着，睡不着，

想着你，我敢肯定，比你自己想到自己还多。
奇迹是，帐篷没有在你
躺在床上的时候从你头顶掀走。
我没勇气承受那样的风险。
保佑你，当然，你耽搁我干不了活儿，
但事情是这样的，我需要被人绊住不干活儿。
总有活儿要干——永远都有；
不过耽搁就耽搁了。你能做的最糟的事
也不过是将我往后再拖延一会儿。
我在这个世界上也不可能赶上。
我宁愿你别走，除非你必须。

摘罢苹果

我那两头尖的长梯从树里穿出
指向静静的天空，
它旁边还有一只桶我尚未
填满，也许还有两三只
苹果，留在枝头我还没摘。
但现在我收工了，停止采摘。
苹果的香气，这冬眠的本质
降临于夜晚：我昏昏欲睡。
我无法从视线里抹去
今晨我从饮水槽里拿起
一块冰玻璃，举起对着灰色草世界时
涌起的怪异感。
它融化了，我让它掉落，破碎。
但我在它掉落前
已在我入睡的路上去远，
我已能预见

我的梦将采取什么样的形式。
放大的苹果出现又消失，
叶梗端和花蕊端，
每一道褐斑都显得清清楚楚。
我的脚弓不仅维持了弓形，
还残留着梯级的压力。
我感到梯子的摇动，当树枝弯曲。
我不断听到从地窖的容器里
传来一堆堆苹果
运进来，垛上去的
隆隆声。
这是因为我苹果摘得
太多：我自己渴望的
丰收让我太过劳累。
成千上万的苹果一一摸过，
在手里轻抚，举起放下，不能掉落。
因为所有
那些落地的，
不管有没有瘀伤，或扎了硬茬，
都肯定会扔进做苹果酒的那堆
没有丝毫价值。
人们能看到，是什么

困扰我的睡眠，不管它是什么样的睡眠。
如果土拨鼠没走，
他会根据我所描述的它的来临，
判断这是否像他的长眠，
或不过是某种人类的沉睡。

原则

三个人在小溪边的草地上
捡风吹到一起的干草，垛成堆，
一只眼睛总抬起看西边
一朵不规则的黑云接壤太阳，
下边一把持续不变、推进的短剑
忽明忽暗，从它胸中穿过。忽然
一个帮手把他的叉子戳进地里，
从田里冲回家。有一个留着没动。
那个城里长大的农夫不懂发生了什么。

“出了什么事？”

“你刚才说的某句话。”

“我说了什么？”

"说让我们费点劲儿。"

"堆干草？——因为快下雨了？
那是我半小时前说的。
那是说你们的，更是说我自己的。"

"你不懂。不过詹姆斯是个大傻瓜。
他以为你在找茬，说他活儿干得不好。
一般的农民那样说就是那个意思。
当然，詹姆斯得花点儿时间咀嚼
然后才反应：他刚才不过是回过神儿了。"

"如果他是那么理解我的，那他是个傻瓜。"

"别放在心上。你知道了吧。
干活儿的好手不能被指指点点的
让干好点或干快点——这两件事不行。
我和任何人一样讲究：
很可能我也会用同样的反应对你。
但我知道你只是不懂我们的方式。
你不过是在说你脑子里想的事，
我们所有人脑子里的事，你没有暗示什么。

给你讲一个从前发生的事：
那时我在塞勒姆给一个叫
桑德斯的人干活儿，和另外四五个一伙儿
收干草。谁都不喜欢那老板。
他是那种很怪异的蜘蛛相的人，
细胳膊细腿，小心翼翼从一个肉瘤般
简直不比一块饼干大的躯体伸出来。
不过说起干活儿！那人真能干，特别是
如果那样做他能从他雇来的
帮手榨出更多油水的时候。不可否认
他对自己也同样狠。我没见过
他留出任何时间——哪怕是给自己。
太阳光和灯光对他都一样：
我曾听过他在牲口棚里咚咚地彻夜苦干。
但是他喜欢给别人鼓劲儿。
对他鼓不了劲儿的人他就在后边
像割草那样用最快的速度催逼——
追着他们的脚跟，威胁要割掉他们的腿。
我看多了他欺负人的把戏
（对我们来说那就是欺负）。我一直在观察他。
所以当他在干草场和我配对
装载，我想，得当心会有麻烦。

我加了最顶一层草；老桑德斯
用耙子把它梳理一下，然后说‘好’。
一切都很好直到我们来到牲口棚
要卸一大堆草到厩栏里。
你知道站在上边往下
叉草，抡圆了就是一整块儿，
这活儿容易，
而往干草堆上垛就是慢工了。
你根本不会想象在这样的情况下
一个人需要任何催促，不是吗？
但那个老傻瓜两手抓着他的叉子，
张着毛茸茸的脸从坑里往上看，
像军官一样喊，‘把她使出来吧’
我想，你没说错吧？‘你刚才说什么？’
我大声问，以确定我没听错，
‘你是说把她使出来吗？’‘是的，把她使出来吧。’
他又说了一遍，但声调软了点。
千万别用那句话说一个男人，
特别是他在乎自己名声的话。上帝，
我杀他就跟不说他的中间名一样容易。
我垛的草堆我知道在哪儿。
我轻笼了两三叉草转了转

像冥想一样，然后我就又进去
把整车的草分十批丢向他。
我朝旁边泛起的尘土里看了看，
瞥见他像在水里乱跳一样
想把头浮上来。‘该死的’，我说，
‘你活该！’他叫得像一只被夹的老鼠。
那是我最后一次看见、听见他。
我清理了一下车架，开出去冷静一下。
我坐下来擦脖子上的草屑，
有点等人问发生了什么的意思，
一个男孩儿叫到，‘老家伙在哪儿？’
‘我把他埋在牲口棚的干草下边了。
如果你想找他，可以去把他挖出来。’
他们从我使劲儿擦其实不需
再擦的脖子的样子看出来肯定出事了。
他们冲向牲口棚；我待在我待的地方。
他们后来告诉我。他们首先把草叉开。
有很多，放到棚子里的地板上。
什么都没有！他们听。一点动静都没有。
我猜他们以为我刺穿了他的头
然后埋了他，否则我怎么做到的。
他们再挖。‘去，别让他老婆
到棚子里来。’有人从一扇窗里看进去，

他妈的，他正在厨房里
深深窝在一张椅子里，两只脚
塞进烤炉里，那可是一年中最热的夏天。
他从后边看起来是那么令人恶心
没人敢去惊动他，
也不敢让他发觉有人在看他。
很明显我没有埋掉他
（我也许只是把他打倒了）；但我
埋掉他的企图本身已伤了他的自尊。
他回房去就是不要再碰到我。
他整个下午都避免和我们照面。
我们收拾他的干草。过了一会儿
我们看到他去花园摘豌豆：
他停不下来，总要有事做才行。”

“发现他没死，你是不是松了一口气？”

“不是！不过我不知道——很难说。
我当时确实是要杀了他的。”

“你那样反应不好。他把你辞退了吗？”

“辞退我？没有！他知道我做的是对的。”

世代传人[①]

所有来新罕布什尔寻找
先辈记忆的人聚在一起，
宣布产生了一个理事。
在巴奥，一个乱石散布，农业
凋敝的小镇，斧斤去、杂草生的地方，
思达克这个名字聚拢了那些人。
有人竟然把那里所有
家族的起源追溯到一个
岔路上古老的地窖洞里。
他们从那里发源，人数众多
以至于现在镇里留下的房子
不够住，还得在树林和果园里

---

① 世代传人，Generations of Man，其实也可以翻译作：人的产生，人的起源。

这儿一顶那儿一顶地支帐篷。
他们来到巴奥，但这不够：
什么都不能阻止他们留出一天，
围站在那个把他们带到
这世界的坑边，企图探究
过去，从中找出一些陌生感。
但雨破坏了一切。一早天就阴沉不定，
低云拖着尾巴，不时下一阵雨结成雾气。
年轻人之间还怀着希望，
直到快中午，飒飒响的草
确定了风暴的到来。“其他人也在那里
会怎么样，”他们说。“天不会下雨。”
只有一个人从不太远的农场
徒步走来，他没有期待会遇到
别人，就是出于无聊。
一个，还有另一个，是的，有两个人。
第二个是走在崎岖山路上的
一个姑娘。她远远停下来
探查形势，然后做了决定
至少走过去看看他是谁，
也许听一听关于天气的谈论。
这个思达克家的人她不认识。他点头。

“今天没有聚会，”他说。

“看起来是。”

她扫视了一下天空，抬起脚跟要走。
“我只是没事闲逛过来的。”

“我也是闲逛过来的。”

专门给这种互不相识的
亲戚聚会做好的，画在一张
类似护照卡上的世系图，
佩戴者的那一支最详细——
狂热分子绘制的不厌其烦的谱系图。
她猛地把手伸向胸前外衣，
像是要抓住心脏。他们同时笑了起来。

“思达克？”他问。“证明就不必了。”

“是的，思达克。你呢？”

“我也姓思达克。”他掏出护照卡。

“你知道我们即使不是，也肯定是表亲关系：
这小镇到处是姓车希思，娄斯，和贝勒斯的人，
都称许自己身上的思达克性①更为纯正。
我妈妈姓兰恩，她可以和地球上
任何人结婚，而她的孩子
还是思达克，今天也肯定来到这里。”

“你拿世系图玩猜谜，
像一个薇奥拉②。我没理解你的意思。”

“我的意思是，我妈妈是
好几重的思达克，和我父亲结婚
并不是把我们带回思达克家族的主因。”

“人不能被一个简单的
亲戚关系声明弄糊涂了，
不过你说的事还是让我脑子嗡嗡转。

---

① 斯达克性，Starkness，stark 作为形容词意思是荒凉的，stark + ness 把形容词变成名词，荒凉，作者这里玩了一个双关的文字游戏，这里指的是思达克属性，思达克血脉。

② 薇奥拉，Viola，莎士比亚喜剧《第十二夜》里女扮男装的女主角。也有可能指的是堇菜属植物，有大约六百个种类，世系复杂。

你拿着我的卡——你看起来很擅长这东西——
看你能不能算出我们的亲戚关系。
为什么不坐在这儿的地窖墙上
把脚伸进覆盆子藤蔓里晃荡?”

“在家族树的庇护下。”

“正是——那样的庇护应该够了。”

“可是挡不了雨。我看就要下雨了。”

“正在下雨。”

　　　　“公平地说，没有，只是在起雾。
你觉得这雨看起来是不是能让眼睛清凉?”

情况是这样的：小路
在半山腰屈身向外，
然后在不远处消失不见。
没人从那儿回家。从他们的位置过去
唯一的房子是一个粉碎的荚果壳。
下边隐藏在树丛里的是一条咆哮的溪流，

它的声音对这块地儿而言就是沉默。
他坐着听水声，等着她的评断。

“从父亲一方看起来，我们是——让我看——”

“不要太技术化了。——你有三张卡。”

“四张，你一张，我三张（每一张都是
思达克家族分出的[illegible]系，分别都有我这个后代）。”

“你知道一个人和自己关联太紧
会被看作疯子。”

“我也许是疯子。”

“你看起来是，坐在雨中
和从来没见过的我一起研究
族谱。从所有这些关于祖先的骄傲里
我们能得出什么，我们美国佬？
我认为我们都疯了。告诉我为什么来到这里，
被吸引到这个小镇，一个地窖坑穴的周围
就像暴风雨前湖上的野鹅？

我奇怪从这个坑里我们能看到什么。”

“印第安人有一个神话关于奇卡摩刺陀克，
意思是我们从中走出的七个洞穴。
我们思达克族则是从这个坑里挖出来的。”

“你很渊博。这就是你从其中看到的？”

“那么你看到的是什么？”

“是啊，我看到什么？
首先。我看到覆盆子的藤——”

“哦，如果你要用眼，那么先听听
我看到什么。那是个很小很小的男孩，
苍白、黯淡像阳光下火柴擦出的火苗。
他在地窖里摸索着找果酱，
以为周围是黑暗的，但其实阳光充足。”

“他什么都不是。听着。我这样斜靠着
便能把思达克老祖宗想象的八九不离十，——
他嘴里叼着烟斗，拿着棕色的罐——

保佑你，这不是老爷爷思达克，是老奶奶，
但有烟斗，有烟雾，还有那个罐。
她在找苹果酒，古老的姑娘，她渴了；
让我们希望她找到饮料平安地出来。”

“请给我讲讲她的事。她看起来像我吗？”

“她应该像，不是吗？你是从她而下
那么多分支合起来遗传下来的。我相信
她看起来确实像你。在那儿别动。
鼻子一模一样，下颌也是——
如果允许误差，允许合理误差。”

“你这个可怜的，亲爱的，太、太、太、太奶奶！”

“注意别把她的伟大搞错。别让她掉了辈分。①”

“是的，这很重要，虽然你不这样认为。
我不会生气。不过你看我身上全湿了。”

---

① 伟大（greatness），呼应前一句的“great，great，great，great，great Granny”（太、太、太、太奶奶）的，就是说要注意前边有几个“太”字，不要漏掉，免得把辈分搞错。greatness 也有伟大的意思。

“是啊，你得走了；我们不能永远留在这儿。
不过等着，让我伸手拉你起来。
一颗银色水珠依稀编织在
你的头发上，不会损害你的夏日容貌。
我想拿小溪在空旷的峡谷
所激出的嗓音做个实验。
我们刚看到了幻象——现在求教于声音。
这肯定是我小时候坐火车的时候
学到的。我那时经常把那啸声
当作从它身躯内部说出的声音。
不管那是说还是唱，或乐队在演奏。
也许你具备我所说的那个本领。
我从来没有在小溪如此狂野
下降所发出的轰鸣声里倾听。
它应该会给出一个更清晰的预言。”

“这就像你把一个图像投射到屏幕上：
它所有的意义都出自于你；
那些声音给你的是你愿听到的东西。”

“奇怪的是，那是他们愿给出的任何东西。”

“这我就不知道了。这肯定很奇怪。
我想这是不是你自己的虚构。
你认为你今天会听到些什么？”

“从刚才我们一直在一起的事实——
不过为什么在我会听到什么这个问题上花时间？
我要告诉你那些声音真正说的是什么。
你就待在你在的地方不动
再待一会儿。我不能有太仓促的感觉，
否则我就无法进入，听到那些声音。”

“你是在进入某种恍惚出神状态吗？”

“你必须非常安静；不能说话。”

“我会屏住呼吸。”

“那些声音似乎在说——”

“我在等。”

　　　　　“别！那些声音似乎在说：
管她叫瑙西卡[①]，她不害怕
冒险结识的那个人。”

“我就让你那么说吧——经过考虑之后。”

“我看不出你有什么办法阻止。
你要的是真实。我不过是用那些声音说了出来。
你看他们清楚我还不知道你的名字，
虽然我们之间名字有什么要紧——”

“我可否以为——”

　　　　　　　　　　“好好儿听。那些声音说：
她叫瑙西卡，从地窖的
覆盆子间找出一根你会发现的
熏黑的木料，砍削成
门槛或其他边角料
用来在这老地点建一所新房子。

---

① 希腊神话中的人物，荷马史诗中，瑙西卡救了遭海难的奥德修斯，诗中说的那个她“冒险结识的人”应该就是奥德修斯。这个典故也影射诗中男女主人公的关系。

生命还没有完全从它消失。
请来吧，把这里当作你的夏日居所，
也许她会来，仍旧无所恐惧，
在敞开的门口坐在你前面
膝上放着花，直到枯萎，
但却没有跨进那道神圣的门槛——”

“我很好奇你的预言往哪儿发展。
你知道它有点不太对，
否则就应该用方言说。你想用
什么人的嗓音？肯定不是老爷爷的
当然也不是老奶奶的。唤起他们中的一个吧。
在这地方他们最有权利被听到。”

“你似乎太偏爱我们的太奶奶
（去掉了九个太。纠正我如果我搞错了。）
你将很可能把她所说的任何东西
都当作是神圣的。但我警告你，
在她的时代，人们说话是朴实的。
你觉得你还想在这样的时刻把她招来吗？”

“我们随时可以把她从话题里去掉。”

“好的，现在奶奶说话了：‘我不知道！
也许我这样看问题不对。
但现在这些人怎么比得上过去的人，
将来也不会有人符合我的想法。
虽然一个人不能对新来者太苛刻，
但他们太多了，怎么安慰得过来。
如果我能看到更多腌他们的盐
我会感觉好点儿。
孩子，照我说的去做！你去拿那根木头——
它还和当初刚砍下时一样好——
从头开始——’就在这儿，她最好停下。
你能看得出什么在烦老奶奶。
难道你不认为有时候我们把老一辈
翻炒过头了吗？重要的是那些理想，
它们还保留着某些现实的相关性。”

“我能看得出我们将要成为好朋友。”

“我喜欢你说‘将要’。你刚才说
天将要下雨。”

"我知道，它在下雨。
我让你说了所有那些。但我现在必须走了。"

"你让我说的？深思熟虑？
在这样的情况下我们怎样说再见？"

"是啊怎么样？"

"你能不能把路留给我？"

"不，我不信任你的眼睛。你说得够多了。
现在把你的手伸出来。——摘给我那朵花。"

"下次我们在哪儿见面？"

"除了这儿
我们还有哪里再见，在我们相会于别处之前。"

"在雨中？"

"必须在雨中。在雨中的某个时刻。
明天的雨里，如果下雨，我们就相见，可以吗？
但如果必须，阳光下也行。"就这样她走了。

女管家

我从厨房门进去。

“是你啊，”她说，“我起不来。原谅我
听到敲门没给你开。我没法
让人进来，也没法让人不进来。
我跟他们说，我又老又胖。
我差不多只剩下手指使唤得动
算是一点安慰。我能缝纫：
尽量帮着做点珠饰。”

“你结串的那件舞鞋很好啊。
给谁做的？”

　　　　　　“你指的是？——哦，给一位小姐。
我记不住别人家的女儿们。
上帝，要是我能梦见每个

我给做过鞋，穿了跳舞的小姐！”

“约翰在哪里？”

“你没看到他吗？这可巧了，
你来他家，他正好去了你家。
你们路上不可能错过的。我知道怎么了：
他肯定改变主意，去了伽蓝德家的。
如果那样他不会去得太久。你等一下。
不过你来又有什么用，谁来都没用——
太晚了。你听说了吗？艾斯黛勒跑了。”

“听说了，为什么？她什么时候走的？”

“两个星期了。”

“看来她是认真的。”

“我肯定她不回来了。她藏在什么地方。
我自己也不知道哪里。约翰认为我知道。
他认为我只要发个话
她就会回来。但是，祝福你，我是她妈——

我没法跟她说话，上帝，我要能就好了！”

“约翰肯定不好受。他会怎么办？
他找不到任何人取代她。”

“哦，你问我的是，他会怎么办？
他从面包店拿来一些吃的，
让我坐下告诉他一切，
需要什么，多少钱，在哪儿。
但是当我走了——我当然不能留在这里：
艾斯黛勒安顿好就会来接我。
他和我只会相互妨碍。
我告诉他们不可能让我扫地出门：
我就像建在这儿的一台巨大的教堂管风琴。
我们在这儿已经十五年了。”

“那可是很长一段时间
生活在一起，然后却要分开。
你走后你觉得他该如何生活？
你们两个走了房子就空了。”

“我看他在这儿过不了几年，

除了家具什么都没有剩下。
我不愿想我们离开后的这老地方，
小溪从院子低处流过，
一个人都没有，除了母鸡扑腾。
他可以把房子卖掉，不过，他卖不掉：
没人愿意再在这儿生活。
它太破旧了。这就是最后剩下的。
我认为他会让东西都砸碎。
他就在诅咒中度过时间。他很可恶！
我从来没见过一个男人让
家庭问题对他男人家的事产生这么大的影响。
他所有事都放手了。像个孩子。
我觉得这都是因为他是他妈拉扯大的缘故。
他收的干草已经被雨淋了三遍。
他昨天替我锄了一会儿地：
我以为种地对他有好处。
却不知什么事不对了。我看见他两手一扔
锄头飞到天上。我这会儿还能看到它——
过来——我指给你看——就在那棵苹果树上。
这不是他这个年纪的人该做的事：
他五十五了，你知道，不小了。”

“你难道不怕他吗？那把枪是干什么的？”

“哦，从有鸡的那天就有鹰，放那儿很久了。
约翰·豪要敢碰我！除非他连他的朋友都不认识了。
我可以这么说，约翰不像有些男人那样
威胁人。没人怕他。
说到最后，他已经打定主意不想在应该
站起来的地方站起来。”

“艾斯黛勒在哪儿？
难道没人跟她说吗？她说什么？
你说过不知道她去哪儿了。”

“也不想知道。
她觉得如果和他在一起生活不好，
那么离开他就是好的。”

“这不对！”

“是，不过他早应该和她结婚。”

“可不是。”

“她这些年压力太大了：
我没办法做别的解释。
男人就不一样了，至少约翰是这样：
他知道他比别的男人好。
没结婚却跟结婚一样
过得很好——至少他总是那么说的。
我知道他的感受——不过都一样！”

“我奇怪为什么他不和她结婚
一了百了。”

“太晚了：她不要他了。
他给了她另作打算的时间。
那是他的错。上帝都知道
我不想让这个家分开。
这个家不错：我不能要求更好了。
但是我一说为什么他们不结婚，
他就说，为什么他们要结婚？——除了这话什么
都没了。”

“说到底，他们为什么要结婚？约翰表现不错

我也是这么认为。他的就是她的。
从来没有财产纠纷。”

“也许只是因为没有什么财产。
像两个好朋友共同拥有的农场
破败得不像样子，根本就是资不抵债。”

“我的意思是艾斯黛勒总是那个管钱的。”

“那个权更难管好。
我认为是艾斯黛勒和我在挣钱。
是我们给了他钱，而不是他给我们。
约翰不是个好农夫。我不是指责他。
年复一年，他没挣多少钱。
我们来到这里是给我安一个家，你知道，
艾斯黛勒做家务养活
我俩在这儿搭伙。但看看事情怎么发展：
她看起来是有了家务可做，除此之外，
还承担一半的地里活儿，虽然
他说她做得多是因为她喜欢。
你看我们的好东西都在户外。
我们的母鸡、母牛和猪

不需要我们反而长得更好。
周围比我们富裕两倍的人也没有
这么好的家畜。它们不适合农场。
有一点你不得不称赞约翰的地方
是，他喜欢好东西——太喜欢了，有人会说。
但艾斯黛勒没有抱怨：在这方面她像他。
她想让我们的母鸡成为最好的。
你从来没见过集市开放前的这个房间，
堆满了发抖的，羽毛稀疏，快窒息的鸟
分在不同的笼子里，等着整理羽毛。
热气中潮湿羽毛的难闻气味！
你说到约翰是个危险人物。
你不知道我们是多么温柔善良的人。
我们连一只母鸡都不忍伤害！你应该看我们
怎样把一群母鸡从一处挪到另一处的。
不允许我们让它们头朝下颠倒，
我们能做的就是抓着腿。
规则是每次两只，一只胳膊一只，
不管我们得走多远，
来回多少次。”

“你是说那是约翰的主意。”

“这我们都照办；否则我不知道
他会作出什么样的孩子气行为。
他设法做到了在他自己的农场上
控制一切。他是老板。但说起母鸡：
我们用篱笆围起花儿，让母鸡乱跑。
没有比这对它们更好了。我们说这是有回报的。
约翰喜欢说别人出了什么价，
这只公鸡二十，那只二十五。
他从来不卖。如果它们值那么多
去卖，那么也就值那么多去保留。
保佑你，但这都是成本。帮我拿那个
橱柜上的小锡盒子，
上层的橱柜，那个小锡盒子。就是那个。
我给你看。你看。”

“这是什么？”

“收据——”

五十块钱一只狼山公鸡①——

---

① Langshang cock，鸡的品种，最早纪录于 1872 年从江苏南通的狼山引入英国，1873 年引进北美。

发票收讫。这只鸡还在院子里呢。”

“不在玻璃笼子里？”

“他得要一个高笼子：
他能吃掉一桶那么高的东西。
他曾住在玻璃笼子里，就跟你说的，
伦敦水晶宫。他是进口货。
约翰买了他，我们用珠饰付的账单——
我叫它万扑姆[①]。听着，我们没有抱怨。
但你看，我们把他照顾得挺好，不是吗。”

“也喜欢照料他。这让事情更糟。”

“看起来是的。这还不够：我简直
很难给你讲他的各种一无是处。
有时候他着魔似的记账
想看钱都飞快地流到哪里去了。
你知道男人会荒唐到什么地步。
不过看他怎样的困扰很有意思——

① 美洲印第安人的一种珠饰品。

如果他现在不行，将来他又会怎样——？”

“这让事情更糟了。你肯定瞎了。”

“艾斯黛勒才是。你不需要跟我说。”

“难道你和我不能找出事情的根源？
真正的问题是什么？她怎样才能满足？”

“就像我说的：她从他身边离开了，就是这样。”

“但为什么？在境况不错时离开，是因为没有邻居，
和朋友中断了联系？”

“我们有朋友。
不是那个。大家不害怕我们。”

“她担心过这个。你承担着压力，
你是她母亲。”

“我并没有总是那样。
我起初并不喜欢。

但我习惯了。另外——
约翰说我太老了，养不了外孙。
不过说这些有什么用既然事情都发生了？
她不会回来了——更糟的是——她不可能回来了。”

“为什么那么说？你知道什么吗？
你的意思是？——她自杀了？”

“我的意思是她结婚了——和别人结婚了。”

“哦，哦！”

“你不相信我。”

“不，我相信，
太相信了。我知道这里头肯定有事儿！
这就是其中的原因。她是个坏女人，如此而已！”

“坏女人，就因为她抓住机会结了婚？”

“胡说八道！看她都做了什么！不过是谁，谁——？”

“谁会把她从一团糟里解脱出来和她结婚？

直说吧——不要顾及对着她的母亲。
那个人找到了。我最好别说名字。
约翰自己都想不到他是谁。”

“那么事情结束了。我觉得我还是走吧。
你一会儿就将面对约翰。我可怜艾斯黛勒。
我认为她也应该被可怜。
你有权独自留在厨房里
把这事告诉他。你也许能留住这个工作。”

“你不必马上就走。
约翰马上就到了。我看到有个人
从瑞安山丘下来。我觉得是他。
他来了。那个盒子！把它拿开。
还有这收据。”

“急什么？他还得解开缰绳。”

“不，他不会。他只会扔掉缰绳
把多尔[①]赶到草场上去。

---

① 多尔，从上下文看是一匹母马的名字。

她走不了太远车轮就会绊在
什么东西上——没事。看，他来了！
上帝，他看起来好像听说了似的。”

约翰把门大开却不进来。
“你怎么样，邻居？我正要找你。
地狱一样，不是吗？”他说，“我想知道。
出来到这儿，如果你想听我说话。
老女人，我等会儿再跟你说。
我听到一些也许不那么新的新闻。
这两个人，她们想对我做些什么？”

“你出去好好儿和他说，别让他喊。”
她提高声音对着正在关闭的门：
“谁想听你的新闻，你——讨厌的蠢货？”

恐惧

一道提灯光从牲口棚深处
照在门口的一男一女身上
把他们摇摆不定的影子投射到
附近房子上，它每扇光滑的窗都黑洞洞的。
一只马蹄在空洞的地板上刨了一下，
马车也动了一下，他们站在这辆马车
附近。男人抓着一只轮子，
女人尖声叫道，“呜哇[1]，站着别动！——
我刚看到它，像白盘子一样清楚，”
她说，“就像挡泥板上的光
沿路边的灌木丛晃过去——一个男人的脸。
你肯定也看到了。”

“我没看到。

① 英文里喝止马的“吁”声是呜哇（Whoa）。

你肯定——”

“是的，我肯定！”

“——是一张脸？”

“乔尔，我必须得看一下。我不能进屋，
我不能，留下一个未解的谜团。
门锁着，窗帘拉着，也不能让我放心。
每逢长时间外出之后返回
这黑房子，我总有一种奇怪的感觉，
钥匙呲啦啦插进去
似乎在警告什么人，我们在进
一道门而他得从另一道门跑掉。
万一我说对了呢，有人一直在——
别抓我的胳膊！”

“我觉得是有人在路过。”

“你说的好像这是一条常有人走的路。
你忘了我们在哪里。这么晚了

他从哪里来，到哪里去，是为了
什么原因，更不用提他还是步行？
他站在灌木丛里一动不动想做什么？”

“也没那么晚——只是天黑了。
这事比你想说的要复杂。
他是不是看起来像——？”

“他看起来像任何人。
今晚我绝不睡觉，除非我搞清楚。
把提灯给我。”

“你别拿灯。”

她挤开他，自己拿了提灯。

“你不要来，”她说，“这是我的事。
如果到了直面它的时候，我才是那个
把事情摆平的人。他再也不敢——
听！他踢到了一块石头。听，听！
他在朝我们走来。乔尔，进去——快。
注意听！——我听不到他了。但还是快进去。”

“你根本不能让我相信它是——”

“这是——或者是他派了别人来观察。
现在就是和他了结的时候
趁我们确切知道他在哪里。
要是让他跑了他就会在我们周围
任何地方藏身，从树林和灌木丛里窥视，
直到我再不敢踏足门外。
这样子我无法忍受。乔尔，让我走！”

“胡说八道，他哪里关注我们。”

“你的意思是你不理解他想做什么。
哦，但你看他还没完呢——
乔尔，我不会——我不会——我向你保证。
我们绝不能说难听的话。你也不能。”

“如果一定得有人出去，我才是出去的那个！
但是你打着提灯，给了他优势。
我们站在这里，他什么做不出来！
也许他需要的就是仔细观察，

看到了所有可以看到的，然后他才离开。”

他看起来忘记了守住他的岗位，
在她穿过草地的时候随她往前。

“你想要什么？”她冲着黑暗里喊道。
她的身影拔得很高，俯临
贴着裙子、挂在两手上火热的提灯。

“没人。看来你错了，”他说。

“有。——
你想要什么？”她叫道，然后自己
也吓着了，当一个声音真的响起。

“什么都不要。”那声音从大路远处传来。

她伸出一只手找乔尔寻求倚靠：
毛衣烤焦的味道让她头晕。
“夜里你在这房子周围干什么？”

“什么都不干。”停顿：似乎没有更多可说的。

然后那个声音又响起来："你似乎很害怕。
顺便提一句，我看到你不自觉抽打着马。
我会往前走到灯光里
让你看。"

"好，过来。——乔尔，回去！"

她坚持不退，任嘈杂的脚步声
走过来，但她的身体微微颤抖。

"你看，"那声音说道。

"哦。"她看了又看。

"你看见吗——我手里还牵着一个小孩子。
抢劫犯不可能把家人也带来。"

"这么晚了带孩子出来干什么——？"

"出来散步。每个孩子都应该至少有一次
这样的记忆：上床时间过了之后的散步。

怎么了，儿子？”

“那么我是否可以认为你在找
散步的地方——”

“我们碰巧走的是公路——
我们要在前边的迪安家住上两周。”

“如果事情就是这样——乔尔——你知道——
你什么都别想了。你明白？
你明白我们必须要小心。
这是一个非常非常荒凉的地方——。
乔尔！”她说着话，好像没法转身。
摇晃的提灯拉长到地上，
它触碰着，击打着，嚓嚓响着熄灭了。

自我寻找者[1]

“威利斯，我今天不想让你来这儿：
律师要来办事。
我将出卖我的灵魂，更准确地说，我的脚。
五百块一双，你知道。”

“对你来说脚差不多就是灵魂。
如果你要把它们卖给魔鬼，
我想看着你做。他什么时候来？”

“我有点怀疑你已经知道了，过来的目的
就是想帮我谈一个好价钱。”

“呵，是的！你的脚可不是一般的脚。

---

① 自我寻找者，Self-Seeker，有“自私自利者”的意思。从全诗上下文看，两者都能讲通。

律师不知道他要买的是什么：
还有那么多的路你却不能走了。
你还没有找够你的四十种兰花。
他怎么想？——你的宝贝脚怎么样？
医生肯定你还能走路吗？”

“他认为我会一瘸一拐。腿脚都有问题。”

“肯定很可怕——我是说看上去。”

“我还没敢揭开看它们。
我透过毯子感到自己像一只海星
摊开了定在几个点上。”

“没有伤到你的头就是奇迹了。”

“很难给你描述我怎么做到的。
我看到传动轴挂到我的衣服，
我没花多长时间挣扎，
也没摸索出我的刀子割掉它，
我只是抱着轴柄，让它带着我——
一直到卫斯切断轮坑里的水源。

这就是我没丢掉脑袋的原因。
但我的腿撞到了顶棚。”

“太糟了。他们为什么不松开传动带
而是下到轮坑里清理？”

“他们说已经在传动带上浪费了些时间——
陈旧的皮带——不怎么喜欢我
因为我用指关节压得它吐出火舌，
过去本·富兰克林就是这样摆弄风筝线的。
一定是了。有些天他不愿动。
那样的日子女人都不能诱惑他出来。
而现在他处于这样的状态，尾巴塞在嘴里，
在银色的滑轮上左右摇摆。
没有我在那儿，一切照常进行。
你能听到那些小圆锯的呜呜声，大锯
对着村子周围的山丘发出刺耳的猫叫，
两者相同的地方是都咬木头。这是我们的音乐。
一个好的村民应该会喜欢这个。
毫无疑问它是一种富庶繁盛的响声，
这就是我们的生活。”

"是啊，我们不死的时候才是。"

"你说得好像事情能有什么
例外似的。我们因什么生，就因什么死。
我想知道律师在哪儿。他的火车到了。
我想结束这件事；我又热又累。"

"你正准备要做蠢事。"

"帮我看他来了没有，好吗，威尔？你让他进来。
我不想让科滨夫人知道。
我在这里寄居的时间太久，她认为她是我的主人。
你足够坏，用不着她。"

"我还要更坏，而不是更好。
你必须告诉我事情进展到了什么程度：
你接受了某个赔偿金额吗？"

"五百。
五百——五——五！一，二，三，四，五。
你不用盯着我。"

"我不相信。"

"你一进来我就告诉你了，威利斯。
别为难我了。我必须接受
我能得到的。你看他们有脚，
这给了他们交易的优势。
无论如何我都拿不回脚了。"

"但是你的花儿，伙计，你在出卖你的花儿。"

"是的，从某个角度看确实是——本地区
今后四十个夏天——四十个夏天所有的花，
每一种花，任何地方的花。
不过我不会卖它们，我在免费给出它们，
它们从来没有给我挣到一分钱：
丢失它们，钱是无法补偿我的。
不，五百是他们说的价钱，
用来付医生账单，把我身体整好。
否则就得打官司，我不想打官司——
我只想把生活稳定下来，
它也会稳定下来，明白最糟会怎样，
最好会怎样——也许没那么糟。公司

保证提供所有我可以钉的木条[1]。”

“但是山谷里的植物怎么办？”

“你说到点子上了。不过——你不认为
那对我是值钱的吗？虽然我认为
不完成它对我不利，毕竟它[2]
会给我带来很多朋友。顺便提一下，
我收到伯勒斯的一封信——我告诉过你吗？——
关于我的皇后杓兰[3]；
他说还没有在这么靠北的地方发现过。
来了！门铃响了。他在按门铃。你下去
把他带上来，别让科滨夫人。——
哦，我们很快就会把这事结束。我累了。”

除了那个来自波士顿的律师，
威利斯还带上来一个赤脚的姑娘，

---

① 这首诗是根据诗人的高中同学卡尔·布热尔的经历写成的，卡尔在一个制箱子的工厂遭遇严重的工伤，这里说的“木条”应该指的是做木箱用的木条，公司提供“木条”应该指的是继续给他提供工作。

② 从上下文能猜到这个受伤的“我”在研究兰花，把不同种类的兰花分类归档，这里的“它”指的应该是归档的簿册。

③ 原产北美洲北部的濒危植物，喜生沼泽地区。

在沉重的脚步声和律师的男中音
的重要性的衬托下，她站在那儿
好一会儿都没人注意，双手
害羞地背在身后。

“好，你怎么样，先生……”
律师的手已经伸进包里
像要掏出一些文件，上边有他
记不起来的名字。“你必须原谅我，
我拜访工厂，耽搁了。”

“四处看看吗？”威利斯说。

“是，
啊，是。”

“听到什么有用的消息吗？”

被损害的人看到安。“哎呀，安来了。
你需要什么，亲爱的？来，站在床边。
告诉我这是什么？”

　　　　　　　　　　安只是用身后的双手
摇摇裙子。“猜，”她说。

“哦，猜哪只手吗？我的上帝，以前
我知道一个很灵的办法
往里看一下耳朵就行。但我忘了。
呵，让我看。我认为是右手。
哪怕猜错了也肯定是对的[①]。
来，把手伸出来。不要换。——一朵羊角兰！
一朵羊角兰！我想知道要是我选左手
会看到什么。伸出左手。
还是羊角兰！你从哪儿找到的，
从哪一棵山毛榉下，哪一座旱獭的山丘？”

安看了一下她旁边高大的律师，
觉得她不能冒险多说什么。

“没有别的了吗？”

　　　　　　　　　　　　“有四五朵。

① 英文里“右”和“正确”是一个词，所以猜错了也是对的。

我知道你不会让我把它们全摘掉。”

“我不会——我不会。你是个好姑娘！
你看安把她学到的东西记在心里了。”

“我想让那地方明年再长一些。”

“当然了。你把其余的留下做种子，
另一些给林子深处的旱獭。你是个好姑娘！
一朵羊角兰的籽给一只旱獭
听起来像那么回事。对一个很刁的胃口来说，
好过农民的豆荚，
虽然羊角兰很少能
大量采到——市场上不可能有。
不过，安，我很困惑；你全都告诉我了吗？
你隐藏了什么吧。这跟撒谎一样糟。
你问问这个律师人[①]。身边有个
律师把你揭露出来就不好了。
对有些人来说什么都藏不住，安。

---

① 律师人，lawyer man，这个 man 的后缀并无尊称或蔑称的暗示，就是表示这个人的职业，干什么的，比如 doctor man 医生人。

别告诉我你在找到羊角兰的地方
没有发现一朵黄女士舞鞋①。
我怎么告诉你的？什么？我会脸红，我会的。
你不要为自己辩解了。如果它在那儿，
那么现在在哪儿？那朵黄女士舞鞋？”

“呃，等等——它很普通——它太普通了。”

“普通？
紫女士舞鞋才是普通的花。”

“我没带紫女士舞鞋。
对你——我的意思是，对你来说——它们都太普通了。”

律师从文件堆里爆发出一阵大笑
像是因为意识到了她说对了什么。

“我让安收集花儿，可把她累坏了。

① Yellow Lady's Slipper，黄女士舞鞋，一种兰花，后文的 Purple Lady's Slipper 紫女士舞鞋也是一种兰花。

这对孩子不公平。不过没办法：
被迫工作就意味着大的改变。
我会以某种方式给她公平——她会看到的。
她将替我在田里探索，
在石墙上，沿着一片树林
在河岸边找水面上的花，
那‘流动的心’①，有着心形的小叶子，
在湾流的水下，一拳的
小手指被压低，除了一只
挺起来在太阳下开花
好像在说，‘你！你是心的欲望。’
要有一个接近花的办法，可以弥补
她所失去的：她一只膝跪下
用下巴托着它们的脸贴在自己脸上
叫着它们的名字，然后把它们放回原处。”

律师带了一只设计巧妙的
有壳子的表，关上时发出
一种类似手枪的声音，专门用于
这样的时刻。现在，他关上了它。

---

① 荇菜属植物，类似睡莲。

“呵，安，去吧，亲爱的。我们的事情可以等。
律师人在担心他的火车。
他走之前想给我很多很多
的钱，因为我把自己弄伤了，
不知道这会花去他和我多长时间。
先把我们的花儿放在水里。威尔，帮帮她：
水罐对她来说太满了——没有杯子？
就把它们系在水罐的内壁。
去吧。——拿出你的文件！你看
我必须维持在安心目中的形象。
我是个为自己考虑的好小伙儿。
你不能责备处在这个位置上的我。
谁会管我的日常事务
除了我？”

　　　　“很美的插曲，”
律师说，“我很抱歉，但我的火车——
幸运的是条件大家都已同意。
你只需要签上你的名字。就在——那儿。”

“你，威尔，别扮鬼脸。到这儿来

你就不会再扮鬼脸了。你想要什么？
我会让你和安一样出去。好好的，要不就出去。”

“你不会连读都不读就签名吧？”

“那就让你自己有点儿用吧，念给我听。——
难道这不是我以前看过的东西？”

“你会发现确实是。让你的朋友看 下。”

“好，不过所有这些都需要时间，我和你
一样想尽快把这事搞完。
不过读吧，读吧。——对，把窗帘拉上：
有时候我不知道什么在困扰我。——
威尔，你说什么？别像一个傻瓜，
你！别把宝贝法律文件弄皱了。
如果有什么不同意见，你就说。”

“五百块！”

“你认为多少才可以？”

“一千块差一分都少；
你知道的，律师先生。让他
在不知道以后还能不能走路
之前接受任何条件都是罪恶的。
这在我看来更像是欺骗。”

“我想——我想——从我今天听到的——
我自己亲眼看到的——这对他不是个好建议——”

“你听到什么了，比如呢？”威利斯问。

“发生事故的地方——”

被损害的人在他床上扭曲着。
“很明显这是你们俩之间的事。
我插嘴的地方才是我想知道的。
你们两个争得像一对公鸡。
到门外去如果你们想打架。别掺和我。
你们回来的时候，我会把文件签了。
铅笔行吗？那么，请给我你的水笔。
你们来一个人把我的头从枕头上托起来。”

威利斯气冲冲地从床边走开。“我去洗手——
我不是对手——不，也不想假装是——”

律师严肃地给他的水笔盖上帽。
“你做了正确的选择：你不会后悔。
我们对你很抱歉。”

威利斯冷笑道：
“谁是我们？ 波士顿某些股东？
我要出去了，上帝，不回来了。”

“威利斯，你来的时候把安带回来。
是的。谢谢你的关心。——别管威尔：他是个野蛮人。
他认为你应该赔偿我的花儿。
你不知道我说的花儿指什么。
不用停下来。你会误了火车。
再见。”他猛地举起胳膊环抱住脸。

柴垛

天色阴沉，我去冻住的沼泽里散步
我停下来说：“我要从这儿回头。
不，我要走得更远——我们走着瞧。”
硬雪承受我，除了偶尔有些地方
陷入我一只脚。目光所及全是
又细又高的树木竖直的线条，
如此雷同，无法用以标记或命名一个地方，
以便能确切地说出我在这里
而不是别处：我只是离家远了而已。
一只小鸟在我前边飞。他落地时
小心翼翼地让一棵树挡在我们之间，
一句话都不告诉我他是谁，
谁会这么愚蠢地去想他怎么想。
他以为我追他是为了一根羽毛——
他尾巴上那根白色的；像有人那样把所有
对他说的话都当成针对他个人的。
他要是往旁边飞一点就会打消疑虑。

我正好发现一堆木头，
这让我忘掉了他，让他小小的恐惧
带他飞上我本来会走的路，
而没有怎么祝他晚安。
他落在木堆后，作为他最后的一站。
这是一捆枫树，砍倒后劈开
堆成堆——大小是四乘四乘八。
和它相似的柴堆？我看不到。
附近还没有环绕痕迹印在今年的雪上。
它肯定比今年砍伐的要早，
甚至早于去年和前年的。
木材呈灰色，树皮开始脱落，
柴堆有点沉陷。铁线莲
一圈一圈缠住它，像是捆成了一堆。
其实是后边那棵还在生长的树
从一边扛住了它，另一边是快要掉落的
木架支撑。我想只有
某个永远为了新任务活着的人
才可能忘掉他花时间完成的
手工活儿，他斧头的劳作，
把它留在那儿，远离任何可用的火炉
以它腐败的缓慢无烟的燃烧
尽最大努力去烘暖冻结的沼泽。

好时光

我走进冬天的夜晚——
没有一个人可以与之交谈，
但我有那些小屋排成一行，
闪烁的眼快要被积雪掩上。

我似乎听到了里面有人：
还听到一把小提琴的声音；
我穿过窗帘的花边瞥见
一些年轻的形体和年轻的脸。

外面陪伴我的尽是大好景物。
我一直走远看不到任何小屋。
我转身、反悔，但当我回返
却没看到窗，只余黑黢黢一片。

我的脚在雪里咯吱作响，

惊扰到了那沉睡的村巷

如，承蒙准许，渎神的语言，

在十点钟，一个冬日的夜晚。

山间之地

（1916）

未选择的路

黄色的树林里两条路分岔，
很遗憾我不能两条路都选，
作为旅行者我只一人，伫立良久，
尽可能往一条路的深处观看，
直到它蜿蜒消失在灌木丛里。

然后走了另外一条，同样美，
也许还有选它的更好的理由，
因为它杂草丛生，需要踩踏。
虽然关于这一点，往来过路
把两者磨损的程度大约相同，

那天早晨，两条路同样躺在
落叶下，还没脚步把它们踩黑。
哦，我把第一条留给了他日！
但既知路如何一条通往下一条，

我怀疑是否还有返回的可能。

在某个地方，许多许多年后
我会叹一口气，把这事讲述：
两条路在树林里分叉，而我——
我选择了那条少人行走的路，
这，造成了此后一切的不同。

圣诞树

（一封圣诞节的广告信）

城市撤回自身
终于把乡村留给乡村。
在盘旋的雪花还没到来、盘旋的
树叶还没凋落两者期间，一个陌生人
驶进我们的院子，城市人的样子，
但有乡下人的举止，因为他
就坐在那儿直到把我们磨出来
一边系扣子一边问他是谁。
这证明他是城市再来，
寻找某种它留在身后的
没有就过不了圣诞节的东西。
他问我要不要卖我的圣诞树。
我的林子——像居民区，那里
香气四溢的幼茸全都是尖顶教堂。
我从来没有把它们当作圣诞树。

我怀疑是否有那么一刻我会禁不住诱惑
把它们连根卖掉，装进车里
留下房子后光秃秃的斜坡，
太阳照上去的温度不比月下更高。
即使真动过那个念头，我也不愿让它们知道。
但我更不愿留着我的树
除非其他人也留着他们的不卖，
过了有利可图的生长期——拒绝
所有事物都必须经过的市场检验。
我犹豫了半天要不要卖掉它们。
不管是出于被误解的礼貌
而害怕显得嘴笨，还是出于
想听对方确认我的所有权的心理，
我说，“数量不多，不值得卖。”

“我很快就可以告诉你能砍多少树，
你让我看一下吧。”

“你可以看。
不过别指望我会卖给你。”
他们跃入草场，有的一簇簇间距太近
枝条互相攀压，但也有很多

独自站立，枝条在四周
充分伸展。对后者他点头说“可以”，
或在有些更可爱的树下停住，
用一个买家的克制，说“这棵行”。
我也那么认为，但我可不能乱讲。
我们从南边爬上草场，翻过去，
下去到了北坡。

他说：“一千”。

“一千棵圣诞树！——多少钱一棵？”

他感到某种软化语调的必要，说：
“一千棵树三十块钱。”

我这才确定我绝不愿
把树给他。永远不要显得惊讶！
但三十块钱看起来太少
考虑到我需要砍光的草场，三分钱
（那就是他们给出的单价）
三分钱太少，我马上就可以
给城里的朋友们写信让他们

付一块钱买这样好的树，
就是整个教会学校都够用了，
能挂太多的礼物，摘不完。

一千棵圣诞树，我都不知道有那么多！
哪怕白送也比卖三分钱划算，
简单的计算就可以得出这样的结果。
很可惜我不能在信里装上一棵，
我真希望能给你寄一棵，
祝你过一个美好的圣诞。

一个老人的冬夜

门外的一切穿透那层薄霜，
从黑暗中聚焦于他，几乎在空房间的
玻璃窗上形成了另外的星群。
不让他的眼睛回击这注视的，
是他手里朝着眼睛倾斜的灯。
不让他回忆是什么把他带到
那个吱吱响的房间，是年龄。
他站着，周围是木桶——神思恍惚。
他走过来，笨重的脚步惊吓了
下边的地窖；他走过去，再次以
笨重的脚步惊吓了它——惊吓外边的夜，
夜有自己的声音，熟悉的，比如
树的喧哗，枝条断裂，常见的事物，
但没有声音与敲箱子类似。
除了自己，他不是任何人的光，
他就坐在那光里，焦虑着他还知道些什么，

一道寂静的光，然后连光都没了。
他把他落在房顶的雪，沿墙
垂下的冰棱，托付给月亮——
就像她本来的样子，很晚才升起——
残月，对这样的举动来说，
无论如何比托付给太阳保存要好；
然后睡着了。炉子里的木头
啪嗒动了一下，惊到了他，他翻身，
放缓了沉重的呼吸，但还睡意沉沉。
一个老人——一个人——填不满一座房子，
填不满一座农场，或乡下，即使他能，
也只会如此度过一个冬天的夜晚。

暴露的巢

你永远在寻找新的游戏。
所以当我看到你手脚着地
趴在草地上，忙着翻弄新刈的草，
企图——我以为——把它根朝下立起的时候，
我过去给你演示如何让它迎着微风
却不倒，如果那是你的主意的话。
甚至如果你让我假装
它会再次扎根、重新生长也可以。
但今天这种假装对你已不够，
甚至草本身也非你所真正关心，
虽然我发现你的手里满是枯萎的蕨类，
钢亮的六月草，发黑的三叶草冠。
有一只鸟巢，满是幼鸟，落在地上，
割草机的横梁刚贴着那里咬过去
（奇迹的是没有扎到肉）
毫无保护地暴露在热气和光里。

你想把它们恢复到原状，
在其视力和太多世界汹涌而入
两者之间设立某种缓冲——假如有办法。
每次我们惊动它，整个鸟巢
都迎我们站起来，像是在迎鸟妈妈，
而她的还巢已被拖延得太久，
我不由问鸟妈妈是否还回来
照料它们，考虑到发生了这么大变化，
也许我们的介入使她更加害怕。
那是一件我们等不及去了解的事。
我们看到做好事需冒的风险，
但不敢分力去做我们所能做到的最好，
怕危害从中发生；所以造了这个
你已开始造的屏风，把荫凉还给它们。
所有这些只为证明我们关心。那么为什么
没有更多要说的？我们转向了别的事物。
我什么记忆都没有了——你有吗？——
关于是否有再去那个地方
看小鸟们是否活过了第一晚，
是否最终学会了使用翅膀。

最后阶段[①]

她站在厨房水槽前，眼光越过
水槽，透过蒙尘的窗户看那些
杂草，让水槽流出的水浇灌得老高。
她穿着披肩，帽子拿在手上。
她身后是乱七八糟的房间，
椅子翻倒，像人一样坐在
别的椅子上，有些东西，请看，
是房子里都有的——客厅，卧室，
饭厅——厨房里扔得一片狼藉。
不时有一张抹得乌漆麻黑的脸
从她背后的门伸进来喊她。
她总是连转身都不用就回答。

---

① 最后阶段，In the Home Stretch，一方面指诗中的夫妻两人处于他们生命的最后阶段，另一方面，其字面意思是“在家的延展范围”。

“胡桃木衣柜放哪儿，夫人？”

“放在那些在别的东西上边的
东西上边，”她笑着说，“哦，今晚哪里放得下
就放哪里，走吧。天都要黑了。
你们必须出发回城了。”

又一张乌漆麻黑的脸伸进来，看了看，
笑着，看她没转过身，轻轻地说，
“你透过窗户看什么呢，夫人？”

“从来没有被夫人长夫人短地叫。
我想知道，被人叫了这么多次夫人，
在普通法[①]里是不是可以证明
我就是一个夫人。”

“可我问的是
你透过窗户看什么呢，夫人？”

---

① 普通法婚姻，指的是两个人没有经过合法的婚姻登记却实际生活在一起，两个人之间自然形成的法律关系。

“看我在今后岁月里会看到的
更多将要发生的事情，当我站在这里
用多少抹布洗过多少个盘子之后。”

“你看到什么？不要回避我的问题。”

“疯长的草，它们喜欢刷碗槽流出的水，
比有些女人喜欢刷碗槽还多，乔。
一小片给你割的草地，
没有多大，我走到林边
就是边界了。几乎称不上什么
景色。”

“但你觉得喜欢它，是吗，亲爱的？”

“这才是你真感兴趣的事！你希望
我喜欢它。——楼上传来大家伙
咚咚的声音。那些男人的脚步声
同样大，摇动这栋小房子的
结构。他们走了以后，
你和我，亲爱的，会脚步轻柔，
从楼梯上下，进出房间，除非

突然一阵风把门从我们手中夺过，
否则谁都不会摔门。”

“我觉得你从那扇窗外
看到的比你愿意承认的更多。”

“不是；除了我刚告诉你的东西，
我只看到岁月。它们来了去了
和杂草、田野、树林
交替轮换。”

“什么样的岁月？”

“哦，近期的岁月——
不同于早期的岁月。”

“我也看到它们了。
你没计数吗？”

“没有，时间越久
事情越纠缠不休，我不想去记。
那不可能是一个我们有兴趣知道的

数量，我们毕竟不再年轻了。——
什么东西又传来一声巨响，
听起来像是那些人下楼梯，
每一声碰撞都意味着少一分可能
回到我们熟知的有照明的城市街道，
它现在正让位给乡村的黑暗。”

“过来吧，从那个你看到那么多风景的窗口，
到这儿来看一个更生动的场面。
他们要走了。你看那个大块头
沿轮子爬上高耸摩天的座位，
他正在点烟斗，一边吸，一边
斜视被他的鼻息吹得朝下的火苗。”

“你看他的鼻子边都照亮了，
说明天有多黑。你能根据那个
判断时间吗？或者根据月亮？新月！
我看到她倚着什么样的肩膀？都不行。
她只是一条银线，像我们一样
相对任何东西都是新的。她的光不会很久。
不过真的不错，知道此后两个星期
每夜都能享有她的光芒，

一夜更比一夜亮。但是，乔，
炉子！在他们走前！敲敲窗，
让他们帮你抬起来。
我们尽站这儿做梦。快！叫他们回来！”

“他们还没走呢。”

“我们必须得有炉子，
不管我们还需要别的什么。还得有灯火。
灯和油要是翻不出来，我们
有没有一截蜡烛呢？”

又一次
房子里到处是沉重的践踏，黝黑的，
挤在门口的男人们冲进来，抬起炉子。
一个炮口那样的洞开在墙里，
他们先目测瞄准了；然后
用手抬起连在一起的烟囱，
烟囱相对他们的力气那么轻浮
看起来几乎像气球一样升起，
从笨拙的控制中滑脱，升到天花板上。
“对得很准”，其中一个敲着烟囱肩说。

“好兆头，你搬家的时候一下子
对准烟囱，说明好运气要来了。没事，
乡下没那么糟，定居下来，
大家都在过日子。你们会喜欢的。”

乔说：“你们这些大小伙子得找一个农场，
做个好农夫，把城市活儿
留给其他人干。那儿可没有
足够的活儿给每个人。”

“上帝！”其中一个夸张地说，发现没人说话，就
　　继续：
“你跟吉米说吧。他需要一座农场。”
但吉米只是像傻瓜一样
缩回下巴，眼珠子转着似乎在说
他看自己就是农夫。随后一个法国小伙子
一本正经地开腔了，惹得其他人发笑，
“我的朋友，你勿知道你问的是啥。”
他脱下帽子，用双手托在胸前
好像做了个鞠躬的姿势：
“我们把拥有农场的机会让给你们。”
然后他们全体转身，前拥后挤、震耳欲聋地出了门。

“再见了！我们把他们搞糊涂了。他们以为——
我不知道他们以为从他们留下的
景色里我们看到了什么：那个牧场斜坡看起来
像是某个农场给我们看的背；你的树林
从洗碗槽前的窗户开始延伸向北，
每当我们低头，或者干点儿别的，
都会瞒着我们先走一步，
像小孩子玩的那个‘十步’游戏。”

“他们看起来都是好小伙子，让他们爱城市吧。
你建议他们出来做个有用的农夫的时候，
他们只剩下说‘上帝’的份儿。”

“他们有没有让你感到某种孤独？
光是他们还不够让你——
让我们，厌烦到退出这交易。但他们留下我们自己
面对命运，像不可理喻的傻瓜。
他们几乎动摇了我。”

　　　　　　　　　　　　“这可不就是我们
一直想要的，我承认

有那么一会儿看起来不太好，会让事情
显得更糟，然后事情就急转直下，下，下。
其实没事；不过是他们把我们留在了黄昏。
人们离开后我也从来感觉不好。
客人离开的第一晚，房子
好像闹了鬼，暴露在外。上床前
我总是锁好门，不假他手；
但那种奇怪的感觉很快就会消失。”
他从门后拿起一个破旧的
提灯。“这个我们还没丢！还有这些！”——
他从口袋里翻出火柴。“食物——
没有人可以拿走我们吃过的食物。
我希望地球上所有的事都像
我们吃过的食物那样确定。不管怎样
我希望我们还没有吃到的食物同样确定。
你知道你还能在哪儿找到点儿什么吗？”

“我们路过商店时买的面包。
不知道哪里还有一点黄油。”

“我们掰面包吧。
我要点灯给你做伴；

你不会有其他的陪伴了，
一直到某个周日艾德出门
拜访我们，建议我们
什么要修剪，什么要补漏，什么要拆除。
他知道如果他是我们的话会做什么，
一股脑的。他会为我们规划，做好
帮助我们的计划，他会把事情计划好。
好了，你把面包放到桌子上吧。
看看你怎么把面包找出来。我点火。
我喜欢椅子占有其他的椅子
不给女人留——”

“你又来了，乔！
你累了。”

“我累得一塌糊涂，
我说什么都别介意。整整干了一天，
腾空一所房子里所有的家用物品，
搬过去装满十五英里外的另一座房子，
虽然你做的不过是拿起来又扔进去。”

“扔进去的地方是让我们幸福的天堂。”

“这就是我一直想要的，
我不敢相信这也是你想要的。”

“难道你不想知道？”

“我想知道
这是不是你想要的，然后多大程度上
你是因为我才想要的。”

“一个不安的良心！
我如果不知道，你不会让我说吧。”

“我不想搞明白搞不明白的东西。
不过是谁第一个说要来的？”

“我亲爱的，
是谁首先有了这个想法才算。乔，你在找
不存在的东西；我是说开始。
结束和开始——没有这两样东西。
只有中间阶段。”

"什么？"

"这一世吗？

我们在这儿一起，就着灯光，

坐在上一任家庭留下的废墟中间？

你不能否认提灯不新了。

炉子也不新了，对我你也不是新的，

对你我也不是新的。"

"也许你从来就不是？"

"我永远都说不完

我们所在的地方所有那些不新的事。

新是一个给城里傻瓜的词，他们认为

服装和思想一茬一茬的风潮最终

必须到达什么地方。我也听你说过类似的话。

不，这不是开始。"

"那么是结束？"

"结束是一个阴郁的词。"

"是不是太晚了

把你拉出来欣赏这个良宵
在小土丘上的老苹果树下
借着星光在草里寻找一只
邻居因为没住才没据为己有的
最后的桃子？我一直在找：
我怀疑他们留给我们许多葡萄。
在我们收拾这座房子之前，
早上第一件事就是出去
清点苹果树、樱桃树、桃树，
松树、桤木、草地、干草地、井还有溪水。
所有那些农场才有的东西。”

“我只知道这么多：
我想让你上床，虽然首先
我得先让你把它支好。来吧，有灯。”

厨房没了灯光的时候，
火苗从炉子里的裂缝钻出来
在天花板上扭着黄色的影子，
跳个不停，简直跟在家一样。

电话

“今天，我从这儿走到
再也走不动的地方，
有那么一刻
一切都静止了
当我把头贴上一朵花时
我听到你说话。
别说我没听到，因为我听到你说了——
你是从窗台上那朵花儿的位置说的——
你记得你说了什么吗？”

“首先告诉我你认为你听到了什么。”

“我发现了那朵花儿，赶走一只蜜蜂，
随后我侧头，
抓住花梗，
我听着，我认为我听到了那个词——

什么词？你在喊我的名字吗？
还是你在说——
某人说‘来吧’——我是弯腰时听到这话的。”

“我也许想了那么多，却没发出声音。”

“是啊，所以我来了。”

相会并错身相过

我沿墙走下斜坡
斜倚着一扇门在那儿看风景，
然后转过身来，那是我第一次看见你，
你正从山坡下往上。我们相遇了。
但那天所有我们所做的不过是在
夏日的尘土中混淆一大一小的
足印，像是画了一幅我俩少于二
但多于一的形象。你的阳伞
在地上深深戳了一个小点。
我们谈话时你总是盯着尘土
似乎在对里边的什么东西微笑。
（哦，并不是对我有偏见！）
后来我经过我们相遇前
你走过的路，你经过我走过的路。

雨蛙溪

六月，我们的小溪耗尽了歌和速度。
自此被极力追寻，它被发现
不是钻入地下汩汩求索
（带走了所有繁殖的雨蛙，
一个月前还在雾气中鼓噪，
像雪的幽灵里雪橇铃的幽灵）——
就是随珍珠草拱上来盛开，
细弱的叶子被吹拂、压低
甚至顶着水流的方向倒伏。
它的河床只剩下一层褪色的纸
由酷热粘在一起的枯叶构成——
除了记忆久远的人谁都认不出是小溪。
它如此的呈现，将比歌中传唱的
他处的溪水流得更久。
我们热爱事物是因为我们爱其所是。

灶鸟

有一位歌手每个人都听过，
响声嘹亮，那是仲夏的林中鸟，
让坚实的树干再发出声音。
他说树叶老了，对花儿来说
仲夏相当于春天的十分之一。
他说早期的花落季已过，
现在梨花和樱桃花雨点般落下，
是在艳阳天出现短暂阴云的时候，
这样的落下才是我们所称的秋[①]。
他说公路上的尘土覆盖了一切，
灶鸟会停止，就像其他鸟一样，
但他知道如何在不唱中唱。
他用所有的非言辞提出的问题
不过是怎样看一个被贬低了的东西。

---

① 英文里秋天同时也有落下的意思。

束缚和自由

爱有土地可让她紧紧依附
借助一些山丘和环绕的手臂——
墙里有墙，把恐惧拒于门外。
但思想不需要这些东西，
因为思想有一对无畏的翅膀。

我看到雪地、沙漠和草地上，
都有爱所留下的一道痕迹，
来自于世界紧紧的拥抱。
这就是爱，爱也高兴这样。
但思想让他的脚踝争得了自由。

思想劈开星际的阴郁
整夜坐在天狼星的光盘中，
直到白日使他折返他的飞行，
每根羽毛都带着燃烧的焦味，

经太阳回到地球的屋宇。

他在天上获得的如其所是。
但有人说爱作为一个奴隶
只简单不动，就在几个美人身上
拥有了，思想远行才发现的
融入另一个星辰的，所有东西。

桦树

当我看到桦树左右弯曲
衬着背后更直更黑暗的树木，
我喜欢想象是某个男孩在摇它们。
但摇晃并不能把它们彻底扳倒，
暴风雪可以。时常，你可以看到它们
在晴朗的冬日早晨一场雨后
结满了冰。微风吹起时
冰棱互相碰撞，它们的珐琅质
撞出裂隙，变得色彩缤纷。
很快太阳的热度会使它们脱去水晶外壳
在雪的硬壳上粉碎，崩塌——
大堆大堆的碎玻璃一扫而过
你会以为是天空的圆顶塌了。
它们被重量拽到枯萎的蕨类植物上，
看起来不会折断；虽然一旦弯到
那么低，那么久，就再也不能把自己伸直：

你也许能看到它们的躯干在树林里拱低
多年之后，叶子拖曳在地上
像姑娘们手脚着地，头发从头顶
抛到前面披拂，借太阳晒干。
但我要说，当真理用它
关于暴风雪的不事夸饰的态度闯入时
（现在我有诗意的自由了吗？）①
我更希望是某个男孩出来进去
在放牛的路上拉弯它们——
这是他自己发现的唯一的游戏，
他离开市镇太远玩不了棒球，
只有这个，不论冬夏，一个人就能玩。
一棵一棵，他把他父亲的树制服了
一遍一遍地骑着它们往下压
直到把坚硬从它们的躯体里抽出来，
没有一棵不是软塌塌的，没有留下一棵
不被征服。他学会了所有
要学的东西，不要太早发射，
否则就无法让树干从地上
飞起来。他总是在高高的树枝上

① 此行在后来的版本删掉了。

维持平衡，小心翼翼地爬上，
小心得好比你往一只杯子里倒水，
水溢到杯沿，甚至高于杯沿。
然后他向外荡去，先是脚，嗖的一声，
踢下来穿过空气到了地面。
我也曾经是一个桦树摇晃者。
我也如此梦想再回到那时。
这是当我厌倦了各种忧虑的时候，
生活太像一片无路可走的林子
在那里你的脸穿过蜘蛛网
被它弄得又红又痒，一只眼睛
在睁开时被枝条甩到而流泪。
我想离开大地一会儿
然后回来重新开始。
但愿命运不要故意曲解我，
只满足我一半的愿望，把我夺走
而不送回。大地才是爱发生的地方：
我不知道能有什么地方更好。
我想去爬一棵桦树，
从黑黑的枝条爬上雪白的躯干
向着天，一直到树无法承受，
弯下头把我再次送到底下。

那样子上去下来都算不错。

一个人可以比桦树摇晃者过得更糟。

豌豆丛

周日教堂礼拜后我一个人
　走去约翰近来砍树的地方
亲自看看他说的桦树
　他说可用来护持我的豌豆。

太阳在新砍的窄陇间闪耀
　对五月的头一天来说足够炎热，
令人窒息的热混入还在流逝生命的
　残根所分泌的树液腥味。

只要哪里潮湿、地势低矮
　就有青蛙发出一千声尖叫，
一听到我的脚步声，它们便停下
　观察我，看我来拿什么东西。

桦树枝堆得到处都是！——

全被斧子新砍下，又鲜又美。
该是有人驾着双套马车
从压翻的野花上把它们运走的时候了。

它们也许对园艺作物有好处
值得它们弯着一根小指头盘绕，
像你玩翻花绳[①]时勾住绳子
让它们自己从地上弹起一般。

对任何疯长之物却很难说好，
它们堆起来，压弯了许多
枝条堆起来之前就已发芽，
冒出了就必须生长的延龄草。

① cat's-cradle strings，翻花绳，二人花绳游戏，将绳子在手指间缠绕翻转，可以翻出许多花样。这里应该比喻的是园里作物缠绕支撑的桦树枝的情景。

播种

晚饭摆上桌，你来地里
接我的时候，我们将知道
我是否能停下，不再埋
苹果树掉下的又白又软的花瓣。
（花瓣柔软，是，却不乏肥力，
和光豆子和皱豌豆混在一起），
跟你一起走，在你忘记
你来的目的，变得和我一样
被春天对土地的热情俘虏之前。
爱是如何通过这“撒种”烧过去，
一路烧到对那早萌的“关注”，
在土壤点缀了杂草而变色之际，
坚硬的幼芽蜷缩着身体
向上顶出来，脱落外层的土屑。

说话时间

一个朋友从路上喊我
并勒住他的马慢下时
我不会站立不动，四下张望，
在那尚未锄过的山坡上，
并从我所在的地方大喊，“什么？”
不，特别是有时间聊聊的时候。
我把锄头插入松软的土地，
锋刃朝上有五英尺高，
拖着脚步：我爬上石墙
迎接一个友好的访问。

苹果季的母牛

近来那唯一的母牛得了灵感，
把墙壁当作打开的门，
把修墙人看作是傻瓜。
她的脸沾了果渣，嘴角
淌着果浆。尝过了水果，
她不屑于一座枯萎到根的牧场。
她在树和树之间穿梭，下边躺着
被残茬刺过、虫子咬过、变甜的落果。
跑走时她留下咬过的果子不顾。
她在小山丘上对天咆哮。
她的乳房皱缩，奶也干了。

相遇

曾有一个堪称“天气酝酿者”
的日子，热气缓缓蒸腾，太阳
用自己的力量把自己遮住，
我一边厌烦，一边连滚带爬，穿过
一沼泽的雪松。松油和草木屑
令人窒息，疲倦，过热，
使我后悔偏离了我认识的路，
我暂停，在一个钩子上休息，
我被它勾住外套，像坐下似的，
因为没办法往其他地方看，
只能抬头看天，衬着天蓝色，
俯视我的是一棵复活的树，
一棵以前倒下但重新站起的树——
没有树皮的幽灵。他也暂停住，
像是怕踩到我的样子。
我看到他的许多手处于奇怪的位置——

他肩膀上拉着一股黄线
里头传输着人类之间的某些东西。
“你都到这儿了？”我问。“现在哪里没有你，
你传输的是什么消息——假如你知道？
告诉我你要去哪里——蒙特利尔？
我？我哪里都不去。
有时候我偏离踩熟的路
半心半意地寻找兰花卡吕普索[①]。”

---

① Calypso orchid，布袋兰，直译作兰花卡吕普索，在美国佛蒙特、新罕布什尔、缅因等地常见的野花，卡吕普索是腊神话里的女神，曾在奥德修斯的旅途中欢迎过他。

山妻

一　孤独

（她的话）

一个人本不应像你我
　如此关心
何时鸟儿绕屋盘旋
　仿佛在说再见；

或如此关心它们何时飞回
　不管它们唱的是什么。
事实是，我们因一件事
　太高兴的同时

却因另一件事太悲哀——
　关于那些只在彼此间
鼓起胸脯唱歌的鸟，它们自己

及它们搭起的、吹去的巢。

二　家的恐惧

千万——我告诉你他们学到的教训——
每当他们夜里从远方
回到那座孤零零的房子，
灯灭了，火变成灰烬的时候，
他们学会了摇动锁头和钥匙
发出警告，不管碰巧是什么，
给它们足够的逃离时间：
宁愿是屋外的夜而不是屋里的夜，
他们学会了把房门敞开，
直到在里边把灯火点亮。

三　微笑

（她的话）

我不喜欢他离开的方式
那种笑！一点高兴劲儿都没有。
但他还是笑着——你看到他吗？——我确定！
也许是因为我们只给了他面包

那个坏蛋因此知道我们穷。
也许是因为他让我们送给他
而不是他自己从我们这儿攫取的。
也许他在讽刺我们结了婚，
或者还很年轻（他更乐意
把我们想象为年老死去的人）。
我不知道他已在路上走了多远。
他也许正从林子里窥看。

四　一再重复的梦

她没有够暗的说法
　去形容那黑暗的松树
没完没了地试着
　拉他们卧室的窗栓。

那些不知疲倦但徒劳的手
　每次抚过都无效
却让大树显得像一只小鸟
　穿不透玻璃的神秘！

它从来没有进入室内，

　两个人中只有一个
在那一再重复的梦里害怕
　那棵树会做些什么。

五　冲动

她在那儿太孤独
　太荒凉，
因为只有他们两个
　没有孩童，

家务活儿很少，
　她无事可做，
就跟到他犁田
　伐树的地方。

她在圆木上休息
　扔新木屑玩，
只有唇边一支歌
　唱给自己听。

有一次她去砍

　黑桤木树枝。
走得太远，听不到
　他叫她——

不回答——不说话——
　不返回。
她站住，然后跑掉，
　藏在蕨草丛里。

他再没找到她，虽然他
　哪里都找过了，
还去她妈妈的住处问
　她是否在那里。

如此突然、迅速、轻飘，
　绳结松了，
他知道了除坟墓之外
　尚有不同的结束。

篝火

“哦，让我们爬上山丘吓自己，
跟今晚他们之间最棒的那人一样鲁莽，
用黑漆漆的手把我们堆的灌木
点上火，等着下雨或下雪。
哦，让我们不要等到雨把它浇湿无法点燃。
柴堆是我们的：我们一根根拖过来
穿过松林里黑暗、交汇的路。
让我们今晚不要关心拿它怎么办。
分了它？不！码成一堆
把它烧了。让我们成为人们的
谈资，他们被投射在墙纸上的
火光吸引，扑到窗前。
惊醒他们所有人，自由的还是不自由的，
谈论该拿我们怎么办，
他们最好等我们把事情做了再说。
让我们把这古老的火山激发，

如果这就是山的本来面目——
把我们自己也吓坏。我们将让野火升起……”

“也吓到你吗？”孩子们齐声说。

“为什么火不能吓到我？
先是一股袅袅的烟缭绕而上
知道如果我后悔，还可以扑灭，
但一会儿就没办法了：一股燃烧的肥胖
喷薄而出，然后除了火自己
谁都不能把它扑灭，
除非烧完，在烧完之前
它先是呼啸，将火星和星星混同，
一把燃烧的剑旋绕四周，
让模糊的树靠后站成一个更大的圈——
烧到这份儿上，不知道要是我
还能控制它，是不是就烧不出更大的火势了。
如果它不用其火流带来
一阵风，从某地强烈地吹来，
如同我四月碰到的那次一样，就还好。
那些微风在冬天的吹拂中耗尽了力气，
似乎支撑不了下边的蓝知更鸟

奔向它们懒散的飞行够不到的栖枝。
就在我着魔似的沿它转圈时
火焰向天空射出尖塔。
但屋外的风——你知道那个说法。
刮来一阵狂风。(你过去以为
起风是由于树的扇动，因为你根本看不到
有风在刮，你只能看到树在动。)
是正在观看的某物或某人造了那股狂风。
它把火焰头朝下压，火头最尖细部分
舔舐越冬的草，就像你在用舌头
轻轻舔舐手上的盐或糖。
它到的地方霎时变黑。
到了白天，剩下的几乎全是黑色。
此外还有袅袅的烟线，像抽了卷烟——
跟细辛、血根草、紫罗兰一样，
细弱的火这么快就烧成现在的样子。
但黑色像黑死病一样在地上扩散，
我感到天被一朵云遮暗
黑得像冬天和夜晚两者合一。
那时候要考虑的事情就够多了。
我把田野向北铺展、
太阳落下雨蛙溪的那一带

毫不犹豫地交给火，靠公路的
地方也交给火，虽然害怕
它们在那儿火上添油：用干枯的刹车[①]，
高高的草，银色的老金茎[②]，
桤木，缠绕的葡萄藤，
烧过那满是尘土的死亡线[③]。我自己
则选了火带的一侧。我跪下
把手插进去，脸扭过去避开。
靠摩擦而不是扑打灭这样的火。
木板是最好的武器，如果你有的话。
我只有外衣。哦，我知道，我知道，
而且大声喊道，我不敢等浓烟
和热气如此逼近；一想到所有那些
林子和小镇被我放的火覆盖，所有
那些小镇的人因我而争斗——我就留下了。
我信任溪水的阻挡，但害怕
那条公路挡不住火；在另一边
火熄灭了，发出木头噼啪爆裂声——
不仅仅是引火草和杂草的响声——

---

① 一种蕨类植物。
② 即一枝黄花，英文是 goldenrod，字面意思是“金色的茎”。
③ 应该指的是公路。

我在那边用尽力气阻止它
往后倾倒身体像是缰绳
套在我的脖子上，而我在拉犁。
我赢了！但肯定没有人能
像我那样在那么短的时间里
把颜色撒播到被我染成煤黑的面积
的十分之一。邻居们从城里回来
不相信在他们出门的时候
如此大范围的黑覆盖了那里，
大约一小时前，沿出去的方向
他们经过时还没有，他们没有看见。
他们到处寻找是谁干的。
但没有人。我正在某个地方游荡，
所有的疲倦尽去，我脚踏
沉重的鞋子，如空气般轻快地走着，
不顾一个烧焦的七月四号[①]的心情。
回忆这些我怎么会不害怕？”

“火都吓到了你，那么它对我们会做些什么？”

① 七月四号是美国的独立节，十九世纪开始美国各地在七月四号前夜有篝火晚会的习惯，新英格兰地区的有些地方直到现在还有这个习俗。

“吓你。但如果你被吓趴下了，
战争发生了你怎么应对战争？
这才是我出于某种原因想要知道的——
希望你们能用任何答案安慰我。”

“哦，但战争和孩子没关系——那是大人的事情。”

“这样的话我们差不多往下挖到中国了。
我亲爱的，我亲爱的，你们那样想——我们都那样想。
所以你们的错误就是我们的错误。但是，难道你们没听说
那些船，被战争从海上
找出来，那些城镇，在晚上被战争
以嗡嗡的速度从云的缺口袭击，
除了星星和天使，比什么都高——
还有那些船里的孩子和城镇里的孩子吗？
难道你们没听过我们幸存下来学到的教训吗？
没有什么是新的——这是我们忘掉了的教训：
战争属于所有人，也属于孩子。
我不会告诉你们，也不应告诉你们。

最好的办法是和我上山
点上我们的火，然后大笑，害怕。”

一个女孩的菜园

我村子里的一个邻居
　喜欢讲在一个春日
她还是小女孩时，她做的
　一件孩子气的事。

有一天她跟父亲
　要一块花园地
自己种，自己管，自己收，
　他说，“为什么不呢？”

他踅摸着挑哪处旮旯
　想到一块闲置地，
有围墙，曾开过一家商店，
　他说，“就它了”。

“这应该算是一个

　理想的单人女孩儿农场，
给你瘦小的胳膊一个
　使力气的机会。”他说。

那块地太小，她父亲说
　根本没法犁；
所以她必须全部手工，
　但她毫不在意。

她用手推车沿着一段
　公路施肥；
但她总是跑掉，留下
　她不雅观的粪车，

藏起来不见任何过路人。
　然后她要来种子。
她说自己除了杂草
　所有的都种了一点。

一道山坡上，土豆、
　小萝卜、生菜、豌豆、
番茄、甜菜、豆荚、南瓜、玉米，

　　每样都有，甚至有果树。

是的，很久她都不相信
　　一棵正在结果期的
苹果树是她的，
　　至少也许是她的。

她的作物是大杂烩
　　一切都说完做完之后
每样都收获了一点，
　　没有一样收获多少。

如今当她看到村子里
　　事情如何进行，
就会在发展不错的时候
　　说，“我知道！

就跟我做农夫时一样——”
　　哦，千万别搞成什么建议！
她从来没有犯过把这事
　　给同一人讲两遍的错误。

熄灭，熄灭——[1]

电锯在院子里咆哮着，震颤着
尘土飞扬，掉下炉子般长的木料，
微风吹过时散发甜香。
抬眼望的人们从那里能数
一道一道往后五座山峦
在日落下远远没入佛蒙特州。
锯子咆哮着，震颤着，咆哮着，震颤着，
轻松运转，或吃入很深。
什么都没发生：一天快要结束。
算它一天吧，我希望他们这样说过
以取悦那男孩，给他半小时
他如此看重的不用工作的时间。
他的姐姐着围裙站在旁边
告诉他们“晚餐了”。听到这话，锯子

① 出自莎士比亚《麦克白》：熄灭，熄灭，短蜡烛……

像是要证明它知道什么是晚餐，
跃出咬到男孩的手上，或看起来像跃出——
他一定是把手伸出。不管怎样，
双方都没有拒绝这相遇。但是手！
男孩的第一声尖叫是凄惨的笑，
他举起手摇晃着冲向他们
半像请求，半像捧住
不让生命泼洒而出。然后男孩看到了一切——
因为他已足够大懂事了，大孩子
干成人的活儿，心里却还是个孩子——
他看到所有的毁坏。“别让他们切掉我的手——
医生来了，别让他切我的手，姐姐！”
就这样。但手已经没了。
医生让他进入了麻醉剂的黑暗。
他躺着，嘴唇随呼吸翻出。
然后——量脉搏的人惊叫起来。
没人相信。他们听他的心跳。
很少——更少——全无！——结束了。
没有更多可做的了。他们，因为他们
不是死的那个，转身忙各自的事了。

布朗下山

布朗住的农场地势很高
　冬天的三点半之后
谁都能在几英里之外看到
　他忙家务时点的提灯。

有天夜里，想必很多人
　见过他从那儿疯狂冲下来，
穿田过壁，穿过所有一切，
　提灯划出一圈圈光环。

一阵大风在房子和谷仓间
　扯到了他身上穿的东西
把他刮倒在覆盖世界的
　冰壳上，他出发了！

墙全被埋葬，几乎没有树：

他看不到哪里能停住，除非
用脚跟在什么地方踹一个洞。
虽然他试了一遍又一遍

又踩又踩，自言自语，
有时似乎脚下有所松动，
但什么落脚地都没得到，只有
从一块田滑到另一块。

有时候他张开手臂
像翅膀，在落下的地方
围着他的长轴心打转，
展现不算很小的尊严。

速度快慢，全凭他的运气，
或坐或站，却随他怎样挑选
取决于当时他是怕摔断了脖子，
还是不想划破他的衣衫。

他从没让提灯掉下过。
有些从远处看到的人惊叹
他用提灯描画的图案

“我想知道布朗那么晚了

弄那些信号有什么含义！
　他是在庆祝某个奇怪的事物。
不知道是他卖掉了农场，
　还是被任命为农民协会会长。”

他卷曲、忽蹿、突闪、急停；
　他摔倒了，提灯嘎嘎颤抖
（但却没有让光熄灭。）
　下降的前半程他极力挣扎

不相信他自己的坏运气。
　然后变得对任何事情
都能接受，他放弃了，
　像顺坡溜的孩子那样下滑。

“好——我——是——”这就是
　他站到河路上的时候所说的全部，
他回头望光溜溜的山坡
　（有两英里长）通向他的居所。

作为汽车专家，有时候
　人们会问我是否可以说
我们的国人在逐渐凋零，
　以下就是我真诚的回答：

他们一直都是扬基佬。
　不要指望布朗会放弃
再次回家的希望，只因
　他爬不上那滑溜的山体；

或只想着站在那儿不动
　直到一月冰雪融化
把光滑从冰面去除。
　他优雅地对自然法则低头，

然后遵照我们国人的风度，
　挺身从它周围绕过；
在那种特定的时刻
　不怎么在意别人的看法。

在他们看来，他滑出的路
　似乎和他要去的地方

方向完全相反——
　不怎么在意别人的看法，我说，

更不在意展现什么男子气——
　或在可疑时节做一个政客。
我让布朗站在寒冷中
　在他身上寄托各种理性；

但现在他把眼睛眨了三下，
　然后摇摇他的提灯说：“出发的时刻
到了！”他选了一条长路
　回家，大约有好几英里。

采树脂的人

从那里超过我，吸引我走上
他一大早就阔步而行的下坡路，
让我走了五英里
比坐车还舒服的路程的人，
是一个拿着摇摆的包裹装东西的人，
他把一半包裹缠在手上。
我们沿旁边的河水走，
水的喧嚣让我们说话好像吠叫。
我给他讲我要去什么地方
我住在山上什么地方
刚才走着的是回家的路；
他则给我讲了一点他自己的事。
他来自山口处更高的地方
那里新冒出的溪流冲刷
从山体剥离的一块块石头——
那些石头毫无希望地细碎不堪

看起来永远磨不成能长草的土。
（生苔藓倒是没有问题。）
就是在那里他造了他偷来的小屋。
那肯定是偷来的小屋，
因为伐木人对火和丧失的
恐惧使他睡不安稳：
想象一下半个世界都被烧黑
太阳在烟雾里蜷缩发黄的景象。
我们都知道那些进城的人
在马车座下放着各种浆果
或者双脚之间夹一篮子鸡蛋。
这个人带来的是一棉布袋
树脂，山间云杉的树脂。
他给我看那一团团散发清香的东西
像没切割的宝石，粗糙、灰暗。
它上市的时候是金黄色
但到了牙齿间却变成粉色。

我告诉他这是令人愉快的生活
把你的胸膛紧贴树皮
所有的日子都在下边暗淡的地方，
用一把小刀挂住了往上爬，

剥下树脂，把它取下来

在你乐意的时候带去市场。

架线人

这里来了架线的先锋，
他们更多是把森林破坏了而不是砍伐了。
他们栽种死掉的树代替活着的，而死掉的树
他们用一根活的线串在一起。
他们用线在天空下串起一架仪器
那里面词语不管是敲出来还是说出来的
都会悄悄流过，就像它们还是思想的时候。
但他们不急于架设：他们走过去
从远处喊叫着把线绷紧，
紧紧拉着它直到抓牢了，
然后慢慢松开——弄好了。伴随一阵笑声，
和一句把荒野变得毫无意义的城里的粗话，
他们带来了电话和电报。

消失的红人

据说他是爱克顿最后一个
红人[①]。磨坊主据说曾笑过——
如果你愿把那声音叫做笑的话。
不过他没有给别人笑的许可证。
因为他忽然变得严肃起来，像在说，
“管你什么事，——如果我把这看作我自己的事，
管你什么事——不过为什么要在牲口棚里谈？——
我所坚持的不过是把一件事做完。”

你不可能回去目睹他所看到的。
这个故事太长了，现在无法深入。
你必须去那儿生活过才行。
然后你就不会把它看作是一件关于
两个种族之间谁先动手的事。

---

① 红人指的是印第安人。

那个红人从喉咙发出表示惊异
的声音，当他在磨坊里探究那些
巨大的、砰砰转动的磨石的时候，
这声音出自一个连被听到的权利都没有的人，
这让磨坊主从身体上感到厌恶。

“来吧，约翰，”他说，“你想看看轮坑吗?”

他把他带到一个逼仄的椽下边，
让他穿过地板上一个人孔，看
绝望的通道里奔涌的水，像发疯的鱼，
鲑鱼和鲟鱼，拍打着尾部。
然后他关掉里边装了圆环的活门
发出盖过正常声音的噪音，
他一个人上了楼梯——并发出那笑声，
然后对一个拿着饭袋的人说了些什么，
那带着饭袋的人当时没有听到。
哦，是的，他确实给约翰看了轮坑。

雪

三个人站着，听又一阵风
吹过来，被房子卡了一会儿，
吞噬着雪，然后再次挣脱而去——科尔夫妇
穿着衣服，从几小时的睡眠里被撬出来，
梅泽夫[1]穿的大皮袄让他看起来很小。

梅泽夫首先说话。他用烟斗
指指肩膀后边说，
“你看它从房顶刮起
打着卷儿朝天而上，
有足够长度写上我们所有人的名字。——
我要给老婆打电话告诉她
我在这里——到目前为止——还要再次上路。
我会温柔地叫她，如果她聪明

① 梅泽夫，Meserve，这个词颠倒过来就是 ServeMe，“服务我”的意思。

而且睡了的话，她都不必醒来回答。”
铃声很轻地摇响了三次，然后他听。
“怎么，莱特，还没睡？莱特，我在科尔家。我晚了。
我从这儿打电话给你道晚安
到那儿之后我再给你说早安。——
我想我会。——我知道，但是，莱特——我知道——
我可以，但有什么意义？其余的不会
这么糟。——给我一个小时。——喂，喂，
到这儿得三个小时！但全是上坡路，
剩下的是下坡。——哦不，不，不，不是泥坑：
它们头脑冷静，不慌不忙
像亲密爱人，两个都是。拴在牲口棚里。——
我亲爱的，我也很好。我给你打电话
不是要你邀我回家。——”
他等了一会儿她不会说的话
最后自己说出来，“晚安，”然后，
得不到答案，挂了电话。
三个人站在桌子旁的灯光里
眼睛垂下一会儿，直到他说，
“我去看看马怎么样了。”

　　　　　　　　　　“好，去吧，”

科尔夫妇齐声说。科尔夫人
加上一句："你看了以后才好决定。——
我想让你和我一起，弗莱德。——把他留在这儿，
梅泽夫兄弟。你知道怎样找
穿过棚子的路。"

"我猜我知道路。
我猜我知道从哪儿找到我的名字
它刻在棚子里告诉我是谁，如果
它不告诉我在哪儿的话。我过去常
玩——"

"看完你的马就回来。
弗莱德·科尔，你让他去吧！"

"你不也一样吗？
他要走你有什么办法呢？"

"我叫他兄弟。
我为什么叫他兄弟？"

"那么叫没什么错。

这儿方圆一带就是这么称呼他的。
他好像已经失去了教名。”

“我自己也觉得那样叫基督徒味道很足。
他没注意到，是吗？呵，至少
我这么叫不是出于对他的爱。
亲爱的，你知道。想到他让我厌恶——
他那十个孩子，每个都不到十岁。
我不喜欢他那可怜的小小的莱克教派[①]，
关于它我什么都听说过，却还不算很多。
不过这不等于说——看，弗莱德·科尔，十二点了，
不是吗，现在？他到这儿已经半个小时了。
他说他九点从村里的小店出发。
三个小时走四英里——一小时一英里
不会再多。为什么，一个男人
走得那么慢还显得在动，看起来不大可能。
想一想他在那么长时间里都在干什么。
还有三英里要走！”

“别让他走。

① Racker Sect，莱克教派，具体所指待考。一般认为是弗罗斯特编造的，并没有现实对应。

黏住他，海伦。让他回答你。
那种男人会从他自己说的最后一件事开始
一股脑儿把他所有生活抖出来，像石头一样
听不进任何人说任何事。
但我应该想到，你应该能让他倾听。”

“他在这样的夜里出来干吗？
为什么不待在家里？”

“他必须布道。”

“这不是一个出门的夜晚。”

“他也许个儿小，
他也许善良，但有一件事是肯定的，他很强大。”

“陈年烟草味也很强。”

“他会挺过去的。”

“你说得容易。从这儿到他们家之间
连个房子或躲的地方都没有。我要再给他老婆打个电话。”

“等一下，也许他会打。我们看看他会怎么办。
看看他会不会为她考虑。
不过要是这样，我怀疑他没有为自己考虑。
他没把这雪当回事儿。”

“他不该走——看！”

“确定是晚上，我亲爱的。”

“有一点：他没有把上帝拖进来。”

“他不认为这是宣扬上帝的时候。”

“你这么认为吗？你不知道这类人。
此刻他正在创造奇迹。
私下里——给他自己的，现在他在想
如果成功他就会做出一个榜样，
如果失败他就保持沉默。”

“哪怕再沉默。

他会死的——死去，埋掉。”

“多麻烦！

如果能够把伪善的自负
从一个虔诚的恶棍身上去掉，
那么我才没有理由担心
他出不出什么事呢。”

“胡说！你得想着他安全无事。”

“你喜欢那个矮子。”

“难道你不也有点喜欢？”

“好吧，

我不喜欢他在做的事，而这正是
你喜欢的，还因此喜欢他的人。”

“哦，你也喜欢啊。

你和其他人没什么两样；
只是你们女人才把这些神态流露出去
来吸引男人。你让我们感到羞耻，

一个男人看到俩男孩打架
却不觉得有义务去阻止的羞耻。
让那人冻坏一两只耳朵，我说。——
他来了。我把他全留给你。进去
挽救他的生命。——好，进来，梅泽夫。
坐下，坐下。马怎么样？”

“很好，很好。”

　　　　　　　“准备出发吗？我太太说
不行。你必须放弃。”

“不行吗，哪怕只是让我高兴？请！如果我说请？
梅泽夫先生，我把这交给你的夫人决定。
你夫人在电话上说了什么？”

梅泽夫看起来什么都不理会，除了灯
或桌子上离灯不远的某个东西。
他举起一只伸直的食指，
从手所在的地方指去，那手
像皱巴巴的白蜘蛛刚还栖息在他膝盖上：
“你打开的书里那张书叶！它刚才

动了一下，我想。它直立着，
在桌子上竖立，从一开始我来，
它就想把自己翻过去，或向前或向后，
我眼睛盯着它，想弄清什么方向；
如果向前，那么就代表朋友急于——
你看我知道——让你置于事物之中
以便它看你如何应对；如果向后
则是因为某个你翻过了，却看不出
其好处的东西而感到的遗憾。不要紧，
事情必须多次发生在我们
面前——我不会说多少次——
次数随事而变化——才能让我们看清。
那些谎言之一，说什么
没有事物会在我们面前出现两次。
要是果真如此，那最终我们会落在哪里?
我们的生活取决于每件事的
重复发生，直到我们能从内里回应。
第一千次也许才是最好的。——那页书!
它两方都不能翻。它需要风的帮助。
但如果它动了，却不是风翻动了它。
是它移动了自己。风在这儿等于零。
它无法惊动那片敏感平衡的

书叶。它到不了灯盏，
不能从火焰里吹出一阵黑烟，
也不能把牧羊犬的外衣吹出一道褶皱。
你弄一个四方形的空气，
静寂、轻柔、温暖，不管那些
无边的黑暗，寒冷，和风暴，
通过这样做，你给予你附近的三样物体，
灯，狗，书叶，以它们的宁静；
虽然不管怎么说，宁静
也许是你没有的品质，但你却能给出。
我们没有的我们不能给出，大错特错；
我们总说的东西就是对的，大错特错。
如果没有人去，我将会去翻动书叶。
它不想平躺。那就让它竖立。谁在乎？”

“我不想催你，梅泽夫，
但如果你想走——请说你想留下，你知道。
让我拉起窗帘看看情况，
给你看雪堆得多高，对你有多不利。
你有没有透过霜白看见了雪白？
你可以问海伦，打从我们上次检查算
雪已在窗格上爬了多高。”

“它看起来像
某个苍白的压扁了五官的家伙，
它用过于热切的渴望阖上眼睛，
去看人们从彼此身上发现的
如此有趣的是什么东西，却因
自己愚蠢的理解力缺乏而睡去，
或差点摔断了它蘑菇一样的
白脖子，贴着窗玻璃死去。”

“梅泽夫兄弟，小心点，你噩梦一样的谈话
只会把你自己吓到，却不会吓到我们。
它只跟你有关系，因为毕竟是你
自己一个人出去，进入雪夜。”

“让他说，海伦，也许他会留下呢。”

“在你放下窗帘之前——我想起来了：
你记得有个冬天一个男孩
来到这里呼吸新鲜空气吗——他在艾沃利家
有一个房间？是啊，暴风雪后
一个阳光明媚的早晨，他经过我们这地儿

看到我贴着房子堆了一圈雪。
我堆得很深，这样更暖和一点，
雪一直堆得高过窗台很多。
窗户上的雪吸引了他的眼睛。
‘嗨，这个想法很绝’——这是他的话——
‘你想想看，外头有六英尺深，
你在里头可暖和着呢，研究你营养均衡的供应。
你不可能从这冬天得到更多冬天的享受了。’
这些是他的话。他回家后
也把雪堆得阳光都照不进艾沃利家的窗。
现在你和我却不会这么费事。
同时，你无法否认，我们三个，
坐在这里，耽于幻想，让雪线
在外边玻璃上爬得那么高，
这并没让事情更糟一点。那里
在霜的表面有一个隧道
更像是隧道而不是洞眼——一直往下
到了它的另一头儿你看到一点
颤动，像飘雪被风吹出的
边缘。我喜欢那景色——我喜欢。
好，现在我要走了，伙计们。”

"不要，梅泽夫
我们以为你决定不走了——
你在那儿变着法儿的
赞美舒适。你还是别走吧。"

"我承认下这么大雪很冷。
这座房子冻得又硬又脆，除了
你们所在的房间。如果你们认为风
听起来更远，那不是因为它在减弱；
只不过是你在雪里沉得更深——就是这样——
才觉得它减弱了。你听雪尘
柔软的炸弹在烟囱口和屋檐上
炸响。我在里边
比在外边更喜欢它。但是马
已经休息好了，到了说晚安的时候，
你们接着睡吧。晚安，
我很抱歉把你们从睡眠中惊醒。"

"把我们叫醒是你的运气。你很幸运，
把我们这里当作中途的一站
停留。如果你是那种尊重女人的
男人，你应该接受我的建议，

为了你的家人，留在你现在的地方。
不过我把同样的话说了又说有什么用处？
你有权利认为你能做什么，但你已经
越过界线。你知道你继续前行
的风险。”

“按理说我们的暴风雪
算不上是杀人凶手，但我还是
更愿做一只野兽钻在它下边
睡大觉，封上门沉沉迷失，
而不愿做一个与之相斗，努力不被淹没的人，
但想一想那些在栖木上而不是
窝里的小鸟。我还不如它们吗？”
今晚在外头，它们在水里的身体
会即刻冻成石头。但明天
它们就开花一样从一棵树蹿到另一棵树的枝头，
摇摆着翅膀说乞-可-睇[①]，
好像不知道你说风暴这个词的时候是什么意思。”

“但为什么，在没有人要你继续的时候继续？

① Chickadee，北美山雀，俚语里可以是对女性的爱称，意思是亲爱的。

你的夫人——她不想让你出去。我们不想，
你自己也不想。还有谁？”

“别让一个女人把我们逼入困境。
哦，还有——”后来她告诉弗莱德
在那个停顿中，她以为，接下来
那个恐怖的词会是“上帝”。但是不，他只说
“哦，还有——风暴。它说我必须继续前行。
它想让我继续，就像一场要来的战争。
问问任何男人。”

他把这话丢给她，在她
还回味的时候出了门。
他让科尔跟着他到牲口棚送他走。
科尔回来时发现他老婆还站在
桌子旁，那本打开的书也在近处，
却没在读。

“嗯，你怎么看
那样的人？”她说。

“他有语言

天赋，或者我应该说，舌头的天赋？”

“竟有这样东拉西扯乱比喻的人？”①

“也不理会人们礼貌的问题——
什么？我们在一个小时了解到的他
比我们看他从路边经过一千次
还要多。他要是也那样布道多好！
你本来就没有以为你能留下他。
哦，我不是在责备你。他没有给你
多少说话权在这上边，我也很高兴
我们不必陪他一夜。如果他留下了
就没法儿睡觉了。我们也不想让他走。
没有他这里静得好像一个空教堂。”

“但是现在我们又能好到哪里？
我们必须坐在这里，直到听到他安全的消息。”

---

① Was ever such a man for seeing likeness? 这句话费解处在这个 seeing likeness 上，可以有多重解释。seeing likeness 有可能涉及圣经里的典故。请参见《圣经·诗篇》17:15，As for me，I will behold thy face in righteousness: I shall be satisfied，when I awake，with thy likeness（和合本：至于我，我必在义中见你的面：我醒了的时候，得见你的形象就心满意足了）。根据这个典故，这个句子可以翻译为，1）这样子的人怎么能看到神的形象，2）怎么能从这样的人看出神的形象。

“是啊，我觉得你是想，但我没必要。
他知道他能做什么，否则他就不会试。
去睡吧我说，休息一下。
他不会回来，如果他打电话，
也得一两个小时之后。”

“那好吧。
我们坐在这里也帮不上什么忙
不能陪他经历他的战斗，我觉得。”

* * *

科尔一直在摸黑打电话。
科尔夫人的声音从里间传出来：
“她打给你的还是你打给她的？”

“她打给我。
你最好穿上衣服：你睡不成了。
我们刚才一定是睡着了：现在三点多了。”

“她呼叫了很长时间吗？我要穿上睡衣。

我想跟她说话。”

“她只说了

他还没回去，他是不是真的出发了。”

“她知道他两小时前就出发了，可怜的人。”

“他有铲子。他会拼命的。”

“我怎么会让他离开这栋房子！”

“不要那样。你尽了最大的努力
让他留下——虽然你没有怎么
隐藏自己的愿望：看他表现出不听从你
的勇气。指望他夫人因此感谢你吧。”

“弗莱德，我都说了！你不要弄得好像
事情不是本来的样子。
她有说过一个字流露出
她不感谢我吗？”

“当我告诉她说‘走了’的时候，

‘啊是吗，’她说，‘啊是吗’——听起来像在威胁。
然后她的声音变得低沉刺耳：‘哦，你们，
你们为什么让他走？’”

“问我们为什么让他走？
你让我说，我倒是想问问她为什么让他走。
他在这儿的时候她都不敢说。
他们的号码——二十一？——这东西坏了吧。
某个人的话筒掉了。听筒在抖。
顽固的东西，把胳膊震的！
是他们的。听筒从她手上掉了，人走了。”

“试着说话。说‘喂’！”

“喂。喂。”

“你听到什么了？”

“我听到一间空旷的屋子——
你知道——听起来像是。是的，我听到——
我认为我听到一座钟——窗在震动。
但没有脚步。如果她在的话她就是坐着的。”

“喊，她也许能听见你。”

“喊没用。”

“那就不停地说话。”

“喂。喂。喂。——
你有没有想过？——她出门了？”

“我有点怀疑她确实出去了。”

“把孩子留下来？”

“等一会再打。
你听不见她是不是把门
大开，风吹进来刮灭了灯火
火熄灭了，房间又暗又冷？”

“两种可能，或者她睡觉了
或者出门了。”

“不管哪种可能我们都没辙。

你知道她是什么样的人吗？你见过她吗？
很奇怪她不想跟我们说话。”

“弗莱德，你能不能听见我听到的声音。过来。”

“也许是一只钟。”

“难道你没听见一点别的东西？”

“不是说话声。”

“不是。”

“怎么，是，我听——那是什么？”

“你说是什么？”

“婴儿在哭！
哭得很凶，虽然有点捂住的感觉，听起来很远。
母亲在的话绝对不会让一个婴儿
那样哭。”

"你怎么解释?"

"只能推出一种可能,
就是,假设——她出门了。
她当然没有。"他们俩无助地
坐下。"天亮前我们什么都做不了。"

"弗莱德,我不会让你也想着出去。"

"停。"两连音的电话铃响了。
他们俩站起来。弗莱德拿起了电话。
"喂,梅泽夫。你到了啊!——你夫人呢?
好!我为什么问——她好像没接电话。——
他说她出去了,接他进了牲口棚。——
我们很高兴。哦,不用客气,伙计。
下次路过直接过来看我们。"

"好,
她接到他了,虽然她要他这人干吗
我不明白。"

"也许不是为她自己。

也许她要他只是为了孩子。”

“这整个闹剧看起来毫无意义。
他毁了我们的夜晚，就为了好玩。
他进来干吗？——聊天，访问？
他只需打电话就可以告诉我们在下雪。
他别以为我们家是城里
通向不知名的地方中途的咖啡馆——”

“我认为你会觉得你关心太多了。”

“你以为你自己就没有关心。”

“如果你的意思是他不为别人考虑
让我们在半夜里担心他
把我们的建议不当回事，
是的，我同意你。但是让我们原谅他。
我们分享了他生命中的一个夜晚。
你敢打赌他再打电话会怎么办？”

树的声音

我奇怪那些树。
为什么我们要永远
忍受它们的声音
却受不了另外的离我们
住处很近的声音？
我们每天都受其折磨
直到失去所有的速度感
和我们不变的快乐，
从而获得一种听的氛围。
它们是那种说要走
却从来不走的家伙；
当它长得更老更聪明，
它就不光说，也更明白了
它现在想做的是留下不走。
有时我从窗口或门口
看那些树摇摆的时候，

我的脚在地板上挣扎
我的头也朝我两肩摆动。
我将出发到什么地方去，
我将做出一个鲁莽的决定：
当某一天它们发出声音
摇晃着吓唬它们头上
飞过的白云的时候。
我将会有更少的话说，
但我将已逝去。

新罕布什尔

（1923）

新罕布什尔

我碰到一个南方来的女士，她说
（你不相信她这么说了，但她确实说了）
“我家没有人工作过，也没有任何东西
售卖。”我认为重要的
不是工作。对我来说你完全可以工作。
我曾有过自己也不得不工作的时候。
有什么东西售卖才是
个人、州府、国家的耻辱。

我碰到一个阿肯色来的旅行者
他吹嘘他的州漂亮
因为有宝石和苹果。“宝石
和苹果，可批量生产的？”
我问他，保持警惕。“啊是的，”他答道，
丧失了警惕。那是个傍晚，在豪华车厢里。
“我看服务员铺好了你的床，”我告诉他。

我碰到一个加利福尼亚人
谈加利福尼亚——一个气候太好的州，
他说，在那儿从来没有人
自然死亡，警觉委员会
不得不组织起来增加坟地储存
以维护这个州的人道。
“就像斯提芬森[①] 所做的”，我咕哝着，
“关于不列颠的北极。那就是在市场上
叫卖气候的后果。”

我碰到一名从另一个州来的诗人，
满脑子多变幻想的狂热分子，
他以多变幻想的名义，
用最糟销售术的最好风格，
愤怒地企图让我写一份抗议书
（用诗体我认为）反对沃尔斯台德法[②]。
他甚至没有提供给我一杯酒，
直到我要了一杯把他安定下来。

---

① 加拿大北极探险家（1879—1962），曾组织过一次失败的北极探险，探险者在一个西伯利亚小岛上插旗，声称是英国领土。

② 美国宪法第十八修正案，关于禁酒的条款。

这就叫做有观点可卖。

在新罕布什尔这些都不可能发生。

在老新罕布什尔唯一一个
被贸易玷污了的，是我碰到的
一个刚从加利福尼亚回来，
为在那儿卖东西而感到羞耻的人。
他造了一个庄严的双斜坡屋顶
角楼置圆球，像君士坦丁堡，位于
树林深处，离火车站大约十英里，
好像是要把被接受的希望
永远从脑子里驱除出去似的。
我在一个傍晚发现他，站在
他敞开的谷仓的门槛里边，
像一个阴郁舞台上孤独的演员——
一层铁灰色遮蔽了他的脸部，
除了眼睛，这让我认出了他。
是我小时候的老朋友，曾经
有次和我驾车去布莱顿。
他的农场光秃秃的，根本不算农场；
他的房子在当地的棚户中

突起，像交易市场的代理商。
他很富有，而我还是个无赖。
我忍不住不礼貌地问，
他去了哪里，一直以来在做什么？
他怎么到了这种地步？（也就是富有。）
在旧金山买卖“旧衣服”。
呵，那可是要多糟有多糟。
我们俩在坟墓里都会翻身的。

新罕布什尔只有样品，
像展览，每件东西都只有一件，
很自然，她不会花力气去卖。

她有一个总统。（发音是珀斯[①]，
并加以充分利用，不管是好是坏。
他是你唯一能让这个州失分的机会。）
她还有一个丹尼尔·韦伯斯特[②]。就是那个
过去没有将来也没有，唯一的丹尼尔·韦伯斯特。

---

① 指 Franklin Pierce，美国第十四任总统，唯一出生于新罕布什尔州的总统。姓皮尔斯 Pierce，发音类似 Purse 也就是钱包的意思。

② 美国政治家，出生于 1782 年新罕布什尔州的索尔兹伯里，今富兰克林市。

她需要一个达特茅斯[①]塑造他。

我称她老。她有一个家族
声称在殖民时代之前，
甚至在探险时代之前
就定居这里，这是对的。
约翰·斯密斯[②]航行经过时评论过他们，
他们垂着腿在绍尔岛一个码头上
钓鱼，他很高心
他们不是红印第安人，而是真正的
比原始还原始的白种居民，起源人，
像那些给亚当的儿子们提供老婆的人[③]；
在我们的历史中他们那么早就到了那里，
不管他们有多不清白。
那时他们到那儿已有一百年或更多。
很遗憾他那天没有问他们
在当时就已建好的码头上做什么，
也没记下他们的名字。他们后来告诉了我名字——

---

① 新罕布什尔州的达特茅斯学院。

② 约翰·史密斯 John Smith（1580—1631），英国士兵，探险家。

③ 根据《圣经》，亚当是人类始祖，假如所有人都是亚当和夏娃的儿女，他和夏娃的儿子怎么娶妻呢？

是今日诺丁汉[①]受尊敬的一个。
至于他们除了打鱼还做什么——
他们的行为应该还没有清教徒化，
时间还没到“要做好人”的那一刻，[②]
人类还没有遵守安息日的规矩。
他们成了向深处探索的人
而不是深深卷入别人的事情。

你肯定知道他，新罕布什尔有一个
真正的改革家，可以改变世界
让它被两种不同阶级的人都能接受，
一是艺术家，在成为艺术家的那刻，
也就是说，在他们作为自己被接受之前，
二是离开大学那刻的男孩子们。
我忍不住想，这些就是需要经过的考验。

她还有一个我不知道怎么称呼的人，
每年他都从费城来，

---

① 新罕布什尔的诺丁汉。

② 美国白人的清教徒化是后来才发生的，诗中所说的原初白人还没有被接受基督教“做好人”的教谕，因此本句的意思和上一句差不多，就是这些人还没有宗教化、清教徒化。

带着一大群稀有品种的母鸡
几乎完全野外养殖，有鹰隼警觉的眼监视，
他想借此凸显教育意义上的好处——
因为被乔叟提到过，所以是多尔金鸡，
因为被海力克提过，所以是苏赛克斯鸡。

她有一些金子。新罕布什尔金——
你也许听说过。我有一个农场
在柏林[①]往上不远
有一个金矿，可以淘金；
但没到大批量商用的规模，
只够用来做一些订婚戒指、
结婚戒指，给农场的主人们用。
一个人还能有更清白的金子吗？
我的一个在乱石地上漫游的
孩子，从安杜佛或迦南带回
一块绿宝石样品，含有少量
镭。我知道镭必须少得微不足道
才会低于商用的门槛；
但相信新罕布什尔吧，她没有

① 这里应该指的是新罕布什尔州的柏林市。

足够的镭或者任何东西卖。

每件东西都有一点样品，我说过。
她还有一个女巫——老式的。她住在科尔布鲁克。
（我唯一遇到的另外一个女巫
是最近在波士顿一个高端晚宴上。
点着四支蜡烛，有四个人。
那个女巫很年轻，很美（新式的），
很开明。她不在意被人要求读
锁在铁盒子里的信件。
为什么盒子必须是铁做的而不是木头做的
才能更多显示她的天赋？
这让世界看起来是那么神秘。
通灵研究学会①
知道她。她丈夫有百万身家。
我认为他拥有哈佛学院一些股份。）

新罕布什尔曾在哈莱姆
有一个我们称作白血球的公司，
它的任务是晚上任何时间

① 1882 年成立于伦敦，其美国分会成立于 1890 年。

如果在哪里嗅到一丝半点
可疑的味道，就急送长袍和傻瓜帽，①
让某人享受“逃避者额尔森之旅②”。

就像在展会，什么都有，每件都只是样品。

你会说她有足够的地方放得下
这些样品，但在此还出现了别的东西
保护她不被她自己伤害。
也就是，质量弥补了数量。
甚至没有多少新罕布什尔农场出卖。
我在山里安的家是一个农场
与其说我是买来的不如说是抢来的。
我趁房主冬后耙地的时候，把他
一个人堵在门外，我说，
“我要把你弄出这座农场：它我要了。”
“你准备把我弄到哪里，路上？”

---

① 这里指的是美国极右翼三 K 党的典型装束，白色长袍和白色尖顶长帽子，只露出双眼。

② 十九世纪美国诗人惠蒂埃写过的一首诗《逃避者额尔森之旅》，关于一个叫额尔森的船长遇到沉船，船员怕冒风险，不让他施救，回到岸上却诬陷是他决定见死不救，玛堡海德的女人们（遇难者的亲属）把额尔森身上涂满焦油、插上羽毛放在车里游街示众。

“我要把你弄到旁边的农场。”
“为什么你不要旁边的农场？”
“我更喜欢这个。”它真的更好。

苹果？新罕布什尔有，不过没有喷药，
不论是果梗端还是果萼端都不会让人怀疑
有硫酸，或砷酸铅，
因此除了制果酒一点用都没有。
她没被修剪的葡萄像套索
远远挂在人够不到的桦树上。

一个出产贵重金属和石头的州，
还出产——写作；所有这些，
也许除了宝贵的文学，在数量
和质量上都不会让制造者们担心
该怎么把它们处理掉。你知道吗，
从市场的角度看，写出的诗
比所有其他东西加起来都多？
难怪诗人有时候必须比商人
还要显得商业化。
因为他们的制品更难处理掉。

她是北方联邦最好的两个州之一。
佛蒙特是另一个。两者
很久以前就是众多边界地区
挽同一轭[①]的伙伴。他们像楔子彼此嵌入，
粗端对细端，细端对粗端，
代表了一种强大思想和
粗壮胳膊结合在一起的形象，
一个粗另一个就细，反之亦然。
新罕布什尔在一个靠近加拿大的
鳟鱼孵化场把康涅狄格顶起来，
但很快就和佛蒙特沿河分界。
两个州都让人开心，因为都有小得荒唐
的小镇——“失国”，“恶心”，“泥泞的嘘声”，
“府绸”，“安静角落”[②]（这么叫不是因为
这个地方整天都很安静，也并非
说它是威士忌蒸馏器[③]——只是因为

① Sap Yoke，一种采集树液的工具，上段像马轭一样挂在采集者的脖子上，连接下边的桶盛装树液。

② 这里分别是对以下几个小镇的意译，Lost Nation，Bungey，Muddy Boo，Poplin，Still Corners。

③ Whisky Still，小镇 Still Corner 安静的角落，也可以理解为，放蒸馏器的角落。还可以翻译作“还是角落”，那么后边的句子就该翻译成：这么叫不是因为这个地方还是角落。原文中三个意思同时存在，翻译则只能选一。

它一开始是奔着城市去的，但到现在
还是林子里的角落和交叉路口）。
我还记得一个，它的名字出现在
电影银幕的画面之间，那是
一个选举夜我在佛兰克尼亚，
当一切都成了共和党
民主党迫切需要一些安慰的时候：
伊斯顿共和党胜，威尔逊是四
休斯是二。每个人都极力
嘲笑比自己人少的一方。
纽约（五百万）笑曼彻斯特，
曼彻斯特（六七万）笑
利托顿（四千），利托顿
笑佛兰克尼亚（七百），而
佛兰克尼亚，我恐怕——那晚确实笑了——
只能笑伊斯顿。剩下谁给伊斯顿笑呢，
如同女演员对谁说“哦，我的上帝”那样？
剩下“恶心”；有一些叫“恶心”的小镇
它们声称是镇却没有人口。

关于新罕布什尔所有我能说的
也都同样适用于佛蒙特，

它们的不同之处在于山。
佛蒙特的山延展很直；
新罕布什尔的山是弯曲的。
我去过新罕布什尔的山里。
现在我在这里，我该说些什么？
这里，首先我的主题变得尴尬。
爱默生说，“造了新罕布什尔的上帝
要讽刺这高尚的土地，让它住些渺小的人。”
另一个马萨诸塞诗人①说，
“我不再去新罕布什尔消夏。
我放弃了我在都柏林②的夏屋。”
但我想知道新罕布什尔有什么不好，
她说她受不了住在那儿的人，
那些渺小的人（这是马萨诸塞在说话）。
当我问是什么害了那些人，
她说，“你去读书自己找。”
也许我自己确实得忏悔，
我是几本反对世界的书的作者。
把它们看成反对一个特定的州

---

① 指的是艾米·洛威尔（1874—1925）。
② 新罕布什尔州的城市。

甚至一个国家，就是局限了我的含义。
我是那种被称作敏感者的人，
或者也可以称作环境主义者。
我拒绝改变自己哪怕半点，
不想去适应从热到冷，从湿
到干，从穷到富的变化，或相反。
我受苦于我周围几乎
所有的事情，而且把这变成美德。
换句话说，我知道不管我在哪里，
作为一种文学的生物，
我并不缺乏促我清醒的痛苦。
纪德·马娄教我如何祈祷：
“那么，这就是地狱，我也没有在它之外。”①
萨摩亚，俄国，爱尔兰，我不满，
英国，法兰西，和意大利，我的不满不会更少。
我在新罕布什尔写下我的小说
并不说明它们针对的是新罕布什尔。
多年前我离开马萨诸塞时
只用了两天，我去了新罕布什尔

---

① 这里的纪德·马娄应该指的是克里斯多夫·马娄，英国十六世纪伊丽莎白时代的剧作家，引文出自他的剧作《浮士德博士》，浮士德问梅菲斯特是怎样从地狱出来的，梅菲斯特答，这就是地狱，他并没有出来。

而不是去康涅狄格，
罗德岛，纽约，或佛蒙特的原因是：
我那时住的地方，新罕布什尔提供了
距离最近的可逃离的州界。
我的手提包里没有这样的幻觉，
即那里的人比我离开的那些人
更好。我以为他们没有更好。
我以为他们不可能更好。但他们确实更好。
我敢肯定在马萨诸塞没有这样好的朋友
如温德姆的豪尔，阿金森的盖伊，
雷蒙德（现在的科罗拉多）的巴尔莱特，
黛里的哈里斯，和伯利恒的林奇。

马萨诸塞光荣的诗人们似乎
想改造新罕布什尔人。
他们嘲笑那高地，上面住了渺小的人。
我不知道如何谈论那里的人。
为了艺术，一个人几乎希望他们很糟
而不是很好。我们如何
在美国写俄国式小说
如果生活过得没那么恐怖？
确实有那么一掐，让我们的文学

发出迄今听到的唯一呼声。
我们从毫无理由的痛苦中
榨出那么一小点儿痛苦。
这让一众小说作家厌烦了
被人期待成为陀思妥耶夫斯基，
却糟糕地拥有太多运气和舒适。
不过这不是痛苦；只是些气泡，
在新政权统治下的俄罗斯，
也是被如此看待的，并被禁止。
如果真是俄罗斯，那么尽管
这样说吧，否则就靠墙排着
被枪毙。或者做波丽安娜[①]，或者去死。
这就是我们听到的对于新自由的谈论；
很有道理。没有国家
能在幸福安定的基础上
制造既美好又悲哀的文学。

为了证明我们这些人的智力
水平：且举沃伦[②]的一个农民为例，

---

① 波丽安娜是 1913 年出版的一部同名小说的主人公，对什么事都有一种不负责任的乐观。

② 沃伦，新罕布什尔州的一个小镇。

他的马被我这个陌生人吓到了，
在公路上急停。他这样说道，
无非是因为尴尬，或社交性的礼貌，
而感到必须说点什么：
“你听过那些在穆喜劳克山上叫的猎狗吗？①
嗯，这让我想起我们听过的
对维多利亚中期人的强烈抗议，
却从来不能正确理解，直到布莱恩②
退出政治，也加入这合唱。
维多利亚中期人的问题似乎来自
一个叫做约翰·L. 达尔文③的人。”
“走吧，”我对他说，他对他的马说。

我知道一个人，作为农民很失败，
烧掉自己农场的房子骗火灾保险，
用保险金买了一个天文望远镜

---

① 位于新罕布什尔西边的格拉夫顿县。

② William Jennings Bryan（1860—1925），1915 年任美国国务卿，三度美国总统竞选人，反对在公立学校教达尔文的进化论。加入合唱的意思应该是指布莱恩鼓吹反进化论的舆论。

③ 弗罗斯特在这里故意把两个人的名字捏合在一起，一个当然是进化论创始人查尔斯·达尔文，很多批评家都论及达尔文对弗罗斯特的影响；另一个应该指的是约翰·劳伦斯·萨利文（1858—1918），美国重量级拳王，还有可能指的是一头亚洲象（1860—1932），它跟从拳王的名字也叫做约翰·L. 萨利文。

满足他一生的
关于我们在无限之中的位置的好奇心。
如此的来世关怀，你觉得怎样？

如果我必须选提升哪一个——
人，还是已经很高的山，
我会选择提升已经很高的山。
我能挑出新罕布什尔唯一的错
是她的山还不够高。
我并非一直这么看；而是逐渐形成这个观点的。
让我悲哀的是，我凭什么获得了
俯视、批评大山的高度？是什么给了我信心
让我评说什么样的高度构成新罕布什尔的山，
或任何山？难道是我感受到的
某种力量，发自我脊背的地震，
使它们朝向那颗晨星更高地隆起？
难道是阿尔卑斯山的外国旅行？
或短暂看到并惊叹于
林肯峰，拉法耶特峰，和自由峰的可怜现实背后
大块云山所形成的坚实形状？
或喷泉相对于底座的比例该喷
多高，如此探究的意义？

不，所有这些没有一个能把我
理性的不满意抬升到王座的高度，
除了这样一个悲哀的偶然发现：
我从一张旧时代地图上看到
我们那些山，比实际上高了两倍——
一万英尺，而非仅仅五千——
这个偶然事件多么让人悲哀。
五千英尺不再是一个足够的高度。
尽管我从来没有什么好主意
能让世界上的人们提高，
但在这方面我却有太多的建议，
整日整夜不休息，规划着
该把夏日积雪的山峰耸立多高
才能碰到高天，从繁星引出一道
夜晚的寒流，冲进下边的
山谷，把露水冻成星星的形状。

我越是一个敏感者
就越希望我的山变得狂野；
就像那铁丝似的帮派首领喜欢浮木一样。
他解开锁后，开始漂流，
躲过了一根像胳膊那样
朝天竖起来，想要撞碎他脊背的原木，

他蹦跳着，冒着生命危险
在呼啸和混乱中躲避，我们看到的
他说的话以及在他曲曲折折
接近之后我们所听到的话
无疑是一样的："难道她不是理——想[①]吗？
婊子养的，她肯定是理——想。"

尽管她所有的山都有一点矮，
尽管她的人民对艺术来说还矮得不够，
她却还是新罕布什尔，一个最平静的州。

近来和一个纽约的傻瓜聊天
关于伪生殖崇拜学派，
我发现自己没有退路
必须做一个几乎是好笑的选择。
"请选择你要成为的人——普鲁德[②]还是皮尤克[③]，
在公众的胳膊里又哭又吐[④]。"

---

① 作者把"理想"一词分成两半：*i*-deal，并且把第一个字母 i 用斜体字以示强调，字面的意思就成了"我交易"，"我可以做交易"。

② Prude，一本正经的人，对（性或裸体）大惊小怪的人。

③ Puke，呕吐的人，令人厌恶的人。

④ 对莎士比亚喜剧《皆大欢喜》第二幕第七场里一句话的改写："At first the infant, mewling and puking in the nurse's arms"，"首先是婴儿期，在保姆的怀里又哭又吐"。

“我选在那里我不必做选择的山丘。”
“但如果你必须选，你想成为哪个？”
我不想成为一个害怕自然的普鲁德。
我认识一个人拿着双面刃的斧头
单独一人去和一片森林作对；
但他的心辜负了他，他丢掉斧子
跑去躲避，引用马修·阿诺德说：
“‘自然是残酷的，人厌倦了血’；
血已经留得足够多，除了我的。
记住伯纳姆森林[①]！树林在动！”
他对变动有一种特别的恐惧，
表现出来的是树木恐惧症。
唯一像样的树进了磨坊
被做成木板，他说。

他太清楚那条人们止步、
大自然起始的界线的世俗功用，
除非在梦中，他从来不逾越它。
他站在那线安全的一侧说话——

---

① 莎士比亚《麦克白》里提到过，麦克白说没人能击败他，除非伯纳姆森林移动。

十足的马修·阿诺德主义，
崇拜那个承认自己是“被挫败
而迂回的流浪者[①]”，“沮丧地
在智力的王座上坐下[②]”的人——
同意对现在遍布这些树林
的临时祭坛皱眉不赞成，
就像那些日子里亚哈斯[③]
在野外绿树下礼拜而犯戒一样。
不到一英里我就碰到一个，
一块黑颊石和雨冲刷过的木炭。
哪怕说树丛是上帝的第一批神庙
也离亚哈斯的罪太近而得不到安全。
非手工制作的东西当然是神圣的。
但这不是一个有关何为神圣的问题；
而是一个面对什么，从什么跑开的问题。
我不想做一个从自然逃离的人。
但我也不想选择成为一个皮尤克

---

① 阿诺德的叙事体长诗“Sohrab and Rustum”里的诗句，原本是形容阿姆河（Amu Darya）的，从帕米尔高原急速流下来，到了低地就开始曲折迂回。

② 阿诺德的长诗“The Scholar Gipsy”里的诗句。

③ 犹大第十一任国王，《圣经·列王记下》说亚哈斯行“可憎的事”，“在丘坛上，山冈上，各青翠树下献祭烧香”。

有人在场的情况下也不在乎出乖弄丑，
当他什么都做不了时，返回
言辞，用最坏的努力让言辞比行动
声音更大，并有时候获得成功。
这看起来像时代所坚持的狭隘选择。
那么，比如，做一个好希腊人又该如何？
那条路，他们告诉我，今年没有提供。
“来吧，但这并非选择——你到底选皮尤克还是
　　普鲁德？”
如果我必须选择其一，
我选择成为一个普通的新罕布什尔农民
有个，怎么说，一千块钱的现金收入
（比方说，得自一个纽约的出版家）。
结论得出之后就会平静，
想一想新罕布什尔也会平静。
目前我住在佛蒙特州。

人口普查员

一个风吹云动的傍晚我去
一所黑纸覆盖、石板搭建的房子办事，
房子只有一间屋一扇窗一扇门，
是方圆一百英里的
山间荒野唯一的住所：
但现在却没有住任何男人或女人。
（它从来就不曾被女人住过，
我这是伤心个什么劲儿？）
我作为人口普查员来到这废弃之地
统计人口，一个人都没有，
方圆一百英里没人，房子里没人，
这是我最后来的地方，怀着一点飘渺的希望，
在长时间从悬崖上观察这片
连石头都浸透了的空旷之后。
我没发现任何人敢显示他们自己，
外视的眼中没有人不在隐藏。

时逢秋季，不过有谁能
说出是一年中哪个季节，当每棵
能掉叶子的树都已倾颓，
除去树桩什么痕迹都没留下
只能在树脂糖浆里显出年轮；
每棵树都只剩一段朽坏的躯干，
没有一片叶子可凋落于秋天，
没有一条树枝可在叶子凋落后鸣响。
也许，如果没有尚在呼吸的树的帮助，
风会说出关于一年或一天
更多的东西，用它把门
摔脱门栓的方式，就像粗鲁的男人们
一个个进门，猛然把门在身后甩上，
让下一个人必须自己打开。
就这样，我算了我没有权利包括的九人
（但这只是恍惚的非官方统计）
之后我自己成了第十个踏过门槛的人。
哪里有我的晚饭？哪里有任何人的晚饭？
没有点亮的灯。桌子上空无一物。
炉子是冷的——从壁炉脱落了——
缺了一条腿倒在一边。
那些吵闹不休从门口穿过的人

是耳朵听到的而不是眼睛看到的。
他们没在桌子上支着胳膊肘。
他们没睡在铺位的隔板上。
我没在那儿看到人，也没看到人的骸骨。
为了对付这或许存在的骸骨
我从铺着锯末的地板上捡起
一段沥青染黑的斧柄武装自己。
不是骨骸，只是脱了位的窗户咯吱响。
门不动，因为我手掩着门，
一边想着我能做什么，关于
这座房子——关于那些不在此的人。
这座房子用了一年时间败落，
它给我的悲哀不比用一万年
所倾废的那些房子更少，一万年
亚洲的楔子都能把非洲从欧洲挤走。
我看不出有什么可做的
除了发现那里没有人，
对着太远而没有回音的悬崖宣布，
“这地方荒芜了，不管是谁
还在沉默中徘徊，如果他对此怨恨，
就请现在打破沉默，否则就永远沉默。
让他说出不该如此宣布的理由。”

不得不统计这些一年更比
一年少的灵魂所导致的忧伤
在它们减少到空无一人时达到极致。
这肯定是因为我想要生活延续下去。

分星器

“你知道猎户座总是从一旁升起。
一条腿抬起来，搁在我们的山峦篱笆上，
用他的手撑起，看着我
在户外灯光下忙我本该在白天
就已干完的活儿，确实，
我在地上冻之后，还在料理本该在上冻前
就已干完的活儿，一阵疾风掠起
几片落叶，打在我冒烟的提灯罩上，
以此嘲笑我做事的方式，
要不就是嘲笑我被猎户座搞得这么狼狈。
我想问的是，一个人是否不具备
这些力必须尊重的权利？”
就这样，布莱德·麦克劳林把关于天上星星
的轻率谈话和乱七八糟的农事混在一起，
终于在乱七八糟的农事活动中失败。
他一把火烧掉自己的房子，拿火灾保险

赔付的钱买了一架天文望远镜。
来满足一个保持了一生的关于
我们在无限之中位置的好奇心。

“你拿这有罪的东西想做什么？”
我很早之前就说他。“别要了！”

“别说它有罪；从我们人类战争的
角度看，没有比它更无可非议的了，
因为它算是武器中比较不武器的，”他说。
“我要是卖掉农场就买一个。”
在那个他必须挪开石头才能犁田，
没法挪的话就在石头之间犁田的地方，
几乎没有农场转手；与其花很多年
卖他的农场，到头来还是卖不掉，
他索性烧了房子，拿火灾保险
得来的钱买了天文望远镜。
好几个人听过他说：
“我们来到世上最好的事就是观看，
能让我们观看的最强工具
就是天文望远镜。在我看来，
每个小镇都应该有人拥有一个。

在利托顿那个人就是我。”
如此不严谨的谈话，一点都不奇怪
他做了他所做的，烧掉他的房子。

那天，嘲笑的声音回荡在小镇里，
要让他知道，我们根本没有被他骗到，
他就等吧——我们明天再跟他理论。
但第二天一早我们考虑的头一件事是，
如果我们按谁犯的罪最少来算，
把人一个个刨除，那么用不了多久
我们就剩不下什么人能够一起生活了。
因为与人交往就意味着宽容。
我们的贼，那个替我们从我们那儿偷盗的人，
我们没有拦着不让他吃教堂晚餐，
但我们丢了什么就去找他，问他要。
他立马还给我们，如果还没
吃掉、没用完、没扔掉的话。
在天文望远镜这事上对布莱德太苛刻
是不行的。既然他过了
把它收作圣诞节礼物的年纪，
他就必须寻找一个他知道的最好方法
给自己弄一个。是啊，我们所有要说的

不过是，他选了一件古怪的事捣蛋。
某些同情被浪费在房子上，
那房子可以追溯到好多年前。
但房子没有知觉；房子
感觉不到任何东西。如果它感到了，
为什么不把它看作一个献祭，
一种旧式的火祭，
而不是新式的亏本拍卖[①]？

（火柴）嚓的一声就丢了房子，
也丢了一座农场，布莱德不得不
去康科德铁路谋生，
在车站做售票员助理，
不卖票的时候，他的工作是
沿着铁轨来来回回，不是巡视植物，
像在农场那样，而是巡视星球，在夜里
它们的光晕从红到绿千变万化。

他花六百美元买了一个好镜头。
新工作给了他观星的闲暇。

---

① 上文的祭祀和亏本拍卖一样都是 sacrifice 一词。

他经常邀请我过去，通过那
黄铜的圆筒，里边的天鹅绒黑，
看一颗星在尽头颤动。
我还记得一天晚上，飘着碎云，
脚下的雪融化结冰，
在风中融化成泥浆。
布莱德福德和我拿出那个望远镜。
我们岔开双腿，也岔开它的三条腿，
用瞄它的方式把我们的思想瞄出去，
悠闲地站到了天亮，
说了我们所曾说过的最美妙的话。
那个天文望远镜被命名为分星器，
因为它什么都不做，除了
把一颗星星分成两半，三瓣，就像
在手中分开一滴水银
只需用手指在中间一戳。
一个分星器，要是有这么个东西的话，
它应该会有些好处，如果分星
和劈木柴能够相比的话。

我们看啊看啊，但最终我们又在哪里？
关于我们在哪里，它如何在今夜之夜和一个拿着冒烟的提灯罩子的男人之间定位，它和以前的位置有什么不同，这些问题，我们是否懂得更多？

枫树

她的老师肯定她叫玛贝尔
这让美珀尔[①]第一次注意她的名字。
她问她爸爸，他告诉她，“美珀尔——
美珀尔才是正确的名字。”

“但老师在学校说
没有这样的名字。”

“老师没有家长
对孩子知道得多，你告诉老师。
你告诉她你叫美——珀——尔。
你问她知不知道枫树。
嗯，你的名字是从一棵枫树来的。

① 枫树，Maple，这里用作名字，音译为美珀尔，Maple 和 Mabel 玛贝尔音近，所以被她的老师混淆。

你妈妈给你取的。你和她只是
在楼上的房间彼此擦肩而过，
一个向这边走进生活，一个
向另一边走出生活——知道吗？
所以你不可能对她有很多回忆。
她曾长时间地看着你。
用手指摁你的脸，摁得那么紧，
所以你现在有三个酒窝，她说，
‘美珀尔。’我也说：‘好，她的名字。’
她点头。以保证我们肯定没有搞错。
我不知道她取这个名字的用意，
但听起来像她留下的想让你
成为一个好姑娘的吉祥话——像一棵枫树。
怎么样才像枫树我们只能去猜。
或者给一个小女孩，让她有时去猜。
但不是现在——至少我现在不应太努力。
慢慢地我会把所有知道的都告诉你，
关于不同的树，还有关于
你母亲的一些事，也许会有用。”
这一席话播种了危险的自我唤醒。
幸运的是那时她想从自己名字得到的
不过是第二天用来反驳老师，

用父亲那儿听来的话给老师一个好看。
任何言外之意对她都算白说了，
也许这只是他为了避免自责的一厢情愿。
她会忘掉这事。但她从来没有忘记。
他在她心里播种的东西沉睡了那么长时间，
在年复一年的黑暗里几乎消失，
当它醒来，再次活过来，
开出的花儿已不同于当初播下的种子。
某一天它模糊地回到玻璃上，
那时，她站着大声喊自己的名字，
双眼低垂，温柔地注视玻璃，
让她映出的容貌看起来更好看一些。
她的名字有什么意思？它的奇异处
在于它有太多意思。别的名字，
比如莱斯丽、卡洛尔、厄尔玛、玛乔丽，
什么含义都没有。萝丝①也许有意义，
但并不相配（她认识一个叫萝丝的人。）
和其他名字的不同使它
惹人注意——进而注意到她。
（他们不是注意到它不同，就是把它搞错。）

---

① 萝丝在英文里的意思是玫瑰。

她的问题是怎样找到与这名字
相配的合适的举止和打扮。
如果她能形成关于她母亲的一些形象——
母亲在她的想象里是可爱的、很好的。
这就是她母亲童年的家，
前边有一层楼高，尽头
靠路边有三层。
（这样布局使地下室也能照进阳光）
她母亲的卧室仍是他父亲的卧室，
从那儿可以看到她母亲褪色的肖像。
有一次她发现一片枫叶夹在圣经里
她认为一定是她母亲
放在那里等她的。她把
夹着树叶的那两页书每个词都读了，
就像是母亲在对她说话。
但是她在合上书时却忘记把叶子放回，
于是再找不到那两页重读。
虽然她肯定那里面什么都没有。
所以她对自我的寻找，像大家每个人
寻找自己一样，多多少少向外。
她的自我寻觅，虽然断断续续，
却也促成了她后来的阅读、

思考，接受了一点城里的教育。
她学会了速记，不管速记和这有什么
关系——她有时候好奇地想。
就这样，她发现自己来到一个奇怪的，
美珀尔这名字不应带她去的地方，
那是在她用一本笔记簿听写时，
她抬起双眼暂歇的片刻，
从十九层的窗户往外看到
一架飞艇用不那么像船的动作飞行，
河面上空模糊、令人不安的吼声
飞过人工建造的最高的城市。
有个人用如此自然的音调说话，
她几乎把他说的话写在自己膝盖上，
“知道吗，你让我想起了一棵树——
一棵枫树？”

“因为我的名字是美珀尔吗？”

“不是玛贝尔吗？我以为是玛贝尔。”

“你肯定是听到办公室的人叫我玛贝尔。
我只能让他们怎么喜欢就怎么叫。”

他们两个都惊诧于他在不知道她名字时
就预言了她的秘密。
这让她认为，肯定有一些她自己
错过而没有发现的东西。于是他们结婚了，
把这个幻想带回家一起生活。

有一次他们踏上去她父亲家的朝圣之旅
（房子前边一层，旁边靠路
有三层）
去看是否有一些她可能忽略的
特别的树。他们什么都没发现，
连一棵遮阴的树都没有，
更不用说能榨糖浆的一整片树林。
她跟他讲了那个大圣经本子里的
枫叶书签，还有关于它所标记的地方
所有她剩下的回忆——“摇祭，
关于摇祭的什么东西。”

“你从来没直接问你父亲，是吗？”

“我有，但他把话题岔过去了，我觉得。”

（这是她对很久之前他父亲
推脱自己的方式的模糊回忆。）

“也许这是一些
你父亲和母亲之间的事，
根本和我们无关。”

“和我无关？
这不公平，给我取了这个
我背了一辈子的名字我却不知道
它的秘密？”

“那或许是
父亲无法告诉女儿的某些事，
母亲才可以。另外
那也许是他们的一次糊涂事，
在他年老的时候向他提起
而让他内疚，会很不好。
你父亲通过我们的探求，感知我们在他周围，
却不必要地把我们挡在外，
好像他不知道有些小事情
也许会引导我们有所发现。

这对他来说是很私人的事，
如同他看你说你母亲时一样，
即使她活下来了，也不会
生来就是为了养儿育女。”

“脑子里再过一遍你说的事，
不行的话我就放弃”；结果最后一遍也没结果。
他们现在虽然永远放弃了寻找，
却紧紧抓住从彼此身上
用灵感看到的东西。事实证明确实曾有些什么。
他们不去想挂着吊桶的枫树整齐地
站成一排，树液和雪的蒸汽
从糖厂翻滚而出的情景。
当他们把她和枫树拉上关系的时候，
是树被秋天的火苗贯穿，
脱去皮质般的叶子，树皮却
没有被烟烧，没有变黑。
他们总是在秋天度假。
有一次他们碰到林间空地里一棵枫树
孤独地竖立，光滑的枝桠举起，
她披拂着的每一片叶子
都躺在了她的脚下，或紫，或淡粉。
但树龄不对，所以他们觉得不是那棵。

二十五年前给美珀尔取名的时候，
它应该还是只有两片叶子的幼苗，
牧场上随便来头母牛一舔就会吞没。
有没有可能是另一棵类似的枫树？
他们在附近徘徊了一会儿，
比喻性足够让他们看到象征，
但却不相信它在不同时刻
对不同的人会意味相同。
也许一种出于孝敬的犹豫
不让他们认为其中有任何婚典之义。
不管怎样事情对美珀尔而言来得太晚。
她用双手捂住眼。
“即使现在可以，我们也不愿揭开秘密：
我们再也不会寻找它了。”

就这样，死亡之时留下的有意义的名字，
导致了一个女孩的婚姻，统治了她的生活。
虽然这意义不怎么清楚。
一个有意义的名字可以养大一个孩子，
把这孩子从父母手中夺走。
要我说，最好取一个无意义的名字，
更多地交给自然和幸福的偶然来决定。
给孩子们取取名，看看你会怎样。

斧柄

此前我知道是一条桤木枝
从我身后勾住我举过头的斧子。
那是在林子里，抓住我手
不让我砍另一棵桤木的根的，
我说了，是一条桤木枝。
这次是一个人，巴普提斯特，
从我院子里的雪地上溜到我身后，
我正在劈木柴，
砍的全是已经被砍倒的。
他老练地抓住我举起的斧头，
正好在我使尽力气的那个点，
他抓着它停了一会儿，使我安静下来，
然后从我手中拿走——我让他拿。
我对他了解得不够，不知道
这是怎么了。也许他脑子里
有些事情想对一个恶邻说，
而他更乐意在解除他武装之后说。

但他用法国式英语要谈的
是他如何看我的斧头，而不是我，
除非他关于斧头的话让我有动于衷。
那斧柄是别人卖给我的，不好——
“机器做的，”他说，用厚厚的拇指甲
犁过斧柄木纹，给我看它
如何穿过斧柄长长的蛇纹线，
像贯穿美元符号的那两笔线条。
“你再给她添一道缝，她就会崩断。
丹，你的斧头不知会飞到哪儿去？”
确实如此；但这跟他有什么关系？

“到我家来，我给你安一个
能用久点的——自然弯曲的山胡桃木，
它刚长成我就砍下来了——硬，很硬！”

卖东西吗？听起来不像。

“丹，你说什么时候来？免费的。
今王？”①

---

① 巴普蒂斯特是法国人，说话有口音，“今王”就是“今晚”的意思，在不影响理解的情况下，译者酌情用谐音模仿他的口音。

今晚就很好。

经过厨房太过温暖的火炉
我受到的欢迎和别处的欢迎没多少区别。
巴普提斯特最清楚我为什么来。
只要他不多说什么，
我不介意他对邀请到我感到
过分高兴（如果他过分高兴的话）
我还必须判断，他关于斧头的知识，
并非每个人都知道的知识，
和一个邻居比起来是否一文不值。
对一个流落了一辈子，与美国佬为伍的法国人，
这很难，尤其是还得不到任何欣赏。

巴普提斯特夫人进来了，摇动
一个有着和世界一般多动作的椅子：
朝后的，往前的，往阴影里进去的，出来的，
却原地不动；又一个平缓的
侧向运动差点把她撞到火炉上，
如果不是她意识到危险，
自己把身体和椅子稳住，

然后回到她开始的位置的话。
“她不大会说英语——着个不像样子。”
她先冲我笑，然后对
巴普提斯特笑，像是理解我们的
交流似的，恐怕她不过是假装听懂了。
巴普提斯特为她着急，但他自己
更着急，他是那么希望保留
和我早晨达成的协议
生怕我怀疑他说话不算数。

他完全不必那么快拿一些斧柄出来，
很多，可以从中挑选，他想给我
他拥有的、愿意割爱的最好的斧柄——
不容我分说，他就拿出其中一把，
给我详细讲它的美丽之处，
以保证我懂得那些美而不错失。
他喜欢修长的，像鞭子，
没有半点节疤，像一把剑
可以放在膝盖上折弯。
他给我看，好斧柄的线条
在得到刻刀表达之前，
和木纹浑然一体，它的曲线

也不是无中生有的假曲线。只有这样
才具有适于艰苦劳作的强度。他用粗糙的手
合拢，从头到尾摩擦它细长白皙的身体。
他把它插入斧子头上的小孔试了试。
“哈，哈，”他沉思着，说，“不用再磨细了。”
巴普提斯特知道如何把他喜欢的
短活儿延长，同时却不浪费时间。

你可知道，我们谈的东西就是知识？
巴普提斯特为他不让孩子上学，
或尽最大努力不让孩子上学辩解——
却不管学校和孩童，以及我们对
强制教育的怀疑，这些事和他斧柄的
曲线，以及他不择手段地利用它们
诱我进他家里一看的事实有什么关系。
他需要我的友谊，是不是部分原因
在于他要找个人来信任，而不管
对教育保留这种怀疑的权利
是否有赖于那些怀疑者的教育？

但现在，巴普提斯特从膝盖上拂去木屑
把斧子立在它的马蹄子上，

挺立着，发出一阵波浪的摇晃，像
伊甸园里的蛇抬起身来投向罪恶——
上边重，被他又厚又短的手
驾轻就熟的重，钢蓝的下颏
稍微下撇——有种法国风味在其中。
巴普提斯特退后，斜眼瞄它，高兴地说：
“看她趾高气扬的那样儿！”

砂轮

一个轮子和四条自己的腿，
从来没有让笨重的砂轮
去到我能看到的任何地方。
这些肢体曾帮它走，甚至跑；
但所有借助于它们的运动，
所有它认为自己走过的里程，
都没能让它从出发点迈出哪怕一步。
它还是站在同样的那棵老苹果树下。
如今苹果树投在它身上的阴影
淡了；它的脚沉陷在雪中。
所有其他的农场机械都入了库，
其中一些机械用来站立的腿和轮子，
比砂轮吹嘘的能站能走的腿和轮子还少。
（我主要想的是独轮推车。）
好几个月它都没尝到从铁槽
生锈的水里刷下来的钢的滋味。

但是，在寒冷的屋外站着，腹中饥饿，
这并非罪恶，除非是在城里的夜晚。
不管怎样，它站在院子里
一棵快要死掉的活苹果树下，
不再和我有任何关系，
除了我记得的很早以前
一个夏日，我把它可劲儿用了一整天，
还有一个人骑在它身上使劲儿蹬，
我们俩合力磨了一个刀片。

我让它预先空转了一下，
浇上水（也许是泪）；
在它就要高兴地跳起来、转起来的时候，
一个时光之父模样的人跳上去骑着，
握着镰刀，戴着闪光的眼镜。
他鼓起意志力，增加吃重，
使我慢了下来——我突然减慢，
像是前边忽然冒出个火车站。
我绝望地不断换手。
我很想知道它是对
多少个世纪前的机器的改良。
我只知道它自己也许只磨过矛

和箭头。多年使用之后
渐渐磨成扁平
的球状，踢踢打打地转着，
看起来像是在对我的恨报以恨
（但我现在很容易原谅它，
就像原谅童年的任何敌人，
骄傲从没有让他们混出什么出息）。
我想知道那人以为这是谁在磨动——
是那个抓住不让轮子转的人
还是那个拼了命让它继续转的人？
我想知道在我们完成后
他是不是真觉得让他做结论是公平的。
这就是我在脑子里转悠的愤愤不平。

我这么在意，可不是为了自己。
哦不！——虽然我可以找到
一个更好的方法度过这个下午，
而不是从一个砂轮里磨出纷争，
用它们含沙的曲调击打昆虫。
也不是为了那个人我才这么在意。
曾经有一个砂轮几乎从轴承里飞出
看起来他差点就被扔出去

被他的刀片割伤。我一点都不关心，
其实还在心里发笑，把砂轮转得更快
（它转时像是没有润滑而是粘住似的）；
我很欢迎一场不大不小的灾难，
计算好了，拖延那些
很明显无法停止的转动。
我越来越害怕的是
我们把它磨尖了却不知道，
还在继续浪费宝贵的刀片。
当他把它举起来滴着水，
小心轻抚它恐怖的锋刃，
一只眼眯缝着从眼镜上边看它，
漠不关心地决定
它还需再磨一圈时，我其实应该喊出来
万一多转的那圈正好招致过度的风险？
难道我们不是在把它弄得更糟而非更好？
我支持把某些事留给那个磨刀人，
但如果事情不是本来的样子该怎么办？他
满意了我就满意。

保罗的老婆

把保罗从任何伐木营赶走
只需对他说，
“老婆还好吧，保罗？”——他就会消失。
有人说是因为他没老婆，
讨厌在这事上被嘲笑；
另有人说他大约差一天就要
娶老婆了，却被抛弃；
还有人说是因为他曾有过一个，一个好的，
和别人私奔了，离开了他；
更有人说现在他就有一个
他只需被提醒——
他必须马上对她负责：
他就立刻跑掉去找她，
像是说，“是啊，我老婆还好吗？
我可不希望她遇到什么麻烦。”
没有人急着要把保罗赶走。

他是山间营地的英雄，
自从他，为了证明给他们看，把
一棵落叶松的皮整个儿剥下，
干净得像男孩们
在四月的星期天，平息下来的河边，
把柳枝刮成柳哨那样。
他们问，似乎就是想看他跑掉。
“老婆还好吗，保罗？”他听到后总是逃走。
他从来没有停下来杀掉
问这问题的人。他只是消失——
没人知道去了何方，
但通常不久，他们就听到
他到了一个新营地的消息。
一样的保罗，一样的伐木营生。
到处都有人问为什么保罗
反对被问到一个礼貌的问题——
一个除了挑衅，你可以说任何话
都没问题的人。上述都是答案。
还有一个对保罗不公平的答案：
就是保罗和一个配不上他的女人结了婚。
保罗因她感到羞耻。和一个英雄相配
她必须是女英雄才行；

相反，她是一个混血印第安人。
但如果墨菲说的是真的，
她也不应是让人感到羞耻的人。

你知道保罗能制造奇迹。所有人
都听过他如何鞭打那些拉着木材、
却一点都拉不动的马，直到它们把
生牛皮的挽具拉长，从装载物延伸到营地。
保罗告诉老板，装载物没有问题，
“太阳落山就会运回”——确实如此——
借着拉长的牛皮缩回自然长度的过程。
这个就是所谓的夸张话[①]。但我猜
他能跳起用双脚蹬到天花板，
然后安全落下，双脚着地，
回到地板上的说法，才是真事或接近事实。
呵，还有一件奇闻轶事。他老婆
是保罗从一棵白松木里锯出来的。墨菲在场，
你可以说，他亲眼目睹了那位女士的诞生。
保罗只要是伐木相关的什么都做。
他坚持不让从他背上拿走木板，

---

① 夸张话、谎言，stretcher，也有拉长的意思，双关语。

那个——我忘了哪个——不服气的锯木工
想知道在他背上堆多少木板才能让他求饶。
他们从一棵根部粗大的原木锯了一条木板，
锯木工啪的一声把木架推回来，
把锯齿重新对准原木的根部。
这时他们才发现原木发生了什么事，
他们吃惊的表情
暴露了他们感到的内疚，
怕有些东西随着那声巨响掉落。
新切面上留下了一道很宽的
黑色油脂带，有整根木头那么长，
或许，除了两头各短一英尺。
但当保罗把手指放到油脂上时，
才发现根本不是油，而是一个长长的凹槽。
原木是空心的。他们锯的是松木。
“我是第一次看到空心松木。
都是因为我们有保罗在附近。
给我他妈的拿走，”锯木工说。
每个人都想看看它，
告诉保罗他应该拿它怎么办。
（他们把它当成保罗的了。）“你拿一把折叠刀，
把口子开大，挖出一个洞，

能坐在里边钓鱼。”对保罗来说
那个洞看起来太好，太干净，太空，
根本不曾有鸟兽或蜜蜂在其中生活。
没有给它们进去的入口。
它看起来像是某种新型的空洞
他认为最好用折叠刀来对付。
所以那天傍晚下班后他回到那儿，
用刀割，把更多光照进去，
看是不是空的。他从里边拽出
一段纤细的木髓，是木髓吗？
也许是一条蛇脱落的蜕
在树的内部，经过一百多年
树的生长，从底部立起来。
又切割一会儿，他把木髓拿到双手上，
透过它看附近的池塘，
保罗想知道它遇水如何反应。
没有惊动一丝风，只有他缓缓走向
河边带起的空气的呼吸，
从他手中刮走了木髓，几乎将它弄碎。
他把它放在边上，让它饮水。
喝了第一口，沙沙响着变软。
下一口它就隐没不见了。

保罗用手指在浅水里拖曳它，
以为它肯定融化了。消失了。
然后在开阔的水域外，被水蚊子模糊了的暗处，
大批漂浮的原木挤靠围栏的地方，
缓缓升起了一个人，一个姑娘，
她湿重的头发堆着像头盔，
斜倚着原木，回头看保罗。
这使得保罗也回头去看
是否她在看他身后的
什么人，而不是他。
（墨菲一直在那里看着
在两个人都看不见的棚屋里。）
新生的过程暂停了一会儿，
那个姑娘似乎淹水太多活不了了，
最后她才喘着，吸了第一口气，
笑出声来。她慢慢站起来，
走出去，自言自语或是对保罗讲话，
隔着那些鳄鱼背一样的原木，
保罗带她绕过了池塘。

第二天傍晚墨菲和其他人
喝醉了，追踪这一对上了卡特芒特峰，

从光秃秃的山顶能看到
一个壶状峡谷对面的山岭。
就在那儿，天黑透时，墨菲说，
他们看到了保罗和他的造物收拾屋子。
除了薄暮时分墨菲
在磨坊池塘对面看到他和她
堕入爱情的那次，这是第一次
有人看见他们。
荒野中一英里开外，
他们一起坐在悬崖半空
一个小小的凹处，女孩
散发光芒，如升起的星星，
保罗暗淡，像她的影子。所有的光
都来自女孩自己，而非来自星星，
接下来发生的事证明了这点。
那些坏蛋们鼓起嗓子齐声大喊，
还扔了一只瓶子，
作为对美的粗鲁的致敬。
瓶子差着一英里，当然够不着，
喊声却抵达了女孩，把她的光熄灭了。
她像萤火虫一样消失了，这就是事情的全部。

所以关于保罗结婚是有证人的，
不需在任何人面前感到耻辱。
评断保罗的所有人都错了。
墨菲告诉我保罗那样表现
是想把他老婆留给自己一个人。
保罗是一个所谓的可怕的占有者。
拥有一个妻子对他来说意味着占有她。
她和任何别人都没有关系，
不管是赞扬她还是指认她，
他更愿意人们别去惦记她。
墨菲的想法是，保罗这样的男人
不能在他面前说到老婆，
用世界上任何方式说都不行。

野葡萄

什么树上是采不到无花果的?
桦树上采不到葡萄吗?
关于葡萄或桦树，你知道的就这么多。
作为一个桦树上采来的女孩，
在一个秋季用葡萄称量过的我，
更应该懂得葡萄是什么树的果实。
我出生了，像其他人一样，我想，
长成了一个男孩气的女孩，
所以我哥哥不敢总是把我留在家里。
但那样的开端在恐惧中被抹去了，
那天我挂在葡萄藤上，摇摆，
像被追赶的欧律狄刻[①]
从高处被安全地接下来。

---

① 希腊神话中俄尔浦斯的妻子，被毒蛇咬伤而亡，俄尔浦斯追到阴间，想把她带回人世。

所以我现在的生活是另一世
我可以随意浪费，愿意给谁就给谁。
如果你看到我每年过两次生日，
暴露出我的两个年龄，
其中一个会比我本人看起来年轻五岁——

一天哥哥领我到一处林间空地，
他知道一棵白桦树独自站在那儿，
顶着一头薄薄的尖叶子，
她后边沉重的头发披散开，
落在脖子上的，是她的葡萄饰物。
葡萄，我知道是葡萄，因为我去年见过。
一大捧，我身边开始围满了
长在白桦树上的一捧捧葡萄，
就像是在好运莱夫的德国[①]一样；
但是比我举起的双手还高，
就像我更小的时候月亮看起来那样高，
只不过可以爬上去随便摘。

---

① Leif The Lucky，好运莱夫指的是 Leif Ericson，挪威人，先于哥伦布五百年发现美洲大陆，从那里带回葡萄。他小时候受他父亲的德国俘虏 Thyrker 教育。他被称作好运莱夫是因为他在探险途中营救了一个在海上漂流的冰岛人。

我哥哥爬树；起初
给我扔下来一些葡萄，丢得到处都是，
迫得我只好在香蕨木和绣线菊中找；
以便他自个儿也有时间吃，
但对一个男孩来说，也许这时间还不够。
所以，为了让我完全自理，
他往高处爬了一点，揪着树枝荡下来
放在我手中，让我自己摘葡萄吃。
“给，抓住这树梢，我要弄另一枝下来。
我一松手你就用你所有的力量抓住。”
我说抓住了。不过我错了。
相反才是对的。树抓住了我。
它被松开给我的那一瞬间，
猛然把我勾起来好像我是鱼
它是鱼竿。我哥哥的叫声
“放手！你什么都不懂吗，傻姑娘？
放手！”翻译成了我的大声尖叫。
但我借着婴儿的抓握力，
从类似的树上获得的力，遗传自远古，
比现在最蛮荒的母亲还更蛮荒的祖先，
她们让婴儿用手揪着树枝，
以便洗涮、晾干、晒黑，我不知道是哪样

（你必须去问一个进化论者）——
为了活下去我毫无怨言地揪着。
我哥哥企图用逗笑的办法帮我。
“你在那些葡萄里边干什么啊？
别怕。一点点葡萄伤不了你。
我的意思是，如果你不摘它们，它们也不会摘你。”
好像我有可能摘任何别的东西似的！
当时我被弄得几乎只剩下
吊还是被吊的哲学问题。
“现在你知道，”我哥哥说，
“当一串他们说的狐狸葡萄是啥感觉了吧，
就在葡萄以为逃脱了狐狸，
长在它不应该生长的地方——一棵桦树上，
一个狐狸根本想不到的地方——
哪怕他找了，并找到了，也够不到——
就在这时你和我却来把它摘掉。
只不过你在某一方面比葡萄更具优势：
你还有下一个树枝等你去揪，
给采摘者更大的阻力。”

一个接一个，我的帽子掉了，鞋子掉了，
我还是揪着不放。我仰着头，

闭眼对着太阳，对我哥哥的胡话
闭上耳朵。“放手，”他说，
“我会用胳臂接住你。没那么高。”
（以他身高来算的话也许不高。）
“放手，要不我就摇树，把你摇下来。”
我往下沉了点，一声不吭，
我拉长的小手腕出现了班卓琴弦的细线。
“哎，怎么那么顽固！
那就抓紧了，让我想一下怎么办。
我把树扳倒，让你随着它下来。”
我并不知道树是怎么扳倒的；
但当我穿长筒袜的脚感觉落地时
世界旋转着回到我身上，
我知道我蜷起来的手指看起来很长，
我伸直手指，让树皮脱落。
我哥哥说：“你就不能有点儿重量？
下次试着重点儿，桦树就不会
把你带到天上去。”

不是我没有什么重量
更多的恐怕是我什么都不知道——
我哥哥以前更近于正确。

我还没有在知识的路上走出第一步；
我还没有学会放手，
就像我现在还没有学会把心放下，
也无意把心放下——看不出
有这个必要。脑子——不是心。
我会活着，像我知道的其他人那样，
徒劳地希望让脑子放下——
那些顾虑，以便晚上入睡；但没有任何事
告诉我，我需要学习把心放开。

给第三任的墓

所有那些婚姻没什么好说的！
她自己有三次，加上他三次。
两个人平手，三对三。
快死了她才发现她那么在乎：
她想到孩子们埋成一排，
三个孩子葬在一排也许悲哀。
一个男人的三个女人葬在一排
就让她对那男人有种不耐烦。
所以她对拉班说，“你做对了
那么多事；不要把最后一件事做错。
别让我和其他两个女人躺在一起。”

拉班说，好，他不会让她
和她不愿意的人躺在一起，
如果她是那么想的，当然，他说。
她死了。但拉班瞥见

伊莉莎身上那个流连的身影，
着急地使尽所有办法
用他自身所能记得的东西，
想办法怎样才能比他保证的做得更好，
给已不知感谢的死者更多关怀。
如果那就是她想要的，他不断重复。
压力下，他的第一个想法是
在她自己新买的坟地上挖墓，
上边竖一块他并不关心有多好的墓石：
他会卖掉一套轭架来付账。
难道不是有那些特殊的墓地花，
一旦悲伤开始生长，悲伤便可以停下：
那些花却将继续悲伤一阵子，
因此没有人显得忽略或被忽略？
一个深思熟虑的悲伤不会鄙视这种辅助。
他想到了常绿植物和蜡菊[①]。
然后有了一个能值许多这些花的想法。
从某个地方，肯定能找到那个娶她是为了玩
而不是找帮手的小男人的墓地，

① Everlasting，干花形状颜色保持不变的植物，比如蜡菊等，但这个词也可以翻译为永恒不变。

他有时还嘲笑他们两人之间的事。
她会不会喜欢和他睡这最后一次?
他的坟在哪里?拉班知道他的名字吗?

他在一两座小镇之外的地方找到了墓地,
墓碑上刻着约翰,亲爱的丈夫,
旁边预留的地方是给他一个妹妹的,
那个丈夫的一个从未结婚的妹妹,
也不知伊莉莎是否会在这儿受到欢迎。
死者已沉默:去问妹妹。
所以拉班找到了妹妹,一点不提
伊莉莎不愿长眠的地方,
也不说把她和初恋埋一起是谁的主意,
只恳请那块墓地。妹妹的脸
唰地拉下责任的皱纹。
她想做正确的事。她必须想想。
拉班又老又穷,但很在意;
她又老又穷——但她也在意。
他们坐着。她阴沉地看了他一眼,
然后让他出去做别的事
她说他可以到村里做点别的
她需要时间来决定她在意多少——

拉班在意多少——为什么他在意
（她警觉地看着他进来的地方）。

她第二次拜访伊莉莎时，
她刚在第二任丈夫坟前成为寡妇，
她请她到家里住了一段，
然后她就做了穷人家寡妇都走的路，
给下一个男人做家务，做到他婚姻破裂。
她和伊莉莎一直都是朋友。
这个世界上的圣经都只能提供
混乱的婚姻咨询，她有什么资格判断婚姻？
妹妹没见过这个拉班；
生活的熨平效应造就的体面人；
她不能让他久等。从去世那天
到葬礼日时间流得飞快。
所以当她看到他从街道上走过来
她急忙做出了决定，准备
在门口给他答案。
拉班一看她可怜的皱嘴的样子
就知道是什么结果，
那就是，正如她说的，做正确的事。

她隔了关着的纱门告诉他答案：
“不行，不能和约翰埋在一起。这没有意义。
伊莉莎有过太多别的男人。”

拉班只好回到自己的计划
给伊莉莎买块墓地一个人躺在里边：
这给了他自己一个机会，在他死的时候
多了一个安顿下来的选择。

两个女巫

一　来自库斯[①]的女巫

我在山后一个农场
停留了一夜，和一对母子，
两个旧教徒。全是他们在说话。

母亲。人们认为一个女巫如果能，
但却不召唤她熟悉的灵魂度过冬夜，
就应该被架在木头什么的上边烧死。
招魂可不是“纽扣，纽扣，
谁有纽扣，”我本该让他们知道的。

儿子。母亲能让一张普通的桌子

---

① 新罕布什尔州东北部的一个县。

后腿直立，像军骡那样前腿踢起。

母亲。我那么做又有什么好处？
与其为你翻倒桌子，还不如让我
告诉你苏部监控人拉里①告诉我的事。
他说死者有灵魂，但是当我问他
那怎么可能——我以为死者就是灵魂——
他打破了我的出神状态。难道这不让你怀疑
死者隐瞒了某些东西？
是的，死者隐瞒了某些东西。

儿子。你不想告诉他我们在阁楼上
有什么吧，母亲？

母亲。骨头——一个骷髅。

儿子。母亲的床头板顶着
阁楼的门：门是钉着的。
没有危险。母亲晚上能听到它，

---

① Ralle the Sioux Control 是一个美国联邦政府任命的印第安人代理，负责监控印第安人的苏族部落。

在门和床头板的障碍后边
困惑地停顿。它想回到地窖，
那个它出来的地方。

母亲。我们绝不会让它得逞，是吗，儿子？绝不！

儿子。四十年前它从地窖离开
像一摞盘子带动自己
一步从地窖跨到厨房。
另一步从厨房到卧室，
又一步从卧室到阁楼，
经过父亲和母亲，两人都没拦住它。
父亲去了楼上；母亲在楼下。
我还是个婴儿：我不知道当时在哪儿。

母亲。我丈夫唯一对我不满的地方是——
我上床之前就已睡着，
特别是冬天的时候，床
冷得简直就是冰，衣服冷得简直就是雪。
那些骨头从地窖楼梯上来的当晚，
托菲尔丢下我一个人在床上，
但把一扇门开着，使房间变冷，

以便把我赶出那房间。
我恢复了足够的清醒
正奇怪冷气从哪儿进来的，
就听到楼上卧室托菲尔的叫声，
以为叫声是从楼下地窖传来的。
春天地窖有水的时候
我们为了不湿脚放置的木板
砰的一声砸在硬地板上。然后有人
开始上楼梯，一步却有两声响，
像是一个用一条腿和拐杖走路的人，
或一个小孩子上楼。不是托菲尔：
那儿不可能有任何人。
防水墙的双层门上了双重锁
膨胀后更紧，埋在雪下。
地窖的窗户被堆砌的锯末堵住
膨胀后更紧，埋在雪下。
是那些骨头。我知道它们——是有原因的。
我的第一反应是冲过去抓门把手
顶着门。但骨头没有开门；
它们落地后无助地停顿下来，
等着某些有利于它们的事发生。
几不可闻的窸窣声不安地传遍它们周身。

如果内心的愿望不是如此强烈
我永远都不可能做这样的事：
过去看它们是如何拼起来走路的。
我想象它们怎样被拼放在一起，
不是像一个人，而是像一盏枝形吊灯。
我突然把门猛地摔到他身上。
他站了一会儿用情绪维持平衡，
几乎失去控制。（火舌
闪烁喷出，吞卷上排牙齿。
烟雾在他深陷的眼洞里滚动。）
然后他一只手伸出向我扑来，
就像他生前那次一样；但这次
我把他的脆手打落在地板上，
我自己也倒在地板上，脱离了他。
指骨碎片滑得到处都是。
（我最近在哪儿见过其中一块指骨？
把纽扣盒给我——一定是在那里。）
我坐在地板上喊道，“托菲尔，
它上楼朝你去了。”它可以选
通向地窖的门，也可以选走廊的门，
它选了没走过的走廊的门。
如此笨重的身体却轻快地滑过，

但我刚才在他手部的一击
让他每个关节都有所松动，
走起来就像闪电，或涂鸦。
我还没有爬起来做点什么，
就听到他快要从走廊楼梯
爬到唯一装修完的卧室；
然后我边跑边喊，“关上卧室门，
托菲尔，为了我！”“有人？”他说，
“别把我搅起来；我在床上太暖和了。”
我身体前倾，虚弱地靠着楼梯扶手
把自己挪到楼上，在我不得不
擎着的灯下（厨房黑灯瞎火）
我什么都没看到。“托菲尔，我没看见它。
但它就在房间和我们一起。是那些骸骨。”
“什么骸骨？”“地窖里的骸骨——从坟墓里出来的。”
他一下把光腿从床上蹬出来，
在我身旁坐起来抓住我。
我想把灯熄灭，看我是否
能看见它，或者胳膊平举在
膝盖的高度，把房间扫一遍，
把那堆白垩打倒。“我告诉你——
它在寻着开另一扇门。

不寻常的厚雪让他想起
它的一首老歌，《狂野的殖民地男孩》[1]，
他以前常在搬运的途中唱。
他寻找的是一扇通向室外的开着的门。
让我们开启阁楼的门诱他进去。”
托菲尔同意了，果然如此，
刚给了他开一个出口，
脚步声就开始爬阁楼的楼梯。
我听到了。托菲尔似乎听不到。
“快！”我猛地把门甩上，抓住把手。
“托菲尔，拿钉子来。”我让他把门钉起来，
再挪床头板顶住。
然后我们问是否还有什么东西
在阁楼上是我们要用的。
阁楼相比地窖用处要少。
如果那些骨头喜欢阁楼，那就给它们。
让它们待在阁楼上。它们有时候
在夜间下了楼梯，困惑地
站在门和床头板后边，

① 一首古老的爱尔兰澳大利亚民歌，因约翰·福特的电影《安静的男人》而出名。

用白垩的手指摩擦白垩的头盖
发出百叶窗干燥的咯咯声，
这就是我坐在黑暗里要说的东西——
托菲尔死后再没讲给人听。
它们进了阁楼，就让他们在阁楼上待着。
我向托菲尔保证过要对它们残酷
因为它们曾对他残酷过一次。

儿子。我们认为它们在地窖下有一个坟墓。

母亲。我们知道它们在地窖下有一个坟墓。

儿子。我们从来没发现那些骨头属于谁。

母亲。不，我们发现了，儿子。说出真相，哪怕就一次。
它们属于一个被他父亲杀死的男人，为了我。
我的意思是他杀死了一个男人，而不是我。
我能做的只是帮着挖坟。
我们有一个晚上在地窖里它的周围。
儿子知道这个故事：但他没法儿
说出真相，即使说出的时间也已来临。

儿子看起来很惊讶，看到我结束一个
我们之间保存了那么多年的，
准备好讲给一个外人听的谎言。
但今晚我不在乎了，没必要撒谎——
我不记得我为什么在乎。
托菲尔，如果他还在这儿，我不相信
他会告诉你他自己为什么在乎……

她没有从那些倒在她大腿上的
纽扣里找到她想要的那截指骨。
第二天早晨我证实了那个名字：托菲尔。
那个乡下的信箱上写着托菲尔·拉日维。

二　格拉夫顿的穷女巫

既然他们解决了我的归属问题，
我就要告诉他们一些他们不会喜欢的事：
他们的决定错了，我可以证明这点。
两个镇子争着要把我当礼物
献给对方，这肯定让我感到荣幸。
他们没有赶走我，两个都没有，
以便免除他们的麻烦。不管怎样，

双重麻烦永远是女巫的格言。
我要把他们两者的麻烦都翻倍——你就看吧。
他们会发现必须把整个事情重新来过，
也就是说，如果他们还承认事实的话。
他们做了很多决定（难道不是?），仅凭一份
证明阿瑟·埃米曾在沃伦镇的
三月会议[①]上对猪警[②]职位感兴趣的记录。
我一年十二个月里的任何时候都可以告诉他们
我嫁给的那个阿瑟·埃米
不可能是那个据他们说现在
沃伦的三月会议上的那个人，因为
他在他们说的那个时候才不过一十五岁。
我嫁给的那个阿瑟·埃米
没有投过别的票，只限几次，
不多，都是在温特沃斯镇。
其中一次是关于那个授权书
决定是否让镇里接管那条
通往我们住的林间空地的伐木道。

---

① 新英格兰地区的市政会议一般都在三月份的第一个或第二个周二举行，因为三月天寒地冻，做不了其他事，在这些会议上通常会选举市政官员，比如 Hog Reeve 猪警。

② Hog Reeve，猪警，负责围捕走失的猪，关起来养着，等主人交罚金后领走。

我告诉你谁会记得——黑曼·莱比什。
他们的阿瑟·埃米是我的阿瑟·埃米的父亲。
他们已经在法庭里打了一场漫长的官司，
我猜他们最好把它再打一遍。
温特沃斯和沃伦都是宜居的好地方。
我如今只是碰巧更乐意住在
温特沃斯；当该说的都说了，
对的也都对了的时候，做正确的事
对我的诱惑太大，这样做会伤害到别人，
实在让我无法承受，确实如此。
我知道有些人乐意在他们的
镇子里有个有名的女巫：
但大多数人还是更在乎花费，
哪怕我的花费再少。他们应该知道
作为女巫我得经常挤蝙蝠奶，
挤一次够喝好些天的。
想想吧，如果我同意显露一些
让我的女巫身份更明确的奇迹，
那我的位置是不是就更保险了？
也许这算不上奇迹，当麦勒斯·休斯①说

① Mallice Huse 麦勒斯·休斯，是一匹马的名字，其中 Mallice 和发音类似的 Malice（恶意）双关，Huse 和发音类似的 Huge（巨大的）双关。

他这么老了我还把他拉出去
把所有东西都堆到他身上骑着四处跑，
把他折磨得骨瘦如柴的时候，
在我把他拴在市政厅街一号
却连毯子都不盖，就是把他拴在了
格拉芙顿县每个人面前的时候。
有人指责我没有拿毯子盖住他，
可怜的老家伙。事情本来没问题，
如果不是有人撺掇他咬旁边的
那些木桩，在上边留下他特有的标志，
才能让他们认出来。没有一根
他们听说被咬的木桩有咬痕。
他们让他不停地啃，直到他悲嚎起来。
然后还是那个自作聪明的家伙说，看——
他敢打赌休斯是一个摇篮咬啮者，
曾把他睡的摇篮咬坏——跟你的出生一样
确定，他们发现他把四个床柱全咬坏了，
所有四个都咬成了碎片。这能证明什么？
不是说他没有啃拴他的那些木桩，
他自己也都承认了。一匹马
在马厩里啃，对我来说不是
他不啃树、木桩和篱笆的证明。

但是所有人都把这当成一个证明。
那时我还是个二十岁的高个子姑娘。
那个把每件事都弄糟了的自作聪明的家伙
就是阿瑟·埃米。你知道他是什么人。
那就是他开始追求我的方式。
他在我们结婚后很少说起，
但我怀疑他对介入休斯这件事
没有什么自豪之情。
我猜他认为我做一个女巫会让他
从中得到好处。要不就是发生了什么事
改变了他。他必须说一些话
挽回他所犯的错误，把事情搞对，
比如，“不是，她还在飞，没有回来。
昨晚是她外出的晚上。她在飞。
她认为既然风能欣赏美好夜晚
她自己也可以。”但他最喜欢给人说的是
他和我打交道有多麻烦：
如果有人老是看见我跨坐着扫帚柄，
从房梁上回家，就像他
在夜的尾巴尖常看到的那样，
就会明白他必须忍受的是什么。
哎，我给阿瑟·埃米显示了足够多的奇迹

从那座我们曾竭尽全力才拥有的房子里，
从马厩的味道里，你无法把味道从踩松的地上洗掉，
哪怕是经过七年的雨雪。
我的意思不只是罗杰游击兵[①]留在
穆西劳基[②]山上的头盖骨，而是女人给男人的迹象，
只是因为巫化了，我才比他活得久。
我让他在树木矮、苔藓高的地方，
瀑布边上滑溜的岩石上，
给我采集湿漉漉的白浆果[③]。
我让他夜里为我做这些事。
他喜欢我让他做的每件事。
我希望，如果此刻他在那个他看着我的地方，
他就太远了，看不见我落到什么田地。
你可以从无所不有变得一无所有。
我年轻、满身活力的时候，天不怕地不怕，
一句话，如果我那时候知道这就是结局，
也许就不会有勇气
随心所欲，拿谁都不当那么回事。
我也许会，但看起来应该不会。

---

① 十八世纪中期附属于英国殖民军的一只独立军队，主要负责侦查和特种作战，其中一些人后来参加了美国独立战争。
② 新罕布什尔州的一座山峰。
③ Snowberry，忍冬科毛核属落叶灌木，结白果。

火与冰

有人说世界将亡于火，
有人说冰。
从我尝过的渴欲讲，
我和主张火的人站在一方。
但若必须灭亡两次，
我认为我对仇恨懂得够多，
满可以说冰用于毁灭
也同样不错
并且足够。

在一个废弃的墓地

生者伏草而来
阅读山坡上这些墓碑；
墓地依旧吸引生者，
但却永无死人来临。

碑文无非千篇一律：
“今天人来还活得很好
读完石碑后尚能离开
明日来了却就此长眠。”

大理石如此确定死亡
却禁不住总是发现
为什么没有死者再来。
人们这是在躲避什么？

很容易要点小聪明

告诉这些石头：人们厌恶死亡
从今往后永远不会再死。
我觉得它们会相信这谎言。

雪尘

一只乌鸦
从毒芹树上
踢飞一团雪尘
洒到我头上

让我的心情
为之一变
部分地挽救了
我痛悔的一天

给 E.T.[①]

我睡着了，胸前搁着你的诗
读了一半从我手中掉落、摊开
像栖息在墓前雕像上的鸽子翅膀，
看它们能否在梦中把你带来

我也许不再有因为某种拖延
而失去的生活中的机会，当面称你为
士兵、诗人，然后两者同时，
你死了，成为你的民族的战士诗人。

兄弟，你不愿，我也不愿我们之间
有话不谈，现在也是如此——
还有一件事情是当时不能说的：

---

① 英国诗人爱德华·托马斯，一战期间阵亡。弗罗斯特在英国期间与之交好。

胜利就是失去了从而赢得的什么。①

你迎向炮弹火舌的拥抱
在维米岭；你倒下的那一天
战争结束了，对你而非对我，
但如今是对我而非对你——相反。

怎么能结束呢，即使我知道
敌人撤回了莱茵河岸也得不到安全，
我却不能不把这消息告诉你
看你又一次因我的话而欢颜？

① 这里应该暗指朗费罗一首诗”Loss and Gain”《得与失》，其中最后一段：

But who share dare
To measure lost and gain in this wise
Defeat may be victory in disguise
The lowest ebb is the turn of the tide
但是谁敢用这种方式
衡量失去和得到
失败也许是胜利的伪装
最低的潮水预示潮的更替

任何金色之物都无法久耽

大自然最初的绿是金色[①]
她最难保持的色泽。
她早期的叶子是一朵花；
但只能保持一个小时。
然后叶子退减回叶子。
伊甸园沉入悲凄。
拂晓向下沉入白天。
任何金色之物都无法久耽。

---

① 这个悖论有很多解释，其中一个解释称新英格兰地区春天的树木发芽变绿之前呈短暂的金黄色。

脱逃者

曾有一年开始下雪的季节，
我们来到一处山间牧场，“那是谁的小公马？”
一匹小摩根马把一只前蹄搭在墙上，
另一只弯在胸前。他低着头
冲我们喷响鼻。然后闪电般跑走。
我们听到他跑走处传来轻雷，
我们看到他，或以为看到他，发暗发灰，
像一道影子映在飘雪的帘幕。
“我认为这小家伙害怕雪。
他还不习惯冬天。他根本不是
在玩耍。他是在逃跑。
我怀疑甚至他妈妈都说不清，‘塞克斯，
这只不过是天气不好。’他会以为她不懂！
他妈妈在哪儿？他不可能独自在外。”
他踏着石头哒哒地又回来了，
趴在墙上，眼睛是白的，

尾巴没有毛的部分直立起来。
他抖动他的衣服像是驱赶苍蝇。
“别的动物都已回巢、进窝，
不管谁这么晚还把他放出来，
都应该被通知，过来带他回家。”

雪夜林间暂驻

是谁的林子我想我知道。
他的房子还在村子里边；
他看不到我停留在此间
观看他的林子落雪积满。

我的小马肯定觉得奇怪
附近没有房子却停下来
在林子和结冰的湖水间
一年中最为黑暗的夜晚。

他摇一摇辔头上的响铃
询问是否出了什么毛病。
唯一其他的响动就是那
微风吹拂着唰唰的雪声。

可爱的林子里既深且暗，

但我还有约定必须履行，

睡前还有漫长的路要赶，

睡前还有漫长的路要赶。

只需一次，然后，某事出现

别人嘲笑我跪在井栏边
总是借不到光，所以从来看不到
井里更深处，只看到水
给我返回的一幅闪光的画面
映着我自己，嵌在夏日天空里，像一尊神，
从一圈蕨类和云朵往外望。
有一次，下巴顶在井栏时，
我辨认出，正如我想，在画面之外，
通过画面，一种白色的，不确定的，更多属于
深处的东西——然后消失了。
水涌入，反驳太清晰的水。
一滴水从蕨类滴落，看，一道涟漪
摇动了底下的东西，不管它是什么，
模糊了它，抹去了它。那种白是什么？
真理？一块石英？只需一次，然后，某事出现。

袭击

总是那样，在命定之夜
积攒的雪在黑暗的林子里
更白地倾泻，唱一曲
整个冬天它都不会再唱的歌，
嘶嘶扑向迄今尚无覆盖的地面，
我往高处和四周看，几乎踉跄而倒，
就像一个被末日压垮的
放弃了使命的人，让死亡
降落他的身体所在，对于恶
什么都没做，任何重大胜利都没获得，
似乎生命根本就没开始。

但所有前例都站在我的一边：
我知道冬天的死亡从来没有挑战
大地而不惨败：雪可以堆积，
从枫树，桦树，和橡树的根算起

有四英尺深，漫长的风暴也刮不走，
却不能压倒树蛙银亮的歌声[①]；
我将看到全部的雪从山上滑落
通过四月里小溪细狭的沟壑
甩着尾巴，穿过去年枯萎的刹车[②]
和死去的杂草，像一条消失的蛇。
什么白都不留下，只留下这里一棵桦树，
那里一群房子带一座教堂。

---

① 树蛙的叫声类似雪橇铃声，所以这里说 silver croak，翻译成银亮的歌声。

② 一种蕨类植物。

再见，注意保寒

在夜与寒的边缘，对一座
树皮鲜嫩的果园说再见，
让我想起所有那些可能伤害
农场尽头的果园的东西，
一冬天，它都被一座山丘从房子隔开。
我不想让它被兔子和老鼠包围，
我不想让它被鹿梦幻般地
啮咬，也不想让它被松鸡吃掉嫩芽。
（如果肯定不是徒劳，我会把
松鸡，兔子，和鹿叫到一堵墙下，
拿一根棍子当枪使把它们吓跑。）
我不想让它被太阳的热惊扰。
（我们把它设在北向的山坡，
这会让它更安全，我希望。）
再大的风暴也不会让果园更糟，
但有一件，别让它温度太高。

“年轻的果园，给你说过多少次了
注意保寒。再见，注意保寒。
要担心五十度以上而不是五十度以下。”
我必须离开大约一两季。
我得和不同的树打一阵交道，
它们不必照料得那么仔细，也没有
这些果树多产，用斧头对付就可以——
它们是枫树、桦树和美洲落叶松。
惟愿我能保证夜里躺下时，
想到一座果园的属于树木的困境，
这时缓慢地（没人带来灯火）
它的心沉到草皮下。
但有些事也只能交给上帝。

两个看两个

爱和忘我也许可以让他们
在天马上快黑的时候，沿山腰爬得
更高一点，但却没有爬得太高。
他们肯定很快就停了下来
想到回头路是那么难走，
遍布石头和塌方，黑暗中很不安全。
还有一堵倒塌的墙把他们拦住，
上边布了铁丝网。他们面对它，
耗尽了还想往上爬的意愿，
看了最后一眼他们不能再走的
往上的危路，如果一块石头松动，
或夜间滑坡，那路就会自己变动，
而不是因为脚步。“到此为止，”他们叹息，
“再见树林。”但不行，还没完。
一头母鹿隔着墙在云杉旁站定，
打量他们，和他们离墙一样远。

她在他们的领域看到他们，他们在她的领域看
　　到她。
她模糊的眼睛透着迷惑，看不清
那站立不动的家伙，像倒立的圆石
劈成两半；他们在她眼里看不到恐惧。
她似乎以为，他们只有两个，没有危险。
然后，像是认为他俩虽然奇怪
却不是值得她多费脑筋的东西，
她叹息一声，沿墙跑走，没有受到惊吓。
“这下该结束了吧。还怎么能要求更多呢？”
但不，还有。一声喷鼻使他们留下。
一头雄鹿隔着墙在云杉旁站定，
看着他们，和他们离墙一样远。
这是一头长角的、鼻息粗重的雄鹿，
不是那头母鹿又回到原地。
他奇怪地看着他们，头一顿一顿，
好像在问，“你们为什么不动？
或者给一点生命的迹象？因为你们不行。
我怀疑你们不像看起来那样是活的。”
就这样，直到他使他们差不多有了勇气
伸出一只手——就此打破了魔咒。
他也沿墙跑走，没有受到惊吓。

两个看到了两个，不管你从哪方说话。
“这下肯定结束了。”确实结束了。但他们还站着，
一阵强烈的波浪袭遍他们全身，
好像大地通过一个他们并无索求的恩惠，
让他们得以确定大地回报了他们的爱。

留不下

他们把他送还给她。来信
说……她可以得到他。在她
还没有确定正式行文背后是否有隐藏
不好的含义之前，他就回来了，
还活着。他们把他活着送给了她——
不这样还能怎样？没听说他们送回过死人。——
没有明显残疾。他的脸？
他的手？她必须看啊，看啊，然后问，
“这是什么，亲爱的？”她送走一切
并得到一切——他们自己得到——多么幸运！
难道她现在不高兴？所有事看来都有了，
还有所有其他允许他们享有的轻松。
她必须问，“怎么了，亲爱的？”
　　　　　　　　　　　　　　“足够了，
但还不够。一颗子弹穿过去，穿透，
从胸的上部。除了良好的照料，

药，休息，以及有你的一个星期，
没有别的能把我治好，以便再次出征。”
同样的残忍他们俩都得再一次经历。
她不再敢用她的眼神问他
他怎能把这些再来上第二遍。
而他用他的眼睛要她别问。
他们把他还给她，但却不是为了留下。

城里的小溪

农舍还在，虽然和新的城衢
格格不入，却不得不
挂着门牌号。但小溪怎么样？
它曾像弯曲的肘部环绕着农舍。
我问是因为我了解小溪，它的力量
和冲动，我曾伸进一个手指
让它涌上我的指关节，丢下
一朵花测量它几股水流的交汇。
草地上的草可以被水泥浇注
无法在城市的铺设道路下生长；
苹果树可以被送进火炉燃烧。
对小溪可以做对木头做的同样的事吗？
难道有别的办法除去一股不再需要的
永久的力量吗？从它的源头
用倾倒的煤渣堵上？小溪被
深深关在下水道地牢的石头下，

活在恶臭的黑暗里，还在流——
从来没做过什么而导致这样的下场
除了当初进入时忘了要心怀恐惧，也许。
除了老地图，没有人知道
这样一条小溪流着水。但我想知道
从它被永久关在地下的事实，
人们是否没意识到它会升上来
让这座新城无法工作，也无法休息。

厨房烟囱

造房人，建这座小房子时，
随便你怎么取悦自己都行；
但请在厨房的烟囱上取悦我：
不要在搁板上给我建造烟囱。

不管你到多远的地方取砖，
不管它们值多少钱一块、一磅，
给我把砖买够，建个全长的烟囱，
造烟囱时贴地开始、然后往上。

不是因为我很害怕火，
而是我从来没听过一座房子能兴旺
（我知道有一座房子没有兴旺）
如果烟囱从炉子上面开始造。

我害怕焦油不祥的污迹

总是能在贴纸的墙壁上找到，
如果烟囱造得不对的话，总会有
火被雨水倒灌的发霉味道。

搁板是放钟、花瓶和照片的地方，
但我看不出为什么它必须承受
一个烟囱，那样的烟囱让我想起
我过去常常在空中建造的城堡。

冬天寻找一只日落鸟

西边的方向金色正在消失，
空气的呼吸在寒冷中凝滞，
踩着鞋子穿过雪白回家时
我想我看到一只鸟在飞栖。

夏天时每逢我经过那地方，
我都必须停下来抬起脸庞。
一只鸟儿用它天赐的禀赋
正在那里甜蜜轻快地歌唱。

现在那儿没有鸟儿在歌唱。
只有一片树叶还挂在枝上，
这就是我往来经过那棵树
两次，所有能看到的光景。

从我站立的山丘上往下看，

能判断出如此剔透的严寒
只是给雪额外加了一层霜，
像镀了一层金边到金子上。

一道画笔留下弯曲的痕迹
用的不是云就是烟的笔触
从南到北横跨蓝色的天空；
那是一颗刺穿划过的小星。

傍晚在一个糖枫园

三月的平静中，一天晚上
我有意识地在糖厂外流连，
用谨慎的声音招呼司炉工
让他离开锅，把拱形炉的火捅旺
“呵司炉工，请再捅一下火，
把更多的火星伴随着烟送出烟囱。”
我想有几点火星会纠缠在
光秃秃的枫树枝间，确实如此，
喷入总是暗红的山上稀薄的空气，
然后没入上空的月亮。
月亮，虽只有一点，也足够照亮
每棵树上一只加盖的桶，
还有地上的黑雪，如熊皮地毯。
火星儿没有努力成为月亮。
它们很满意，就在树枝间
形成狮子座，猎户座，和昴宿星。
很快就会把树枝栖满。

疑虑

全在喊，“我们跟你走，哦风！”
整棵树跟着他，叶片和花梗也跟着。
但一阵睡意在它们走时袭来，
结果它们停下，反而请求风留在身边。

自从它们在春天里乍然而出
叶子已打定主意要做此次飞行，
现在却只愿意寻找庇护的墙、
灌木丛，或一处空洞的地方过夜。

现在它们对他呼唤的疾风
只做出越来越模糊的回应，
或者最多一点勉强的回旋
出不了它们原地的局限。

我只希望当我自由的时候

正如它们自由了，出去追求
生活界限之外的知识的时候，
看起来更好的选择不是歇息。

山腰融雪

怎可能了解乡村而不知道
太阳照耀的那天，从山腰的雪地里
释放的那一千万只银色的蜥蜴！
虽然我以前常看到这景象，
却不敢假装知道这是怎么做到的。
看起来好像是太阳的魔法
揭开了地上孵育它们的毯子，
而光打在它们身上，使它们奔跑。
如果我要制止这湿漉漉的踩踏，
抓住一只银色蜥蜴的尾巴，
徒劳地用脚踩住另一只，
合身扑上，手脚全湿地爬到
另外二十只蠕动的家伙前边——
在它们全都闪着光的混乱中，
鸟雀也介入进来，加入狂欢
唧唧喳喳的唱个不停——

毫无疑问，最终我将一只都抓不到。

只有月亮能做到。不管怎么说，
太阳是个魔法师；但月亮却是个女巫。
从西方的高天上她投下温柔的光
突然，没有一点猝拉或扭动，
她把咒语施加到每一只蜥蜴身上。
我想象着六点钟我看的时候
那一群群蜥蜴还跑得很欢。
月亮在等它的寒冷效应起作用。
九点一到：它们被变成了岩石
每一个都呈现活生生的姿态，
钉在山坡上，几乎是直立的。
它们互相堆叠着，一排排并列不动。
那个把它们定住的咒语
是通过树传来，没有一丝风暴的气息，
没有一片树叶扇动，假如还有树叶的话。
这就是月亮的力量：她把它们定住，直到白天，
每道月光的尽头都是一只蜥蜴。
想想我怎样能做到这样的停留！

关于一棵横倒在路上的树

（为了听我们说）

那棵树被暴风雪咔嚓一声打断
倒在我们面前，它不是一道拦我们
不让我们抵达旅途终点的阻碍，
而是质问我们，我们以为自己是谁

总是坚持我们自己的方法。
她喜欢把我们阻止在自己的辙里，
让我们下来踏着一英尺深的雪
争论没有斧子我们能做什么。

但她知道阻挡是徒劳无功的：
我们最终的目的将不会被阻挡
我们要达到的目的藏在我们内部，
不像必须通过极点才能抓住的地球

厌倦了在一个地方原地打转，

直接开进太空把某些东西追求。

我们歌唱的力量

春天的雪落在太干、太暖和的地上，
雪花找不到可降落的地方堆积。
一团团雪花耗费了自己，只把大地变湿变冷，
还是不能形成持久的阵地。
它们没能在黑色上造成白色印象。
它们消失了像大地将它们送回。
直到夜里它们从零星的雪花
变成参差不齐的条条片片，
才让草地和园地承认下雪，
除了道路，全都返回了冬天。
第二天就是堆雪、肿胀和死亡的景象。
伏地的草如同被宏大的脚步踏过。
修长的树枝探到地面，直到
差不多扎了根，每个开口的骨朵
都附着了雪球，以此期待果实。
只有道路自己继续泥泞，

不管它的秘密，是否来自内火，
或过往脚步摩擦产生的，更大的热。

春天，不止一处的
会死的歌手用歌声把我们覆盖。
画眉、蓝鸟、黑鸟、麻雀和知更鸟群。
有些再往北到哈德逊湾，
有些飞得太靠北因此回返，
只有极少的留在这里筑巢。
现在就能看出它们是否喜爱这迟来的雪了。
田野没留下任何地方供它们栖息。
它们很快就会耗尽所有飞行的乐趣。
它们也受够了那些树，试着踩上去
卸下它们粉状积雪的重担却徒劳。
除了路，它们发现不了任何地方开放。
所以只好让它们的生活压缩在那里，
坏天气让成千上万的它们共命运。
道路变成了一道沟渠，流过一群群
光亮的鸟儿像流过岩石的波浪。
我的脚步把它们惊起，
贴地乱蹿，像是厌烦了使用翅膀，
要跟我争夺路权，

它们唯一会唱的歌是唧唧喳喳。
有几只肯定被我赶得绝望了
跳到一旁，刚还扇翅
盘旋在大小不等的枝条间，
像进了一座全是大理石雕刻的殿堂，
翅膀稍微动一下就会轰然倒塌，
现在却温驯地回到我这驱赶者的面前，
再次忍受被驱赶的噩梦。
一辈子只一次的风暴教不会它们
只要躲在追寻的后方就不会遭受影响。
但还是没一只飞到我后边忍受孤立。

哦，需要一场暴风雪才显示出
如此积聚起来的乡村的歌唱力，
虽然被天气压迫而阴郁
却在那里准备好了，一旦解脱
就把野花从根和种子唱上去。

无锁的门

多年过后
才响起敲门声，
我想到那扇门
没有锁锁它。

我吹灭灯，
踮脚踩过地板，
两手抬起来
对门祈祷。

但敲门声又响。
我的窗是大开的；
我爬到窗台上
翻到外边。

还在窗台上时，

我说了声“请进”
给那敲门的，不管
他是谁，是什么。

听到敲门声
我腾空了我的笼子
为了隐于世界
随岁月改变。

精通乡村事务的必要

那栋房子再次给半夜的天空
带来落日的余晖。
现在房子剩下的只有烟囱，
像花瓣脱落后的花蕊。

隔街对望的是那座谷仓，
若是遂了风的意志，就会和
房子一道烧毁，而不会
留下，顶着这被遗弃的地名。

它不再只开一边的门
让一队队从石子路上走来的
吱吱嘎嘎的毛爪子踩过地板，
把夏收拖进来储藏，窸窣地擦过干草。

鸟儿从空中飞向它

从破碎的窗口飞进飞出，
它们的咕哝很像我们的叹息
都是因为在某处曾栖息太久。

但丁香为了它们更新了叶片，
老榆树也一样，虽然也曾被火舌舔噬；
干涸了的水泵扬起一只尴尬的臂；
篱笆杆上还缠了一股铁丝。

对它们来说，真的没有什么悲哀。
虽然它们在留下来的巢里欢呼，
一个人必须精通乡村事务
才会去相信菲比鸟[①]不曾哭泣。

---

① 菲比鸟（Phoebes），美洲本土的鸟，有时会在人类的建筑上搭巢。

西流的小溪

（1928）

春天的水塘

虽然处于森林中，那些水塘
还是反映出几乎完美无缺的天，
像旁边的花一样，寒冷，瑟瑟抖动，
像旁边的花一样，很快就消失，
却不是泯没于小溪或河流，
而是从根部向上，激发出深郁的枝叶。

把这些水吸入蜷缩的骨朵，
把大自然变暗，成为夏日之林的树木——
让它们，在用它们的力
把这些花朵一样的水和水一样的花朵
从只是在昨天才融化的雪里
抹去、喝光、扫去之前，三思。

月亮的自由

我试过了斜挂空中的新月，
在一片雾蒙蒙的树木和屋宇上，
就像你在头发上试戴珠宝那样。
我试过它细长一弯的时候，
孤悬着，或与一颗最透亮的
同样闪烁的星组合在一起。

我喜欢把它随便摆在哪里闪亮。
通过此后某个夜晚款款的漫步，
我把它从一片曲木里拉出来，
把它带到明灭的水上，变大，
把它丢进去，看它图像起伏，
色彩变化，随之而来的种种奇景。

忠诚

心想不出有什么忠诚
比岸对海的忠诚更大——
守住始终如一的曲线，
数着无穷无尽的重复。

关于无人关注

在高处树叶的动荡中
大声喧哗和叹息同样无用。
你是什么，在树的阴影里，
在上边与光和微风游戏？

你不如珊瑚兰，你知道
它对低处的阳光感到满意，
它甚至没有它自己的叶子，
零星的花儿也卑弱低垂着。

你抓住树皮粗糙的节疤，
在森林的脚下显得那么小。
唯一一片它飘落的叶子，
两面都没有写你的名字。

你流连了可怜的一小会儿

走了，林子继续摇摆着树叶，
一点都不思念你刚才拿走的
做为那一刻的战利品的珊瑚兰。

短暂一瞥

给里奇利·特伦斯

近读其《赫斯帕里得斯》[①]

我常从疾驰的车厢里看花
来不及分辨是什么就已飞逝。

我想下火车，回到它们
生长的轨道边看它们是什么。

我列出所有那些它们不是的花：
不是喜欢火烧林的火草[②]。

不是点缀了涵洞口的蓝铃花——
不是长在沙土里喜干燥的羽扇豆。

---

① 里奇利·特伦斯（1874—1950），美国诗人，著有诗集《赫斯帕里得斯》等。赫斯帕里得斯指希腊神话中看守金苹果树的三姐妹。

② Fireweed，北美一种常绿植物，在火烧过的土地上生长很快。

是否某些从我脑子里一掠而过的
地球上没人能找到的东西？

上天赐给的一瞥，只给那些
没有处在可以就近观察位置的物体。

大量黄金

尘土总是在小城里到处吹
除了海雾把它沉降的时候，
我是那些小孩中的一个，被告知
风扬起的尘土中有一些是黄金。

风高高扬起的所有尘土
在日落的天空看起来都像黄金，
我是那些小孩中的一个，被告知
那些尘土有一些确实是黄金。

这就是金门大桥周围的生活：
我们吃的喝的全染上了黄金落尘。
我是那些小孩中的一个，被告知
“我们都必须吃自己的那份黄金。”

接受

疲倦的太阳把光线射到云上
燃烧着沉入下边的海湾，
这时大自然中听不到任何声音
谈论发生了什么。至少鸟儿知道
这是天空向黑暗的转变。
一只鸟在胸腔里咕哝着，
开始阖上一只变暗的眼；
有时这失群的鸟离巢太远，
他就匆忙飞临小树林，及时
俯冲到他还记得的树梢上。
他最多是心想或轻语，“安全了！
现在让夜的黑暗笼罩我，
让夜黑得使我看不到未来，
让未来是什么，就是什么。”

曾经一次在太平洋边

拍碎的海水激起雾的喧嚣。
巨浪裹挟更多的海浪涌来，
想对海岸做一些海水以前
对大地从来没做过的事。
云压得很低，毛茸茸地堆在天空，
像一团团吹到眼前的乱发。
你看不出来，但海岸看起来像是
很幸运，背后有悬崖的支持，
悬崖背后有大陆的支持。
看起来似乎有黑暗意图的夜晚正在降临，
不仅是一个夜晚，更是一个时代。
某个人最好做好应对怒火的准备。
上帝最后那句话“熄灭光”说出之前，
还会有比海水拍碎更可怕的事发生。

一只小鸟

我曾希望一只鸟飞走，
别在我屋旁整天唱个不停；

我站在门边冲他拍手
在我几乎不能容忍的时候。

肯定有一部分错误在我。
不能责怪那只鸟唱它的音符。

当然，想要喑哑任何歌声的行为
都肯定有些地方不大对劲。

悲痛

我曾在何处听到过这风，
如此变化成为一阵更低沉的轰鸣？
是什么让我站在那里，
用手撑开躁动不安的门，
从山坡往下看泛起泡沫的海滨？
夏天过去了，白天过去了，
西边聚起了一堆阴郁的云。
外边门廊凹陷的地板上
叶子盘成一团嘶嘶往上，
盲目击打并绕过我的膝盖。
那音调中有某种邪恶的东西
告诉我，我的秘密肯定被揭穿了：
说是我在房子里孤独一人
这消息一定传到了国外，
说我在生活里孤独一人，
说我除了上帝谁都没留下。

我窗前的树

我的窗含着树，窗树，
我的窗在夜晚来临之际拉下。
但永远不要在你我之间
拉一道窗帘。

梦中模糊的头从地面拔起，
身边最近的那些隐没在云中，
你的高谈阔论不是每句
都很深刻。

但树，我曾看见你被统驭、被摇晃，
如果你在我睡觉时看见我，
那么你就在我被统驭、被摇晃时看到了我，
几乎完全迷失。

那天她把我们的头聚在一起时，

命运有过关于她的想象，
你的头如此关心的是外头的天气，
我的头如此关心的是里头的天气。

茅草屋顶

一个人走进冬雨
想要的是给出也接受痛苦。
但我从来没有走出某个
楼上窗灯照耀的范围之外。
那灯光就是一切：
我不会在光熄灭前走进；
它也不会在我进来前熄灭。
好吧，让我们看谁最后获胜，
让我们看谁第一个屈服。
世界是一个黑暗得看不见的场所。
雨按理说是因为冷才成为雪。
风是另外一层霉霜。
最奇怪的是：厚厚的旧茅草里，
夏天里鸟在那里孵蛋，
唱歌啄食，羽毛渐丰的地方
居然还有鸟儿在隐居。

我走过那些低矮的屋檐，
那么矮，我的袖子都擦到了茅草，
把一窝窝的鸟儿吓跑，
飞入黑暗。这让我精神痛苦。
一阵痛苦里包含另一阵痛苦，
想到他们的境遇无法补救——
它们再无法到处纷飞，
寻找窝巢，也找不到栖息地。
他们必须落在随便哪个腐叶泥潭上，
寄望于羽毛和内心的火，
坚持到天亮之后安全了再飞。
当我想到它们没有窝巢之际，
我更大的悲哀是如此得到减缓的。
那个悲哀是这样开始溶解的。
他们告诉我说我们住的小屋
茅草屋顶被风撕坏却没修理；
它几百年的居住史因此结束了，
被那我在屋外领教过的雨
渗漏了楼上房间的地板。

洪水

血比水更难筑坝截流。
就在我们以为它被安全地
关在新筑的墙后（让它汹涌！），
它又从某种新的屠杀里决堤而出。
我们认为是魔鬼把它释放出来；
但血本身的力量释放了血。
它被积蓄到如此非自然的高度，
拥有如此大的洪水带来的冲力。
它将找到出口，英勇的还是不英勇的。
战争的武器与和平的执行
不过是它从中得到释放的点。
现在，洪流巨浪又一次来临
当它席卷而临，山顶也会染上血。
哦，血将奔涌而出。无法堵住。

熟悉黑夜

我曾是一个熟悉黑夜的人
我曾走出去到雨中——回到雨中。
我曾走过了城市最远的灯火。

我曾低头看那最悲哀的街衢。
我曾走过按钟点巡夜的警察
却垂下我的眼睛，不愿解释。

我曾站着不动，把脚步声停住，
因为远处一声被打断的叫喊
越过屋宇从另一条街道传来，

却不是叫我回家，也不是说再见；
而更远处，在非人间的高度，
一个发光的钟悬在夜空

宣布时间既不是错的，也不是对的。

我曾是一个熟悉黑夜的人。

西流的小溪

“福莱德，哪里是北？”

　　　　　　　　　　“北？北在那里，亲爱的。
小溪流向的是西。”

　　　　　　　　　　“那就叫它西流的小溪。”
（到今天人们还是这样叫它。）
“它以为自己在做什么，可以往西流，
而所有其他的乡间溪水都往东
流向大海？肯定是它这条小溪
坚信自己能够反着来，与众不同，
就像我和你——你和我——
因为我们是——我们是——我不知道我们是什么。
我们是什么？”

　　　　“年少还是新生？”

　　　　　　　　　　“我们肯定不同寻常。
我们说了我俩。让我们改说我们仨。
正如你我彼此婚配，
我们俩也和小溪结了婚。我们要
修一座桥横跨它，这座桥就是
我们的臂拱，跨越它，在它旁边入眠。
看！看！它在用一朵浪花向我们招手，
告诉我们它听到了我的说话。”

　　　　　　　　　　“怎么可能，亲爱的，
那朵浪一直在参差的岸边站着——”
（黑色的溪水，受阻于一块沉降的石头，
往回冲出一道白浪，
白浪从此永远骑在黑浪上，
既不能进，也不能退，如一只鸟，
它白色的羽毛，从挣扎的胸部脱落后，
点缀了黑色的溪流，点缀了其下更暗的水，
最后被冲出，形成一块发皱的
白色围巾，衬托着远处岸边的桤木。）
“我想说的是，那朵浪花从一开始，
从河流在天上造出来的那天开始，

就已在那里。它并没有对我们招手。”

“它没招手，然而它招手了。如果不是对你，
就是对我——用一种宣告的方式。”

“是吗，如果你把它放到母土，
比如亚马逊流域，
那么我们男人就只能看你进去，
把你留在那儿，我们自己却被禁入内——
这是你的小溪！我无话可说。”

“有的，你也有话要说。请继续。你想到了什么。”

“说起反着来，你看这条小溪如何
用那道浪花流向它自己的反向。
就是从那水中的‘相反’我们起源，
比从任何生物的起源都要早很多很多。
就在这里，我们以不耐烦的脚步，
回到那许多起源中的起源，
万物的溪流从此而去。
有人说存在像一个旋转舞男
和旋转舞女，定在一处永远不动，

却舞蹈，但它流去而不回；
它严肃而悲哀地流去，
用空填补深渊的空虚。
它从我们身边的这条水溪里流去，
但它从我们之上流去。它从我们之间流去
把我们分开，那是令人恐惧的一刻。
它从我们之间，我们之上，和我们一起，流去。
它是时间、力量、音调、光、生活和爱——
甚至就是物质和非物质的交织。
死亡那全能的瀑布
导向空无——没有什么阻挡，
除了它自身内部某些奇怪的抵抗，
那不只是一种突然变向，而是一种回返，
好像悔恨处于其中，是神圣的。
它有着这样向着自身的回返，
所以它的下落总有一种
略微往上的提升，提高了那么一点。
我们往下的生活抬起了时针。
这条小溪往下抬升了我们的生活。
太阳往下提升了小溪。
也有某些东西提升着太阳。
就是在这样相反的朝向源头的运动中，

逆着流水，我们最常看到自己，
这是流水对源头的赞礼。
就是从这样的自然动机，我们发源而来。
这差不多就是我们。”

“今天就是你说了这话的
那天。”

“不，今天是你说了
这条小溪名叫西流小溪的那天。”

“今天是我俩一起说了所说之事的那天。”

沙丘

海激起的浪又湿又绿，
但从它们力竭的地方
升起了另外一些
更大的干旱的棕色浪。

它们是海冲积成的土地，
一路推到打鱼人的城镇，
在坚固的沙粒中埋葬
那些她无法淹死的人们。

她也许懂得海湾和海岬，
但她根本不懂得人类，
竟希望通过形状的变化
把人们的思想砍掉。

人们给她一条船去沉没：

他们还可以给她一座小屋；
却因舍去又一个外壳
而可以更自由地去思考。

巨犬座

那头巨大的天狗
在天上跑的野兽
眼里嵌了一颗星
在天的东边一跃。

他直着身体跳舞
一路不停到西方
一次都没有放下
他的前爪来休息。

我是可怜的伏地犬，
但今晚的我却想要
和那黑暗里玩耍的
巨大天狗一起喊叫。

一个士兵

他就是那杆扔出去的标枪
躺在那里再也拿不起，沾了露，生了锈
还指着它扎进尘土时的方向。
如果我们沿着它看世界，
却看不到任何值得它瞄准的东西，
这是因为我们像人们一样视距有限，
忘记了我们的投掷物要贴着球面
飞行，其弧线总是太短。
它们落下，它们撕开草地，它们
和地球的曲线相交，撞击，打破自己的曲线；
它们使我们畏缩着躲避石头上的金属尖。
但我们知道，阻挡并留下
这具身体的障碍物，射出了那种精神，
比其目标表现出来、闪耀出来的距离都远。

乘法表

山口往上走一多半路
是一眼喷泉，有一只打破的玻璃水杯，
不管那个农夫喝还是不喝
他的母马肯定看到了那个地方，
所以使劲儿拽陷入路边水阻的轮胎，
它扭过前额，上边长了一颗星，
憋足气发出一声震天的长叹；
对此农夫会回答说，
“多少次呼吸之后是一声叹息，
多少次叹息之后是一次死亡。
这就是我总告诉老婆的话，
它就是生活的乘法表。”
这样的说法也许很对；
但却不过是那种不管是你我，
还是其他人都不会说的事，
除非我们的目的是造成伤害，

那样的话，我不知还有什么更好的办法
去关掉一条路，丢弃一个农场，
减少人类的生育，
让大自然回来占据人的地盘。

最后一次割草

有一个地方叫遥远牧场
我们再也不会去那儿割草。
起码在农舍里大家是这么讲：
那块草地和人的关系结束了。
那些无法忍受割草机和耕犁的花儿，
现在就是它们的机会。
必须是现在，正当季的时候，
否则一不割草树木就会长上来，
树看到一片空地
就会开进来形成浓荫。
树是我唯一害怕的，
花儿在其阴影里无法开放；
人不再是我害怕的，
草地被驯服的日子结束了。
此刻这片地属于我们，
为了让你们，哦，骚动不安的花儿

进去放纵、撒欢，
不管什么形状颜色的花儿都去，
我不需一一喊你们的名字。

出生地

沿着山坡更往上来到这儿
在没有任何希望的地方，
我父亲围了一泓泉水，
把所有东西都用墙圈起来，
让土地的生长只限于草，
养育我们不同的生命。
我们是十几个男孩和女孩。
山似乎喜欢这动荡，
让我们动荡了一阵子——
她的笑容里总含着点什么。
今天她连我们的名字都忘了，
（姑娘们的名字全改了，当然。）
山把我们从她的膝盖推出去，
现在她的大腿上全是树。

黑暗中的门

黑暗中从一个房间到另一个
我手臂胡乱伸出护着脸
但忽略了，尽管只是一点点，
没把手指岔开，胳膊圈成弧形。
一扇细门突破了我的防护，
狠狠撞在我的头上，
把我天生的比喻系统损坏了。
所以人和事物不再匹配
以前和他们名实相符的东西。

眼睛里的尘土

如果，正如他们所说，沙子进了眼睛
会防止我的谈话变得太过聪明，
那么好在我不是那个需要提供证明的人。
就让它气势汹汹，从屋顶，
从角落，把暴风雪当风沙，如果必须，
尽管把我吹得睁不开眼，停住脚步。

大晴天灌木丛边小坐

今天我张开手的时候
仅抓住区区一束光线
在拇指和手指间感到它。
没有留下任何持久的温热。

曾经有一次也就那一次
尘土真的吸收了太阳；
仅那么一次把火吸收，
所有生物的叹息至今温热。

如果人们长时间观察
也看不到被太阳甩打的泥土
再一次形成生命，并爬走，①
我们不要轻易加以嘲笑。

---

① 这里暗指达尔文的进化论。

上帝曾宣布他是真实的
然后躲在帷幔之后退去，
还记得最后的寂静无声
他当时怎样降临那片荆棘。[1]

上帝曾称名和人说话。
太阳曾让人分享它的火焰。
一个冲动持续下来成为我们的呼吸；
另一冲动持续下来成了我们的信仰。

---

① 《圣经·出埃及记》里，上帝从荆棘里向摩西显现。

满抱

我弯腰每取一个包裹
就从臂弯和膝盖掉落另一些，
整摞东西松脱下滑，瓶子，圆面包——
太难而无法同时驾驭的极端，
但我在意的东西一件都不能丢下。
我用所有的，包括手和大脑，如果必须，
还有心，装载它们，我尽最大努力
在胸前维持它们的平衡。
我屈膝防止它们继续滑落。
终于坐倒被它们围在中间。
我不得不在途中把怀里的扔掉
试着把它们摞成更稳的一堆。

骑手

最确定的事是，我们是骑手，
虽然做指引者却不怎么成功，
指引不了对所有提供给我们的东西，
土地和浪潮，现在则是这空气的驾驭。

什么才是人们谈论的出生之谜，
难道不是被架在地球上却没有马鞍？
我们只能看到婴儿在上边跨坐，
他小小的拳头埋在皮上鬃毛里。

这是我们最狂野的驾驭——一匹无头之马。
虽然它没有辔头，不尊既定路线，
我们所有的甜言蜜语都被蔑视，
但我们还有的是想法尚未尝试。

仰头偶观星群

你需要漫长时间才能等到
浮云之上或让人神经发麻的
北极光的上空会发生什么。
太阳和月亮交错，但永不接触，
不彼此擦出火花，也不碰撞发出巨响。
行星们似乎能干扰它们的曲线，
但什么事都没发生，没有造成损失。
我们也不妨耐心地继续生活，
把目光挪到别处，而非星星月亮太阳，
得到我们需要的变化和震惊，不至发疯。
确实，最长的干旱也将结束于雨水，
中国最长的和平也将结束于动乱。
但这还是提供不了足够的奖赏
让观看者在属于他的特定时间和视域
睁眼不睡，希望看到天上的平静被打破。
那平静看来肯定能安全地熬过今晚。

熊

那只熊两臂环抱她上边的树，
像拉一个情人那样往下揪住，
吻它野樱桃红的嘴唇说再见，
然后放开让它直着弹回向天。
接下来她开始摇墙上的圆石
（进行她秋天里的越野跋涉）。
她在枫树之间甩上来甩下去，
铁丝网被她重压时吱吱作响，
一根铁丝还勾下了她一撮毛。
这是没关进笼子的熊的进步。
世界有地方让熊罴感到自由；
宇宙却似乎把你我紧紧束缚。
人就像笼子里那只可怜的熊，
整天和紧张的内向狂怒斗争，
他的心境拒绝所有脑的建议。
脚步前后挪动永远不能停下

脚趾甲喀喀嚓嚓地相互磕碰，
在他停下来的一边是望远镜，
而停下来的另一边是显微镜，
两种工具有几乎相同的希望，
合在一起能看到巨大的范围。
若他从科学踏步中停下休息，
也只是坐下旁观并把头转动，
在两个形而上的极端之间做
看上去有九十度的弧形动作。
他往后坐上他根本性的屁股，
鼻子皱起眼睛（若有）阖上
（他看起来有实际却没有信仰），
把他的腮帮子从左到右摇晃，
摇到一边时赞成一个希腊人，
另一边时赞成另一个希腊人，
要说呢这些都可以得到思量。
一个松松垮垮的身形不论是
走动还是静止都同样地可怜。

蛋和机器

他恨恨地踢了铁轨一下
从远方传来嘀的一声回音，
然后又是嘀一声。他知道这个编码：
他的恨引发了路轨那头的马达。
他后悔单独和铁轨一起时
没有用棍子或石头攻击它，
把铁轨像个开关那样撬起来，
以便能把马达翻进沟里。
但太晚了，现在只有自己可以责怪。
嘀嘀升级成为更近的哐当。
它来了，像一匹围着挡板的马。
（他靠后站着怕被灼烫的喷气烫伤。）
一时间只剩下庞然大物，
混乱，和一声呼啸，淹没了他
冲着机器里的那些神发出的大叫。
然后沙土的路基再次恢复了平静。

旅行者的眼发现一条龟线，
两条间隔的爪印间有一截尾巴的拖痕，
他跟着来到一个地方，发现
模糊但很确定的龟蛋掩埋的痕迹；
用一只手指轻柔地探索，
感到了异样的沙子，果不其然，
是一只龟的小洞。
如果有龟蛋，一下子就是九只，
像鱼雷一样，外边是沾了沙土的皮，
堆在沙土里，一起等呼啸声过去。
“你最好不要再打搅我，”
他冲着远方喊，“我已经武装起来准备打仗。
下个有力气经过这里的机器，
它的护目棱镜将被蛋液溅上。”

一道更远的山峦

（1936）

独自罢工

工厂摇摆的钟改变了频率，
发出的声音像命运催促，
那迟到者听到响声开始跑，
却还是没能在关门之前赶到。
有一条上帝或人的规则，
那些来得太迟的人
将被关在门外半个小时。
不算工时，还要另扣工资。
他会被斥责，甚至开除。
让人紧张的工厂开始震动。
这工厂，虽有许多许多眼睛，
却都高深莫测，不透明；
所以他看不到里边
是否有某个弃置的机器
因他的缘故没有开动。
（他不认为机器会心碎。）

但他觉得看到了那场景：
空气里满是羊毛的尘絮。
一千只纱线牵伸，
慢吞吞拉绞在一起，
一整天从大纱筒到小纱筒，
几乎从不超过其承受力；
很平顺地越纺越细。
哪怕有一只偶然崩断，
纺纱工一瞥就看见了它。
纺纱工还是在那儿转①。
那就是人工介入的环节。
她灵巧的手上套着指戒，
伸进竖琴一般的丝弦。
她从两头抓住了断线，
用从不失手的动作轻轻一碰，
把它们混连，而不是缠起。
人的心灵手巧是好的。
他站那儿把这些都看在眼，
但是发现这很容易抵抗。

① 纺纱工，spinner，另外一个意思是转动者。

他知道别处，一座林子，
里边有树那么高的悬崖；
如果他站在其中一座悬崖上，
就处身于众多树顶之间。
上层的树枝环绕在他周围。
它们的呼吸混合他的呼吸。
如果——如果他站着，太多的如果！
他知道一条路想要人走。
他知道一股泉水想要人喝。
一个思想想要被深入思考。
一段爱情想要重新点燃。
这可不是空口白话，
省去他去做的努力。
这对他来说预示了行动、作为。

工厂是很好的工厂，
他希望它有全部现代的速度。
但毕竟，它并非神圣，
也就是说，它不是教堂。
他从来没有认为离开他
任何机构就不能运转。

但他那时说，今后也要说，
如果真的到了那么一天
工业看上去要消亡，
就因为他弃之不管，
或仅仅只是渴望得到
他的认可，那么来吧，
过来找他——它们知道去何处寻找。

泥泞时节的两个流浪汉

从泥沼里出来两个陌生人，
瞅见我在院子里劈柴。
其中一个欢快地喊“使劲儿砍”，
把我的注意力移开。
我很清楚他为什么落后几步
让另外一个继续往前。
我很清楚他脑子里在想什么：
他想取代我干活挣点工钱。

我劈的那摞是上好的橡木，
又圆又粗堪比底下垫的墩子。
我劈下来的每块都很正
像劈开的石头整块儿落下。
一生的自我控制攒足了劲儿
猛力击打，为的是公众利益，
却放松了我的灵魂，让我把

那天花在无关紧要的木头上。

太阳是暖的，但风是冷的。
你知道四月天的脾气，
太阳要是出来，也不刮风，
你就往前一月到了五月中旬。
但如果你竟敢说，
一朵云从太阳照亮的拱门飘来，
一阵风从冻结的山顶刮来，
你就直退两月来到三月中旬。

一只蓝鸟温柔地飞来落下，
迎风梳理一根羽毛，
他的歌声所定的调子无法刺激
任何一朵花去开放。
掉下来一朵雪花：他模糊地知道
冬天不过是在装死。
除了颜色，他一点都不蓝①，
但他不会鼓励任何东西开花。

夏天里我们必须

① 英语里蓝色有忧郁的意思，一点都不蓝的言外之意就是一点都不忧郁。

用魔杖才能找到水，
但如今每道车辙都是一条小溪，
每个蹄印都是一个池塘。
为有水而高兴吧，但别忘记
潜伏在地下的寒霜，
在太阳落下后会偷偷溜出，
在水面上显露它剔透的牙齿。

在我最爱手头的任务的当儿
这两个人提出他们的要求，
这肯定让我更爱手头的活计。
你会以为我从来没有感到
高高举起的斧子头部的重量，
岔开的双腿对地面的捕获，
春天的热气里，放松了的肌肉
散发出的滑腻、潮湿的气息。

从林子里出来两个笨拙的流浪汉
（只有上帝知道昨晚他们睡在哪里，
但应该是离开伐木营没有多久）。
他们认为砍伐是他们天生的权利。
作为林中居民，伐木工人，

他们用更适合他们自己的工具评判我。
除非一个家伙挥起斧头
否则他们认为无法判断他是不是傻瓜。

我们两方都没有说什么。
他们知道只需站在那里
就能把他们所有的逻辑塞进我的脑子：
对此，我无权用游戏态度对待
另一个人以讨生活为目的的工作。
我的权利是出于喜爱，而他们的权利是因生活必需。
两者水火不容的时候
他们的权利更需保障——同意。

但谁会屈服于他们的分别，
我生活中的目标是把我的爱好
和我的职业合为一体，
就像我的两只眼睛合为一个视域。
只有在爱好和所需一体，
工作对肉身生存来说相当于玩耍的时候，
才有可能为了老天和未来
把事业真正地完成。

白尾胡蜂

白尾胡蜂住的气球状的巢
贴在木棚的天花板上吊着。
他像子弹一样从中出入的口
像一支瞄准了的枪的瞳孔。
因为有在飞行中变线的能力，
他比子弹还要准确无误。
他突破我放在头前
乱舞的手臂组成的最佳防御，
叮我鼻孔上打喷嚏的神经，
所表现出的确定性能写一首诗。
这是他的本能，我承认。
但是这只昆虫的确定性，
在房子和小孩的居民区里
如此令人生厌地判断各种动机，
却不能在我身上发现我认为
自己在每件事情上都具有的例外权——

一个从不会在他的书架上悬挂
他的日本纱灯作为战利品的人?
他先叮了我，叮了之后再叮。
他叮得我在地上连滚带爬，
不听我的解释。

那是我去访问他的住处时。
在我的房子里做客时他表现不错。
他会扑击厨房地板上的苍蝇，
也许从一扇门进从另一扇出，
相信他吧，他不会辜负你的信任。
你再怎么动作他都不会误解。
让他落在皮肤上吧，除非你不想
让那么些毛刺刺的足钩同时踩在身上。
他追捕家蝇是要喂养
和他一样大小的砰砰的幼蜂，
在这里他表现最佳，但即使在这里——
我观察他猛扑、抓住、击打的地方，
但他发现捕获的不过是一个钉头。
他二次进攻。还是钉头。
“那些不过是钉头。钉进去的。”
尴尬了一会儿，不无恼怒，

他俯冲扑击了一枚小小的浆果。
像球员蜷身抱着一只足球。
“错误的形状，错误的颜色，错误的味道，”我说。
浆果把他从头翻滚过去。
最后他扑一只苍蝇。冲过去却扑了空。
苍蝇嘲弄地围着他转圈。
但是在苍蝇这事上，我认为
他做得很有诗意，把钉头
和苍蝇相比，把苍蝇和浆果相比：
多像一只苍蝇，多像一只苍蝇啊。
但他错过的真苍蝇从不是这样；
那错过的苍蝇使我很危险地转向怀疑主义。

难道这整个儿的本能论不需要修正？
难道不是所有的理论都需要修正？
犯错是人类本性，不是动物的。
或者我们太过称赞本能，
这称赞太慷慨大方了
以至于更多的是拿走而不是给予。
我们的崇拜、幽默以及责任心
早已给了桌子下面的狗。
活该我们建立往下比喻

的机制。只要我们在世界上
把我们的比喻往上进行
和神仙天使比，我们至少还是人，
只是比神仙天使稍低一点。
可是一旦比喻往下进行，
一旦我们看到自己的形象
反映在泥浆，甚至尘土里，
就成了幻灭中的幻灭了。
我们一点点地输给了动物，
就像被丢给群狼拖时间的人。
除了会犯错，我们什么都没有，
甚至这也被今日的工作弄得可疑。

埃姆斯伯里[1]的一条蓝色缎带

一只如此漂亮的小母鸡
应盛妆去参加冬天的展会，
让人展览，得个冠军。
答案是，这只小母鸡去过了——

还带了一大串的荣誉回家。
她金色的腿，她珊瑚的鸡冠，
她粉笔白的、松滑的羽毛，
她的风度，都被艳羡地谈论。

看来你肯定有所耳闻。
她斩获了几乎完美的得分。
在她身上我们看得出

---

① 马萨诸塞州埃塞克斯县的一个地方。

西沃尔[①]才可以画出的身影。

现在她回到了鸡群中间，
回到了她一成不变的鸡圈，
她在食槽前徘徊着不走，
成为夜晚驱走的最后一个。

给她脚踝绑标志环的那人，
她的主人，手里提着空桶，
他也徘徊不走，怕忽略那些
冬天夜里必须干完的杂事。

他斜倚着满是尘土的墙，
几乎无法从重围中脱出，
处于很多旋转门和很多
垃圾遍布的地板的深处。

他仔细思量养鸡的艺术。
他有一半的心思都在希望
把她养成母亲夏娃，开启

---

① Franklane L. Sewell（1866—1945），擅长画家禽的美国画家。

一个取代所有生命的羽族。

连续下蛋六个整天，然后
休息一天，是她尊奉的仪式；
除了抱窝之外，用这样的频率
她完全可成就一个鸡蛋的功绩。

收蛋人总是能分辨出她的
呈褐色、有坚硬外壳的蛋，
一种可以确保安全的继承，
从种子通向长羽毛的一族。

在她享用大餐时，没有人类的幽灵
能让她吃少一点，吃快一点。
她从容不迫地把自己填饱。
餍足的喙昏昏欲睡，却还没满足。

她独自踱步穿过鸡舍，
自己找一粒宝贵的石子啄食。
她在一个容器的开口饮水。
回到鸡窝，她也是最后上架。

鸡窝规范了她飞翔的范围，
一旦她飞起到了那个高度，
她就拍打有力的翅膀，
把整个鸡群都带着移动。

夜幕降临时开始刮风，
雪打风吹把玻璃擦亮，
但却很难从它们或她得到
评论：一声自满的唧鸣。

鸡舍虽矮，却能阻挡
黑暗、寒风和冰冷，
将前景赋予一个计划，
让一个人的谨慎显得必要。

一只鼓丘土拨鼠

一个家伙有一道斜坡
另一个有块腐烂的木板，
都能遮挡出一小片天
弥补其不足的空间。

我自己的战略隐退所，
在两块岩石合缝的地方，
为了更安全，更窄小舒适，
我还挖了两个门的地道。

有了这些在背后作保证，
我才能坐下来应对危险，
像一个精明的家伙假装
他和整个世界都是朋友。

我们所有想活下去的

都会发出一声唿哨，
一有半点风吹草动，
唰，我们就钻进农场的地下。

我们故意不马上出来
狡猾地躲藏一会儿，
或者吃饭，或者饮水。
趁此机会可以思考一番。

如果在狩猎过后
双管猎枪不再轰响
（像战争、瘟疫
和失去的常识判断）

如果我能满怀信心地说，
亲爱的，我将在那里等你，
哪怕还有一天，
甚至还有一年，

这都是因为，虽然
和全体相比微不足道，
我对我的洞口和地道
本能地有着全面的考虑。

金色的赫斯泊里蒂[1]

方块儿[2]马修·希尔嫁接的苹果幼树
在第五个年头就开始开花。
它在款待了蜜蜂，
脱去满树的繁花和梗之后，只剩三朵，
它让自己保留这三朵花；
这三朵花凭毛茸茸的果蜡开始长大。

它们刚刚把自己翻转过来
以前是朝上，被亲吻的姿态，
现在变成朝下，却并不悲哀，
方块儿马修·希尔来了，想看看还有什么，
他只数了两朵（一朵他没看见）；

---

① Hesperidee 是希腊神话里的仙女赫斯珀里得斯果园里的金苹果树结的果实。

② 方块儿 Square，马修·希尔的外号，有两个含义，其一是身材矮壮，其二是为人古板保守，或者比较讲究原则，这里可能两意兼有。

但两朵作为开始也算不错。

他的小马修，也是五岁大小，
被爸爸领到苹果树下，
举到叶子中间，告诉他说，
我们还不能碰它们，只能看看！
以前的绿色会渐渐变成金色。
它们的名字叫做金色的赫斯泊里蒂。

他常常去看那几个果子，
就跟他去喂猪或挤奶一样频繁，
靴子上沾满了晨露和夜霜。
它们比院内的家畜更让他感到亲近，
在细弱的枝头上危险地摇晃，
像挂在细枝上渐吹渐大的气泡。

很早就发现它们是三个而不是两个——
多一个，他想，可以更有把握挺到最后。
三个就意味着，命运不可能用
果蝇或褐色的寄生虫把它们全都摧残，
让他最后无法通过咬一口苹果，证明
金色的赫斯泊里蒂的名字是对的。

就这样他陪着它们，霜期渐近。
有一天树叶随秋风飒飒作响，
树上的果实也被粗鲁地摇荡，
他觉得没有什么特别的损失，
如果他夏天的愿望能够实现，
亲眼看它们摘下放在盘子里没有损伤，

在那里它们可以安全地熟到可吃的程度。
但是当他去看时，苹果消失了，
不在树下，也不在树上，哪里都没有，
神经大条的树却似乎毫不关心！
那是个周日，方块儿希尔打扮好了，
教堂最后一遍钟声正在催促。

正如他所做的，对那些做了
这坏事的人他一句坏话都没说，
方块儿马修·希尔脱下他的礼帽
郑重其事地把它放在地上，
严肃地纵身一跃，跳在上面
慢慢跳舞，直到把它踩扁。

他忽然意识到自己在做什么，
四下张望有没有人看到他的行为。
这可是亚哈斯①曾经犯过的罪
（那个段落的含义却被隐去了）：
看到树上青翠的地方
就崇拜苹果。难道有别的意义？

上帝看到他在果园的路上跳舞，
却仁慈地不让过往的人群
目睹一个如此自豪的人所犯的错误。
所以这个故事没有在迦特②讲述；
作为感谢，方块儿马修发誓
要做一个更严肃的人，在怒火中自律。

---

①《圣经·列王记》犹大王约坦的儿子亚哈斯登基，“在丘坛上，山岗上，各青翠树下献祭烧香”。

②《圣经》中腓力斯五大城市之一。

暴风雨的时候

让这倾盆大雨肆虐！
它能对我做的最糟的事
不过是将花园里的土
冲得离海更近一点。

开天辟地以来雨就是这样
尤其是在冲击一座山间农场，
付出一点点将来的损失
以换取当下的利益之时。

而且还不一定有什么损失，
因为所有那些腐烂的肥沃
在我的花园没入沟渠的时候
都是被冲刷至贫瘠的结局，

只需某种力量施加，

山顶就会被水淹没，
海床就会升起变干，
地球的斜坡就会反转方向。

然后我只需跑到
斜坡的另外一头，
在新近被太阳曝晒的土地上
从零开始，再次希望。

犁铧会翻出一些
我自己的磨损的旧工具，
木柄已经沉淀成化石，
正好可以供我使用。

愿我的实践如此接近
一个不会结束的循环往复，
不要让我疲惫灰心
对人类的处境充满怨恨。

路边小摊

小破房伸出一间新棚子
就在靠近路边，交通繁忙的地方，
一个路边小摊可怜巴巴地恳请，
公平说，不是一点面包，
而是一点钱，现金，它的流动支撑了
城市之花不沉没，也不凋谢。
顺滑的车流经过，心怀前方，
就是滞留片刻，也会心情郁闷，
看到这风景被毫无艺术感的喷漆牌毁掉，
上边的 N 颠倒，S 也转了向，
看到盛在木头篮子里卖的莓果
或是长银斑的歪脖子金色西葫芦，
或是漂亮山色间其他的美。
你有钱，但如果你侮辱人，
那么，拿着你的臭钱（蠢蛋）走人。
我不会抱怨对这美景的伤害，

感到更多的是没说出的不信任的哀伤：
我们远离城市，在这里摆个路边摊，
想要一些城市钱拿在手里掂掂，
试着看它能否扩大我们的存在，
给予我们电影里保证的，据说
那些执政党不让我们过的生活。

新闻说所有这些可怜的人
都将被出钱赎买，被仁慈地聚居在
剧院和商店附近的村子里，
在那里他们不用操心自己的生计。
那些贪婪的行善人，仁慈的捕猎兽，
蜂拥而入，把算计好的利益
强加在人们的生活上，以欺骗安慰他们，
教他们怎么白天睡觉、整天无所事事，
破坏他们古老的夜眠习惯。

有时候我觉得自己很难承受
如此多孩子气的徒劳渴望，
那个打开的窗边潜藏的悲哀，
整天都在几乎公开的祈祷中等待
刹车的尖叫声，一辆车会停下，

在成千的自私的过路车里
哪怕有这一辆停下问一个农民价钱。
有一辆确实停了，但却是利用草地倒车，
调头的时候还掀起了草皮。
另外一辆问这条路通向何方。
还有一辆问他们能不能卖一加仑汽油，
他们不能（这蠢蛋）：他们没有油，难道看不见吗？

不，以乡下的钱，衡量收入的乡下尺度，
这必要的精神升华从来没有被发现过，
起码乡下的声音似乎是这样抱怨的。
我禁不住承认，一锤子把这些人的痛苦
全部解除，是多么大的宽慰。
然而当我第二天恢复理智，
我想知道，我怎么才能让你回到我身边，
轻柔地把我从痛苦中解脱。

分工

桌布上的一只蚂蚁
碰到一只沉睡的蛾
体格是他的好几倍。
他却一点都没惊奇。
他做的事与此无关。
他轻轻碰了它一下，
继续他的例行任务。
若碰到一个侦察蚁，
其任务是寻找上帝，
并探索时空的本质，
他会请他注意此事。
蚂蚁是奇怪的物种。
脚步匆匆绝不停留，
哪怕遇到同类尸体，
也一刻都不会耽误——
看去甚至无动于衷。

但他肯定会报告给
和他碰触须的蚂蚁，
他们再上报给宫廷。
用的是福尔米克[①]语：
“杰里·麦克米克死了。
无私的觅食蚁杰里。
特种侍卫们任务是
安葬死去的军需官，
把他带回族人中间，
郑重放入花萼灵棺，
一朵花瓣包裹遗体，
荨麻香液涂抹全身，
这就是女王的旨意。”
随即来了个殡仪官，
表情庄严来到现场。
按照正式礼仪就位，
轻轻地颤动着触须，
拦腰抓住死者身体，
高高地举到了空中，
然后把他从此移走。

---

① 福尔米克（Formic），如果小写则是形容词“蚁酸的”。

没人聚集在旁围观，
这事和别的人无关。

这事不能算是冷酷。
但却如此分工明确。

关于心开始遮蔽大脑

我在犹他州的沙漠里看到
或认为看到了某些事，那是半夜
从我的下铺窗口看出去，
月光洒满了天，洒满了地，
天上有稀疏的几颗星；
大地只有一盏灯在远处闪烁，
衬托着黑暗的背景，
在我看来，是由那里的
心怀大绝望的人维持着。
它飘摇着，半小时内就会熄灭，
像花儿的最后一瓣落下。
但我的心开始遮蔽大脑。
我知道有一个更好的故事。
那远处的光闪烁是因为掠过树。
人们可以把它点亮随便多长时间；
当他们对它失去兴趣，

可以把它交给别人看管。
如果夏天过后原路返回，
我会发现它的亮度没有什么变化。
我经过，但却不得不怀疑，
当有人会说，“让我们把它熄灭。”
另外一人则毫无异议地表示同意。
他们可以想让它亮多长时间就多长时间，
他们什么时候想熄灭就把它熄灭。
最后从黑暗的房间里往外看
光亮沙漠里的一些暗点，
也许是人群，但却只是雪松，
没有目的，没有领队，
也从来没有迈出第一步去集结，
所以不应该让她恐惧发抖。①
她还能想到不同于此的其他地方，
可以不必诉诸于“不适合我们”的言辞。
生活并非如此的邪恶、严重。
直面事实才是使他们勇敢的原因。

---

① 这里的“她”应该指的是沙漠。意思是，人类的亮光没有覆盖所有地方，还是有一些人类的目的心没有渗透、没有“集结”的地方，所以“她”不用害怕。因此，后文的丈夫是人类生活，妻子是沙漠或自然，两者是婚姻关系，所以不需要互相害怕。

他是丈夫，她是妻子。
她不怕他，他们不怕生活。
他们知道另一点灯光去了哪里，
不止一个和他们的灯光类似的灯光，
只是更早熄灭了，入睡了，
所以我在大地飞行中没有看到。

这就是我半夜醒来看到的，
用铁路的节奏经过，
我透过火车喷出的团团浓烟，
远远地把视线投入别人的生活。

门洞里的身影

坡度抬升，我们在山间平地
高高地穿行，眼睛什么都看不到，
除了橡木丛，还是橡木丛，因为没有
土的滋养，橡木细到没什么腰围。
但在我们通过这单调景色时
我们忽然看到有一个活人。
他高瘦的身影填满了木屋门。
假如他往后倒进屋里，
他的头肯定碰到木屋的后墙。
但我们这些过路人看不到他倒下。
周围多少英里肯定荒无人烟，
但对此他明显可以承担。
他站着，不动摇，即使阴郁憔悴，
也不必然是因为穷困。
他用橡树取暖、照明。
他有一只母鸡，他还有一头猪在视线范围。

他有一口井，可以承接雨水。
他有一块十乘二十平方米的菜地。
也不缺乏常见的娱乐。
我想这就是我们火车经过的意义。
他可以看吃晚餐的我们，
然后伸直胳膊向我们挥手致意。

在伍德沃德公园①

一个自负聪明的男孩，
有一次给笼子里的两只小猴子
展示一面它们不理解的取火镜，
也永远不可能使它们理解。
说话不管用：说这是一个
能聚焦太阳光线的透镜也没用。
还是让他给它们演示这武器该怎么用吧。
他把光线聚焦在第一只猴子的
鼻子上，然后第二只，直到把它俩
晃得头晕目眩，
眨眼都似乎没法眨走。
它们站起来把手臂交缠在铁栅栏上，
交换对生活惶惑的眼神。
一只猴子若有所思地手捂住鼻子

---

① 位于旧金山，弗罗斯特少年时期常去逛的一个集动物园、博物馆和游乐园为一体的游览胜地。

似乎是被提醒了——或者也许是
一百万年才有一个的主意。
他小小的紫色指爪被灼痛。
那已知的东西被精神试验
再一次证明。
如果不是男孩靠得太近太久
那就会是所有的可以宣布的发现。
随后爆发了一阵撕扯和争抢，
镜子成了猴子的，而不是男孩的。
它们马上退到笼子后边，
开始做一番自己的研究试验，
虽然缺乏需要具备的洞见。
它们乱咬玻璃镜片，听闻味道。
它们弄掉了手柄和镶边。
也没有更聪明一点，就直接放弃，
把它藏在它们睡觉的草里，
以对付囚犯们苦闷的日子，
无聊地再次回到铁栅栏前，
为自己做出回答：猴子懂什么
还是不懂什么，谁说这问题很重要？
它们也许不理解一个取火镜，
它们也许不理解太阳自身。
重要的是懂得拿事情怎么办。

创纪录的一大步

佛蒙特州的一间卧室里
壁橱门是两扇宽木板
后墙是一个掉土的旧壁炉
（它们的脚趾头就冲着那儿），

我有一双鞋挺立着，
皮子松垮的两个宿敌，
曾经不停地相互跨越，
如今并肩生活在一起。

它们在卧室里听到我，
就不时问我一两个问题
关于谁太老了走不动了，
谁承受了太多的重力。

我去年在芒陶克[①]湿了一只，
为追回一顶帽子。
在悬崖屋[②]另外一只也被
一道更猛的海浪打湿。

这两次冒险，分别是由
两个外孙把我带去。
不过他们长大后如能读到此诗，
希望不会以为我在责备他们。

现在我用舌头舔着鞋子，
除非我的味觉把我欺骗，
从一只鞋我尝到了大西洋的盐，
从另一只我尝到了太平洋的盐。

每个大洋踏一只脚，
是创纪录的一大步或伸展。
用来迈出那步的真皮鞋子
能值多少钱我就应卖多少钱。

---

① 纽约长岛南岸的一个地方。
② 旅馆，位于旧金山的一处海滩。

但我却自豪地把它们
收藏在我的博物馆里，冥想；
那些厚皮不要因为过去是
活跃的鞋子，就冒充薄皮。

我请所有人试着原谅我，
原谅我过于夸张的宣称，
好像我丈量了这个国家，
给予美利坚合众国以确定。

荒漠

哦，雪花飘落，夜色四合，
迅速落入我打量的往后掠的田野，
地面几乎全被落雪覆盖，
只剩几株杂草、残茬暴露在外。

围着它的林子拥有它——它属于林子。
所有的动物都被闷在洞里。
我无精打采没有去数；
孤独也包括了我，我却没意识到。

虽然孤独已够多，那种孤独
在减少之前只会更加孤独——
夜雪更空洞的白没有表达
什么，也没有什么可表达。

它们不可能用星体间的空旷

吓我——那些没有人的星体。
我在体内携有我自己的荒漠，
离家如此近，不会吓到自己。

叶子和花儿比较

一棵树的叶子也许不差，
树皮和木材也同样很佳；
但除非你给它的根施用正确的东西
它永远不会长出多少果实和花。

我也许是那种不怎么关心
树是否开花结果的人。
树叶要光滑，树皮要粗糙
树叶和树皮也许已完全够得上树。

有些巨树开的花很小，
它们甚至根本就不开花。
渐老的我把注意力转到了蕨类。
现在应该轮到了苔藓。

我让人用简单的话告诉我

哪个更好看，是树叶还是花。
他们没有那个智慧回答，
叶子是夜晚好，花儿是白天好。

树叶和树皮，树叶和树皮，
黑暗里倚靠着它们，倾听它们。
花瓣也许是我曾经追求过的，
如今树叶才是我全部的暗淡心境。

落叶踩踏者

我整日踩踏落叶直到我厌烦了秋天。
上帝才知道我踏坏了多少种色彩和形状的落叶，
也许我用力太过，是因恐惧才猛烈。
我已安全地把又一年的落叶踩在脚底。

一整夏它们高悬头顶，举得比我更高。
最终落地前它们必须把我经过。
一整夏我都觉得听到它们呼吸间的恐吓。
它们掉落时似有挟我同亡的意愿。

它们和我心中的逃犯谈话，像叶对叶。
它们敲击我的眼睑嘴唇促我悲哀。
但我没道理因为它们凋落而自己凋落。
起来，我的膝盖，你要高过又一年的积雪。

关于从顶部取石加宽底部

敢往我们头上落石头！
你这矮胖的老金字塔，
你上次像样儿的塌方
已经是很久很久以前。

你的顶部已沉得太低
你的底部已扩得太宽，
很难把一块石头滚下去，
即使你想试那么一下。

可是刚说了这话，
一块卵石就砸在屋顶上，
另一块击穿了玻璃，
要求得到证明。

在他们惊慌的手

争着去拉门闩之前，
泥浆就已经汹涌而入
没有发酵的一堆。

没有人能活下来絮叨
一座还在从它的顶部
搬石头加宽底部的
古老的山。

欢迎它们相信

悲伤也许认为它是悲伤的。
关心也许认为它是关心的。
欢迎它们这么相信,
这过于重要的一对。

不,需要全部积压在
床铺上方低矮的房顶上的雪
从他年轻就开始堆,才能引发
他头上的那一片白雪。

但是每当房顶变白,
房顶下黑暗中的头
就比夜晚的黑色淡了一层,
向大雪的白色靠近了一层。

悲伤也许认为它是悲伤的。

关心也许认为它是关心的。
两者都不是盗取
他头发的黑色的窃贼。

王者速度[①]

疾风和湍流的速度，
远没你们的速度快。你们可以从
一道光芒的急流返攀到天上，
沿时间流反向穿过历史。
你们被给予这速度，不是为了匆忙，
也不主要为了让你们去想去的地方，
而是为了在所有将被浪费的事物洪流中
让你们有力量站稳脚跟——
不管你说是在流动的还是静止的事物之上。
具有这样王者速度的你俩
不可能被分开，也不可能彼此吹散，
特别是当你们同意
生活天长地久时才是生活
一起翅膀对翅膀，桨对桨。

---

① 这是弗罗斯特为女儿额尔玛和女婿约翰·寇恩写的喜歌。

不远也不深

沙滩上的人们全都
转身看往一个方向。
他们背对着陆地。
他们整天盯着大海。

只要还能继续靠近，
船体就不断往上升；
陆地更湿了，如玻璃
映现一只站立的海鸥。

陆地也许会变迁更多；
但不管真理在哪里——
水总是涌到岸上，
人们总是看着大海。

他们不能往外看得很远。

他们不能往里看得很深。
但是何曾有过什么障碍
能阻挡他们凝望的视线？

设计

我发现一只身上有小坑的白胖蜘蛛，
趴在白色的夏枯草[①]上，举着一只飞蛾
像一匹僵硬的白色绸缎——
死亡和枯萎的杂乱特征
混合一起，准备好了迎接黎明，
如女巫熬制的浓汤里的料——
一只雪莲花的蜘蛛，一朵泡沫状的花，
死去的翅膀，像纸风筝一样扛着。

跟那朵花是白的有什么关系吗，
路边的蓝，无辜的夏枯草？
是什么把喜白的蜘蛛带到那高度，
然后在黑夜里把白蛾子导向它？

---

① 夏枯草（heal-all），字面意思是所有病都治。一般都是蓝色的，诗中提到的夏枯草却是白色的，这是大自然的例外，就跟白色蜘蛛是例外一样，所有的例外凑到一起，却构成了命运。

除了恐怖的黑暗意志还能有什么？——

这么小的东西也要被意志管辖。

关于一只睡觉时唱歌的鸟

月亮正高，一只鸟半睡半醒
把它天生就会的曲调唱了一半。
一部分原因是它整夜只唱一次，
还是在并不很高的灌木丛中，
另一部分原因是它唱的口技
在敌意的耳朵刺过来之前
就有所预见地停止，
它所冒的风险比看起来的要少。
如果睡觉时那样唱歌会使它
更容易成为猎取的对象，
它就根本不会飞向我们，
通过生命长长的反复诞生的珠链，
事物半掩半闭的空隙，
沦落成为鸟，而我们成为地球上的人。

雪花之后

在蜂拥而落的大雪中
我看到自己雪上的阴影。
我转过身，往后看天空，
那里还是我们为天底下每件事
问为什么的地方。

如果我脱下这样的阴影，
如果我还没有发疯，
我的那个影子就应该显形，
在风暴没有形状的阴影下，
我一定会显得很黑。

我转过身向上看。
整个天都是蓝色的。
厚厚的雪花悬浮着，
不过是空气纱布上的凝霜，
有阳光穿透它闪耀。

晴但更冷

风，季节气候的搅拌器，
在我的《女巫天气指南》里
说，若想做这剂秋天妙药
你首先得让夏天酝酿，
别用勺子，也别用撇子，

一直搅拌到正确的浓度。
（像命运一样由观星决定，
二等星以下亮度的
没有一个存留。）

然后从比圣劳伦斯[①]更北的
远方取一些剩下的冬天。
树叶要撸掉，树枝要劈开，

---

① 加拿大魁北克的圣劳伦斯海湾。

让风吹来吧。让雨倾盆而下——
比正常季节的气温更冷。

洒一些雪的粉末，
如果这样更像巫术，
如果这样更像一个女巫的汤料
（胡说八道！①），

等着看酒浆沉淀吧。
我可以为此整天站着。
风，她会酿出一壶醉人的酒，
人类爱它——爱它。
上方的神也不能高于其上。

---

① All my eye and Cotton Mather！ 从 All my eye and Betty Martin 套用来的，后者是一个十八世纪就有的习语，来自一个拉丁祈祷用语，胡说八道的意思，作者把 Betty Martin 替换成 Cotton Mather 是因为发音类似，Cotton Mather（1663—1728）是一个审判过著名的波士顿塞勒姆女巫案的法官，这样替换自然是有含义的。

不收获

墙外一阵成熟的香气。
我离开惯常走的大道
去看是什么让我停了下来。
果然是一棵苹果树
脱去了夏日的负担，
只剩下一树不起眼的叶子，
轻松如女士扇一样呼吸空气。
那里曾落下过苹果的瀑布，
能给人类的全都落下。
地上堆了一圈红色的果实。

唯愿总有些东西无人收获！
愿更多的事出乎我们计划之外，
不管是苹果还是某些被忘记、留下的，
这样的话，闻它们的甜就不是偷窃。

有一些大致的区域

我们坐在室内谈论室外的冷。
每一阵积聚力量的疾风呼啸而来
对这房子都是威胁。不过房子已久经考验，
我们想到那树。如果它从此不再长树叶，
我们会知道，我们说，这就是它死去的一夜。
我们承认，桃树被带到了太远的北方。
什么影响了一个人，是灵魂还是头脑——
以至于没有什么界限能够把他局限？
你可以说他的抱负延伸到
北极圈，不受任何生物的干扰。
为什么他的本性如此顽固不可教，
不懂得，虽然对错之间没有固定的分界线，
却还是有一些大致的区域，其规则必须遵守？
今晚对于那树我们没有多少能做的，
但是温度刚刚下降了这么多，
西北风就刮到这样的强度，

让我们禁不住多少有点被背叛的感觉。
树没有叶子，也许不再会有叶子。
我们必须等几个月到春天才可能知道。
但如果它命定不再长叶子，
它可以指责人心之中这个贪得无厌的特点。

试运行

我几乎祈祷般自语，
当你给它些乌青的金属液
它就喷出让你毛发直竖的气流，
它将发出一声杀人的吼叫。
它将其铸石底座从地板上震起。
它将不断加速直到你的神经准备好
听它在雷鸣声中毁灭。
但是你要坚守不退，
就像他们说的在战争中一样。
它被开口销固定得很牢。
它的每一个零件能做什么
都被考虑到了，设计好了。
你轻轻一碰就能发动它，
什么时候停下取决于你。

不太合群

你们有些人会高兴我做了我所做的，
其他的人也不会很严厉地惩罚我，
只因发现我做了一件虽然不被禁止
却很明显不被欣赏不被期待的事。

太严酷地惩罚我是不对的，只因为
我再一次给了你们温和的证明：
城市对一个人的控制不会比
她的城墙比屋顶高的时候更紧。

你也许可以嘲笑我无法逃离地球。
你说得对，但我只是宽松地被拘。
获得理解的方法一部分是通过欢笑。
我不想被认为我曾经反叛过。

任何人都有把我判处死刑的自由——

如果他把判决交给自然去执行。
我将把我的呼吸遗留给空气的普通股
支付这样一笔死亡税：很礼貌的悔悟。

准备，准备

那用桶和破布擦台阶
的女巫（憔悴的丑妇）
曾经是大美人亚比煞①，

好莱坞银幕上的骄傲。
太多人从伟大完美中堕落
叫你无法怀疑这个可能。

早点死吧，避免这厄运。
如果你命定死得晚，
你要下定决心死得体面。

把整个股票交易市场变成你的！

---

① 这里指的是一个好莱坞女演员，但这名字是从《圣经》来的。亚比煞是大卫王的侍女。

如果需要，占有一个王座，
那么就没人叫你丑老太婆。

有些人靠的是他们知道什么，
其他人很简单靠的是真诚。
对他们有效的办法也许对你有用。

没有对星光四射时的回忆
可以弥补后来的蔑视，
也不能保证结局不残酷。

最好倒下时还有尊严
身边还有买来的友谊
总比没有要好。准备，准备！

十个米尔[①]

一　预防措施

年轻时我从来不敢激进
怕我年老之时变得保守。

二　生命的跨度

那条老狗朝后狂吠却不起身。
我还能记得它是小狗的时候。

三　莱特兄弟的复翼飞机

这架复翼飞机是人类飞行的形状。

---

① 米尔（mill），只在计算中使用的计量单位，一美元的千分之一，十个米尔就是一分钱。

它的名字也许最好是第一机动风筝。
它的制造者的名字——时间不可能搞错，
因为它在天上写了两个莱特①。

四　邪恶倾向消除

枯萎病会把栗树毁掉吗？
农夫们宁愿相信不会。
它不断在根部焖烧，
向上推出新的枝芽，
直到另外的寄生虫
出来把枯萎病杀死。

五　佩蒂纳克斯②

让混乱猛烈！
让云抱团！
我等待形式。

---

① 莱特兄弟的姓 Wright 和 Write（写）、right（正确）同音。两个莱特，一方面指莱特兄弟，一方面玩谐音游戏，两个莱特即两个“正确”，既然双重正确，那么就解释了上文的说法“时间不可能搞错”的原因。

② Pertinax（126—193），公元 192 年 12 月开始到 193 年做过三个月的罗马皇帝。

六　黄蜂

在光滑的电线上艺术地弯腰
他伸直了整个儿身体。
他翅膀灵巧，自信地竖起。
他的蜇针部位凶狠地工作。
可怜的自我主义者，他不可能知道，
但和任何人相比他活得都不算差。

七　谜语一则

眼里有尘土，扇子当翅膀，
他一条腿叉开用来唱歌，
他一嘴染料而不是蜇刺。

八　记账难

永远别问花钱的人
花掉的钱花在了哪里。
别指望任何人记住
或编造谎言，他是怎么

用的每一分钱。

九　不是都在

我转过去问上帝
关于世界的绝望；
但更糟成了最糟
我发现上帝不在。

上帝转过去问我
（谁都不要嘲笑）：
上帝发现我不在——
至少在的不超一半。

十　在富人①夜总会

夜深了我仍在输钱，
但我很镇定，也不抱怨。

---

① Divés，拉丁语，富人的意思，《路加福音》中有关于富人 Divés 和乞丐拉撒路的故事。

只要《独立宣言》还能保护
我有同样多的牌的权利，

对我来说谁是老板就不重要。
让我们再看下边的五张牌。

坏消息的携带者

坏消息的携带者
在他赶去的半路上
想起来坏消息
带在身上很危险。

所以在来到岔口时
一条路通向王座
另一条通向山里
无人了解的荒野，

他选了通向山里的一条，
他穿过克什米尔的峡谷
他穿过大片的杜鹃花
一直来到帕米尔的地方。

在那儿峡谷的悬崖上

他遇到一个同龄的女孩
带他回家进了闺房，
否则他也许还在路上跑。

她教给他部落的信仰：
许多许多年以前，
一个来自中国的公主
前去嫁给一个波斯王子。

在路上发现有了身孕；
她的军队在困惑中停下。
虽然孩子父亲是个神
没有人犯下这个错误，

停下看来是个持重的主意
不往前走也不往后退。
所以他们留下了，在那片
牦牛的土地上建了村落。

公主生下的孩子
形成了一条皇室的血统，
他的权利得到了承认

因为他神圣的诞生。

这就是为什么有人在
喜马拉雅的山坡生活；
坏消息的携带者
决定自己也留下来。

至少他和这个他选择
归属的民族有共同之处，
他们都有自己的理由
在他们停下的地方停下。

至于他的坏消息，
伯沙撒[①]即将覆灭，
为什么要急着告诉伯沙撒
他很快就要知道的东西？

---

① 伯沙撒，巴比伦王国最后一个统治者的儿子，被任命为共同摄政，公元前539年波斯征服了巴比伦，伯沙撒被杀。《圣经·但以理书》说巴比伦覆灭前夜，曾有一只手出现在墙上写了一些字，只有但以理能解读。

夜晚的彩虹

一个雾夜，我们两人[1]
互相指引，沿莫尔文丘陵[2]一侧摸索下来，
经过最后的湿漉漉的平地、滴雨的篱笆回家。
期间出现了一道令人迷惑的光，
就像罗马人相信在孟菲斯[3]的高地看到的光，
在前一天太阳的碎片
聚拢一新，呈整体升起之前。
光是我们眼中的一道颜料。
然后月亮出现了，照彻一片，
湿漉漉的像是没入水下的景象；
我们俩淹没在里头，饱和了。
地上混合了三叶草的花揪果

① 这里的“两人”指的是弗罗斯特自己和在一战中阵亡的英国诗人爱德华·托马斯。

② 英国伍斯特郡的一个丘陵。

③ 古埃及的一个城市，被亚历山大大帝率领的大军征服。

吸收了所有能吸的水凝成露珠，
但空气还是浸透了水，
它的气压变成了水的重量。
此时一道篱笆门大小的彩虹出现了，
很小的一道月亮做成的棱晶弓，
跨在我们上方，近得能走进去。
从来没有另外两个人如此幸运
被给予这个见证奇迹的机会，
但却只有我一个人活下来讲述。
一个奇迹！它从弓形弯成彩虹，
并没有随我们走路而移动
（免得装金子的罐被人发现），
从它铺满露珠的山墙上
把尘埃浮动、多彩的两端举起来，
合拢，形成一道光环。
我们站着，被它温柔地环绕其中，
无论是时间还是敌人所带来的分离
都不能中断我们订交的友谊。

见证树

（1942）

山毛榉

我想象中的地基线
在林中呈四方形，一杆铁脊
竖立，一堆真正的石头奠基。
在这荒野的角落
这些东西被运进，堆起来，
一棵树，刮了深深的伤痕，
被刻上标记，成为一棵见证树，
使我的并非没有界限的证明
进入记忆。
因此真理建立了，得到证明，
虽然是在黑暗和怀疑的条件下——
虽然被一世界的怀疑所包围。

——穆迪·弗雷斯特[①]

① 这个签尾是诗人杜撰的，穆迪是诗人母亲的闺名，本意是情绪化的、阴郁的，弗雷斯特的意思是看林人。

丝帐篷

她像一顶丝帐篷扎在田野
中午的阳光下一阵夏日微风
吹干了露珠，舒软了所有绳结，
让它在牵索固定中平缓摇动，
中间承重的是雪松木，
也是它朝天的尖顶，
代表了灵魂的确定之处，
不由任一根单独的绳子决定，
却没有被紧绑，而是松散地
被无数丝做的爱和思念的绳连接
系到圆盘状的地上每件物体，
只有通过一根绳在变幻莫测的
夏日空气里轻微的紧促
才感到那最细微的约束。

所有的启示

一颗头伸进来看
但它从哪里伸进来
或伸进去到哪里
沿着西布丽[①]的通道，
它的到来会导致什么，

它是否将被撤回
它带走什么留下什么，
这些问题大脑已考虑过
一会儿，消失了还在问。
多么奇怪的大脑鬼影！

但是这防渗的晶洞
被进入，它内部的晶体

① 古文明弗里几亚的自然女神，也就是后来古希腊崇拜的女神得墨忒耳。

硬壳，每一个点和面
都闪着阴极射线，①
作为对大脑探入的回答。

寻求眼睛回应的眼睛
带来了星星，带来了花朵，
因此浓缩了地和天
使任何人都不害怕体量的大小。
所有的启示都属于我们。

① 阴极射线是真空管里可以观测到的电子流。

幸福用高度弥补长度的短缺

哦暴风雨，暴风雨的世界，
你没有被雾霭和阴云
翻卷其中的日子，
没有包在裹尸布里的日子，
太阳耀眼的火球
没有一部或全部
在我们肉眼中模糊的日子——
是如此的稀少
我禁不住奇怪我从何处
得来这持续的感觉：
竟有这么多温暖和光明。
如果我的怀疑正确，
这感觉也许完全来自
某一天完美的天气，
一大早就是晴天，
整整一天过去

傍晚仍以晴天结束。
我真的相信
我的美好印象完全
来自那一天，
除了我们的阴影再无别的阴影交缠，
穿过灿烂的花朵
我们从房舍来到林间
为了换一种孤独。

请进

当我走近树林的边缘
画眉鸟的歌声——听！
如果说树林外还亮着
那么树林里已经暗了。

对鸟来说林子里太黑
很难凭着翅膀的扑闪，
登上夜里更好的枝头，
虽然它还能唱出歌来。

太阳的最后一绺光线
已在西方的天空消失，
却在一只画眉的前胸
亮到把又一首歌唱完。

远方廊柱撑起的黑暗

吸引画眉的歌声进入——
几如一声请进的呼喊，
进入那黑暗之中悲叹。

但不，我出来要找的
是星星，我不会进去。
我的意思是即使被邀，
更何况还没有人邀我。

及时行乐

岁月看到两个安静的孩子
在曙光里相亲相爱地走过，
他不知道他们是回家
还是从村子里出来，
抑或是（铃声在响）去教堂。
他等着（他不认识他们）
直到他们听不到
才祝他们俩都幸福。
“祝幸福，幸福，幸福，
抓住当天的快乐。”
这古老的主题属于岁月。
是岁月让诗承担了
及时采摘玫瑰的负担
警告可能降临于
情侣之间的危险：
不要被过多幸福淹没，

如果他们拥有幸福
却不自知的话。
可是要让生活抓住现在吗？
它在现在永远比
在将来存在得更少，
两者加起来也不如
过去更多。现在
对感官来说太繁多，
太拥挤、太令人迷惑——
太现时而无法想象。

至多如此

他以为他独自拥有这个宇宙；
因为他能够唤醒的所有回声
都不过是对自己嘲讽的回响
从湖对岸树覆盖的悬崖传来。
有天早晨从碎石嶙峋的湖岸
他会对生活呼喊，它想要的
不是它自己的爱复制后返回，
而是对等的爱，原创的回答。
他的呼喊没有导致任何结果，
除非算上它在对岸悬崖下的
碎石上撞得粉碎之后的体现，
然后远处的水面传来噗通声，
但在给它足够时间游过来后，
当它接近时却证明不是人类，
不是除了他之外的又一个人，
而是一头高大雄鹿猛然跃出，

把破碎飞溅的湖水一下顶起，
落在地上像一座瀑布般淌水，
鹿角向前跌跌撞撞踩过乱石，
穿过灌木丛——这就是所有。

被糟践的花

她往后退；他却平静：
“这才是那有力的东西。”
他用柔软的花儿
抽打摊开的手掌。
他笑着，想引她笑，
但她或者看不见
或者是故意不友善。
他盯了她一会儿
一个女人和一个谜语。
他轻轻把花弹掉，
另外一种笑容
像手指揪着他的嘴唇
撑开他粗糙的嘴角。
她站在齐腰高的
一枝黄和凤尾蕨间
她闪亮的头发乱了。

他撑开她的两只胳膊
好像她环抱自己
会痛似的——并非要伤害她；
好像他腾不出空
摸她的脖子和头发似的。
“如果这发生在我俩身上
而不是我一个——”
她觉得自己听到他这样说。
虽然他每说一个字
嘴唇就一撮一张，
这样用力噎得他
像老虎咬一根骨头。
她不得不移开身体。
她不敢移动脚步，
怕动了会激起
沉睡在野蛮中的
那魔鬼追逐自己。
这时她妈妈的呼喊
恰好从花园墙内传来，
她在恐惧中偷看了一眼
看他是不是听到了
然后猛扑过来，在她妈

来临之前把一切结束。
她看到的是羞愧：
一只手垂着像爪子，
一条胳膊绷得像锯，
像是为了具有说服力，
一声讨好的笑
把口鼻部裂成两半，
一只眼睛变得躲闪。
一个姑娘只能看到
男人被一朵花损害，
但是她看不到的
是那朵花也许
并不卑下也不发臭：
花儿只做了一部分，
花儿开始做的事情
她自己贫乏的内心
却已很糟糕地完成了。
她看，见到了最糟的结果。
那条狗或不管它是什么，
遵循兽性的规则，
一个夜晚才凶猛的懦夫
转过身跑了。

她听到他先是踉跄，
飞奔中用上了手。
她听到他不加掩饰的吠叫。
而她，噢，还太年轻
吐出愤恨的词语，
像一些顽固的钉子
无法从舌头上拔除。
她猛力咂摸着嘴唇，
那恐怖还依附不去。
她妈妈从她的下巴
抹去白沫，捡起她的梳子，
拉着她后退回家。

执意回家

天暗了，到了去找一处房子的时候，
但暴风雪使他看不到前边的任何房子。
风暴的冰沫钻进他的脖子
像床上淘气的猫让他呼不上气。

雪打在他身上吹走，然后往下
使力把他按倒，腿叉开骑在一道被风聚起的雪堆上，
压出一个马鞍形，他冷静地考虑路线。
精明的眼睛穿过那厚而迅捷的飞雪。

他决心找到一道门所以他将找到一道门，
虽然目标和速度都受到很大的影响，
需要在门把手一码多的范围摸索，
对那些关心的人来说他会稍稍迟到。

一道云影

一阵微风发现我打开的书
于是开始翻动书页寻觅
以前的一首关于春天的诗。
我试着告诉她“没这回事!”

因为谁能写出关于春天的诗?
微风很鄙视地不做回应。
一道云影掠过她的脸庞,
害怕我会使她错过那地方。

完全奉献[①]

这土地是我们的，在我们属于这土地之前。
她是我们的土地一百多年了
我们才成为她的人民。她是我们的，
在马萨诸塞，在弗吉尼亚，
但我们是英格兰的，还是殖民者，
占有我们还没有被占有的，
被我们现在已不再占有的占有。
我们留着不愿给出的某些东西让我们弱小
直到发现我们从我们生活的土地上
留着不愿给出的正是我们自己，
才即刻在奉献中发现了赎救。

---

① 弗罗斯特 1961 年在肯尼迪总统就职典礼上朗读了这首诗。他原本要读的是另外一首专门为典礼而写的稍长点的诗《为约翰·F. 肯尼迪总统就职典礼而作》，当时阳光刺眼，看不清稿子，所以弗罗斯特靠记忆背诵了此诗。为了迎合当时的气氛，弗罗斯特把最后一句改为："正如她当时所是，正如她所即将成为，已经成为——请允许我为了这个场合改成——她将要成为的"。

正如我们所做，我们把自己彻底交出
（奉献的契书就是多次战争的功绩）
交给这片模糊地向西扩张的土地，
她还没有被故事流传，没有艺术，没有强化，
正如她当时所是，正如她所即将成为。

我们在这颗星球上的存在

我们求雨。它不闪电也不雷鸣。
它没有因我们的要求发脾气
刮一场暴风。它没有误解，
给出的没有多于我们的发言人所要求的。
不会因为我们希望下雨
就送来洪水诅咒我们、淹没我们。
它轻柔地抛给我们一场闪光的细雨。
正当我们用它来浇灌谷物的根时，
它又抛下来一场，然后又一场，
直到松软的土壤新生一样湿润。
我们也许可以怀疑善与恶的公平比例。
大自然有很多跟我们作对的地方。但我们忘了：
把大自然合起来看，从时间的最开始算起，
算上人类的天性，和平也罢战争也罢，
肯定有一点点对人类有利的地方，
哪怕只有不到百分之一的比例，最少，

否则我们生存下来的人数就不会稳定增长，
我们在这颗星球上的存在就不会加强。

暂停时间

暂停下来才让他意识到
他正在爬的山倾斜的坡度
像举在他眼前的一本书
（虽然这文本是用植物写的）。
矮茱萸，黄连，和舞鹤草，
他边读边用手指翻动，
那些在未来的种子上枯萎的花。
问题是他的头因此所呈的斜度：
阅读时的斜度，也像思考时的斜度，
如此不同于与之打过仗的那些
对立之敌所具有的冷酷平视。
起源论和教派也许会高声宣示，
带着那种顽固的温和之气，
但也有相应的时间去反思。

明显的斑点

（显微镜）

如果不是这么白的纸我就不会
从眼皮底下发现一个斑点
从我写的那些字上爬过。
我无所事事地停下，举起笔
用一滴墨水阻止它，
它身上有些奇怪的东西让我思索。
这不是我呼吸吹起的尘埃，
而是，毫无疑问，一只活着的小虫，
有着可以声称属于自己的意向。
它停了一下，似乎怀疑我的笔，
然后又疯了似的快速爬行，
爬到我的墨迹未干的地方；
又停下来，喝了一点还是闻了一下——
大概是恶心了，因此又飞起来。
显然我与之打交道的是智慧体。

它看起来似乎小得没有地方长脚，
但却肯定有一组完整的脚
来表示它多么地不想死。
它恐惧地奔逃，狡猾地蹑手蹑脚。
它踌躇不前：我能看到它犹豫不定；
然后在开阔的纸张中间
绝望地蜷缩起来，接受
我赋予它的不管什么样的命运。
我没有那种比赛着温柔的癖好，
也没有那种横扫现代世界的
集体主义严格组织的爱。
但眼下这可怜的小东西啊！
它并非我所知道的任何邪恶的东西
所以我让它躺在那儿入睡。

我有自己的意识，而且不管
怎样伪装的意识我都能分辨。
没人知道我在任何纸上发现
这意识的蛛丝马迹时的快乐。

秘密坐下

我们围一圈跳舞并猜测
而秘密坐在中间却知晓。

半场革命

我主张半场革命。
彻底革命的麻烦是
（去问任何有信誉的玫瑰十字会员[①]）
它总让同一个阶级登顶。
熟练执行的执行者
因此会把半途而止列入规划。
是的，革命是唯一的良药，
但却是件只应做一半的事。

① 西方神秘教团，17 世纪初为人所知。

非法侵入

不，我没有设禁入的牌子，
是的，我的地几乎没有围栏。
然而这块地确实是我的：
我的地正被非法侵犯。

不管是谁那么肆无忌惮，
在我的林子里和小溪边奔忙，
没有得到允许却停留，
让我度过了焦躁不安的一天。

他也许在打开石头的树叶，
三叶虫化石的图画书，
这个地区就是以此闻名，
而且谁都没有什么财产权。

我不是怕丢掉值钱的东西

什么螃蟹标本岩石标本，
而是他不顾所有权属于谁
这个做法，让我再次看表。

随即来了他的小纸条承认：
他来厨房门口是为了要口水喝，
这也许是他所发明的借口，
但却让我的财产重又归属于我。

一条自然的记录[①]

四五只夜鹰
从它们出生的岩石上飞来，
到了开阔的乡村边缘
向我们卖弄它们的歌喙。

六月的两只是一对儿——
你会说也足够响亮，
但这里可是一大家子
整个一大家子的事情。

全是嘈嘈切切的错杂！
我来不是要听玩笑，

① 这里的记录（Note）在英文里另有“鸟叫”的意思，也有钱币的意思，第一节提到的“鸟喙”其实有钱币、账单的意思，和题目里 note 的钱币之义相呼应。另外，“一大家子的事情”英文原文是 family affair，其实有家族商业的暗示，后边的日期似乎也在暗示交易完成的日期。整首诗歌可以双关存在于多个意义层面。

除非是有人过来
跟我们做模拟的再见。

我记下了这是什么时候，
九月里的二十三号，
我听到它们最晚的叫声，
记得是在九月二十三号。

关于此地的石头

我经营的牧场上卵石散布，
摸起来有篮子里鸡蛋的触感，
虽然没有好到谁都想要，
但我想知道这么做是否对我意义非常：

送一只置于你所住的地方
那儿深达三十英尺都是风化土，
每一亩土都好到能吃的程度，
粉细得能通过面包师的筛子。

我会寄你一个光溜溜的让你搓摩，
设在你的院子里如同一座雕像，
一座帕拉斯[①]神像，保护西方，
保护古老的传统继续流传。

---

① 指的是希腊神话里智慧女神帕拉斯·雅典娜的神像。

不要在上边刻字。如果遭到讥讽的询问，
作为自卫，你可以简单说：
“这是我祖父艾拉[①]的精神肖像。
不管怎么说，它来自他所来自的地方。”

---

① 希伯来语里的人名，意思是警惕的、小心提防的。

严肃的一步轻松迈出

地图上两个毛刺之间
是一条头部中空的蛇。
毛刺的是山，蛇是一条溪流，
中空的头是一片湖泊。

地名之前的一点
应该是一个小镇。
那里也许有座房子我们能买
只需一美元首付。

两只轮子深陷沟渠
我们离开沸腾的汽车
找到一栋房子敲门，
从此我们就定居在那里。

它现在有三百年历史，

位于大西洋的这一边，
里头换了一家又一家。
我们将再给它添三百年，

以我们的姓氏在这里耕作，
离群索居却不冷漠傲慢。
让土壤肥沃，牧群扩大，
篱笆和房顶得到修缮。

从此经历十万个日子
每天报纸头条变换，
几场重要的战争，
还有四十五任总统。

绣线菊

（1947）

一棵小桦树

桦树开始裂开外层
婴儿绿的鞘，露出底白，
不管是谁，那些嫩幼喜好者
肯定会注意到的。很快它就全白了，
使白天长一倍，黑夜短一半，
它那样挺立着，树皮全白，
只树顶是一头叶子的青绿——
土生土长的树里唯一敢于
倚仗它的美向空气倾斜的，
（公平说也许更多是信任而非勇敢。）
一个缅怀旧事的人会记得
他如何在沿墙修剪灌木丛时
从一片狼藉中略过了它，
起初还没有一根藤条大，
然后差不多相当于钓鱼竿，
最终成了如此显著的一棵树，

即便是最有效率的帮工
也知道它站在那儿是值得欣赏的，
在你读书或外出时
把它砍倒的热情将不会得到感谢。
它是一件美丽的事物，
正好将作为装饰活过它的一生。

给人希望的东西

以现在的发展速度，
很快，不能吃的白色
绣线菊和绒毛绣线菊，
就会把能吃的草挤走。

唯一能做的就是等着
枫树、桦树和云杉，从白色
绣线菊和绒毛绣线菊间顶出来，
用类似的速度挤走它们。

在这些石头上耕耘也没用。
所以你还是去忙别的事情，
让这些树增加它们的年轮
用长长的枝条施加其影响。

然后等成材的时候砍倒它们，

下边还是你原初的土地，没有
可爱的花儿，只有无用的杂草，
再次给草坪的统治做好准备。

我们说这个循环得一百年。
所以成就它的是远见和放任自由，
这是我们全都认同的美德，
除非有哪个政府介入。

耐心，抬起眼来往前看，
让有些事情按自己的道路发展。
希望也许不能养育一头母牛或马，
但据说“希望养活农民”①。

---

① 拉丁语 spes alit agricolam。

后退一步

不仅是沙子和碎石
再次松动滑脱，
还有大量的泥浆
轰鸣，巨石失去平衡，
沉闷地头碰着头
沿着溪谷冲下。
整块的山岬成块解体。
在这普遍性的危机里
我感到了我立场的动摇。
可是我往后退一步
就避免了随之流去。
一个撕裂的世界从我面前经过。
然后风停雨住，
太阳出来把我烤干。

指令

退出对我们来说太多的这一切，
退到一个因焚烧、融化、剥裂
而失去细节的，变得简单的年代，
如墓地里的大理石雕像被天气侵蚀。
有一座不再是房子的房子，
在一个不再是农场的农场，
位于一个不再是小镇的小镇。
那儿的路，如果你让一个
心里只想让你迷路的向导指引，
看起来本应是一个采石场——
先前的城市，连把那些整块儿的
巨石膝盖掩住的托词都放弃了。
关于这，书里讲过一个故事：
除了铁轮箍所磨出的辙痕
岩石上划着从东南到西北的线条，
这是一个巨大的冰川的功劳，

他的脚还牢牢地插在北极。
你必须不在意他留下的某种凉意
据说还萦绕着潘瑟山[①]的这一侧。
你也不用在意这一连串的折磨：
被什么东西从四十个地窖洞口窥视，
就像四十只小木桶浮现出的眼珠。
至于那些树因看到你兴奋
而给它们的叶子送去一阵窸窣，
请把这归咎于它们是新手，经验不足。
不到二十年前，它们还都不存在
它们太洋洋得意于能盖过几棵
被啄木鸟啄过的老苹果树。
给自己鼓劲儿，编一首关于这条路的歌吧，
也许这曾是某人收工回家
走过的路，他也许就在你前边走，
也许还携有一小袋粮食，吱吱响。
此番探险的高潮就在这个乡间高处，
那里两个村子的文化彼此
淡入对方。两者都已经消亡。
如果你也迷失得够多，从而找到了

① Panther Mountain，潘瑟山，在纽约州。

自己，那么收起你身后的梯级路
竖块“关闭”的牌子给除我之外的所有人。
然后你就当在自己家里。现在留存的
唯一的地方不比马鞍磨坏的一块皮更大。
首先是孩子办家家的小屋，
一棵松树下散落摔碎的碗碟，
孩子们玩耍的小房子里的玩具。
这点东西都能让他们高兴，为此流泪吧。
然后就是那不再是房子的房子，
而只是丁香覆盖的地窖口，
像生面团上正在变小的洞。
这不是一个玩具屋，而是真正的房子。
你的目的地，你的命运之地
是这所房子用作水源的一条小溪，
像靠近源头的泉水一样冰冷，
太高太近源头，汹涌不起来。
（我们知道峡谷里的溪水激起后
会留下挂在荆棘和倒刺上的碎片。）
我曾在水边一棵老雪松
耸起的脚窝处藏了一只
损坏了的高脚酒杯，像被施了魔法
的圣杯，让无关人等找不见它，

因而得不到拯救，正如圣马可所说也不应得到。
（高脚杯是我从孩子玩具屋里偷来的。）
这就是你的水，是你饮水的地方。
喝吧，重新获得完整，免于困惑。

太为河流焦虑

俯视长长的峡谷，那里矗立着一座山，
曾有人说那山是世界的尽头。
那么这条已升起来，必须注入
空谷以腾空自己的河，该怎么办？
我从没见过如此湍急的河却不起云雾。
哦，我曾经常为河流太过焦虑，
不放心任由它们去找峡谷的出口。
事实是这条河流入了一个叫做
“停止质疑与我们无关的事”的峡谷。
因为迟早我们都得在某处停下。
没有比太远的地方更容易让人迷失。
黑暗马上就从四周令人压抑地
把我们包围，但这也许只是出于怜悯。
我们所知的世界是大象驮着的轿席，
大象站在一只龟背上，
而龟却爬在海中一块石头上。

在她必须熄灯，并告诉孩子们说
故事再往下就是梦之前，这个故事
还能持续多久才失去科学性？
“你们孩子们可以梦到它，第二天说起它。”
我们熔化之时，我们还是气体之时。
什么点火烧我们，什么让我们旋转。
卢克莱修这个伊壁鸠鲁主义者也许会告诉我们，
是某些我们一开始就都知道的东西，
不需像他的老师[①]那样进入一个空间，
才发现是努力，是爱的尝试。

---

① 这里指的是伊壁鸠鲁，伊壁鸠鲁认为在不同世界之间存在一个无限的空无。

我们乡下邮箱里一封没贴邮票的信

昨晚你的看门狗叫了一夜，
所以你起来后点亮了灯。
并没有人在你的门外等。
不，在你的乡下邮箱里
我留了一个没贴邮票的便条，
告诉你只是一个流浪汉
借你的牧场露宿。
那儿，幼杉树像黑桃一样
组成一手林间空地的牌，
在黑暗里整整齐齐，让这地方
看起来像城里的公园。
我却礼貌地拒绝，选择
在一棵低矮的刺柏下休息，
它像盖到我下巴的毯子
把露珠挡在外，把热关进来，
却留给我自由，一整夜

和宇宙的空间面对面。
也许是半夜两点，
我身下一颗尖石子
从草丛和蕨类里钻出来，
把我咯醒了，却不敢转身
或分开交叉的双腿，
怕浪费宝贵的热气
就永远不再能保持温暖，
两个星星合并引发的
有史以来最大的流火一闪
从西边划过一道熔光。
随后你的流浪汉占星家
从上天固定的穹窿里
看到这确定无疑的骚动，
自己也具备了类似的骚动，
只不过是在体内。脑子里
长久以来的两种记忆
颤抖着彼此接近，嘴唇
摩擦，然后一起滑落；
有那么一刻一切都很清楚，
所有人的思考都是徒劳。
我不情愿的主人，请原谅，

如果我听起来像在夸耀。
有可能你也看到了，
虽然是透过一块生锈的帘子，
上天给你客人看的同一天象。
每个人都最清楚自己的敏锐之处。
你有你的长处。
是的，事情也一定发生在你身上，
毫无疑问发生在你身上，
哪怕不是在野外睡觉时，
也是在你工作的奔忙中，
为了把农活儿干好——非常好。
这就是我为什么强迫自己，
一分邮费都不花，写信
给你说这些话的部分原因。

致一个古代人

你不朽的原因有两个。
一个是你生成的，一个是你助长的。
很遗憾我无法称你的名字，除了说你。

我们从来不确知在哪里找你，
但在一条小河的三角洲上发现了一处，
还有一处在你过去常做饭的洞穴。

遇到一个这样古老，似乎对
人类特质有所说明的人类遗迹，
像是和一个活着的人面对面相识。

我们从你土里的深度推测你的年岁，
期间你可能的野蛮性也得到了讨论。
在那一刻我们完全是迷惑无措了。

石器是你做的，骨头是你长的，
后者更具备你自己的独特之处，
很可能本身就已足够把你流传。

你让我不禁问如果我在岁月中
流逝，是否能通过押韵获得任何东西？
难道我这把骨头还够不上播撒石灰？

五首夜曲

一　夜灯

她晚上总要在阁楼
的床边点一盏灯。
灯给了她噩梦，睡不安稳。
但有助于她的灵魂保存上帝。

从她身上大量阴郁被赶走。
不分昼夜附上我的身体，
我猜测，让我担心的
它最黑暗的部分还在前头。

二　假如我遇到麻烦

在那座太高远的山上，
我想不出有道路可通，

却有一道晃眼的头灯打闪
开始从花岗岩的台阶上蹦落，
像一颗星从天上新鲜掉下。
我在对面远处的树林，
被那道并不亲近的光线感动，
不再感到我应感到的孤独，
但那出行的人对我并无帮助
假如我今夜陷入夜的麻烦。

三　虚张声势

难道我走路没小心抬头
看那些也许很可能在掉下时
正好没有把我错过的星星？
这是我必须冒的风险——也冒了。

四　关于确认是否发生了任何事

我的工作本来可以比
充当虚无观察者更糟，
观察者的任务是说出，
若有，是哪颗星掉落。

假设小粒珍珠那么大的
恒星是唯一掉下的；
但我却还是必须报告
只少一颗的整个星群。

我确有正当的理由犹豫，
不想通过宣布一颗星星
从十字架星座或皇冠星座
掉落，来吓唬教会和国家。

要想确认我漏掉了哪颗星
我必须按照我的清单
检查视线内的每颗星星。
这可能会用去我整个晚上。

五　长夜里

我会和一个孤单的朋友
建造我的水晶屋，
那里冰裂像放枪一般响
针能站在一端立起来。

我们会往炉子里泼油，
没有书来读，就背诵。
我们可以排成一排
爬出去观察北极光。

如果艾图卡舒和库德鲁图
这两个爱斯基摩人来邀，
那就会有生鱼，也有熟鱼，
足够的饮料和油料给所有人。

作为一个完全温暖的室内人
我会对另一个人说，
我们可以放心躺在鸭绒上，
还会有另一天来到。

出神状态

有一次我跪着植草，
一边用懒洋洋的工具锄地
一边随着节拍低声吟唱。
意识到几个学校的孩子
停在篱笆之外偷看时，
我停下歌，也几乎停了心跳，
因为任何偷看一个出神状态的眼
都是一只罪恶的眼。

对上帝的恐惧

如果你从一个不知名的地方到了某个地方
从什么都不是到成为一个人物，
请一定要对你自己重复说
你的成就归功于一个任意的神，
它对你，而不是对其他人的仁慈，
经不起太严肃的考验。
不要骄傲。如果你没得到
许可证去穿那套符合你身份的制服，
你应该倾向于用
附属者的表情或语调去弥补，
小心不要太过靠近表层，
把本来应是灵魂深处的帘幕
当作衣服穿到外面。

道路的中间性

坡顶上的道路
似乎到了尽头，
起飞跃入天空。
它从远处的拐弯

似乎进了树林，
一个只要树还在
就站立不动的地方。
但不管幻觉说什么，

那些燃爆的油滴
驱动我成吨重的车，
其作用被局限于路上。
它们处理的是远和近。

但和绝对的飞行、

静止几乎没有关系，

那是由普遍的蓝

和当地的绿所揭示的。

关于被偶像化

波浪后退，最后的余水
将我双腿缠了一股海草，
它满是泥沙的迅速退却
使我的脚下虚浮、踉跄
要没有及时迈步就会像
错恋情人的理想般倒塌。

林间空地

（1962）

离开

现在我出来行走
在世界的沙漠里，
我的鞋子和袜子
没给我任何伤害。

我把一帮好朋友
留在身后的小镇。
让他们灌满酒后
就去躺下来歇息。

不要以为我离开
是为外边的黑暗，
好像亚当和夏娃
被驱赶出了花园。

不要理会那个神话。

我没有去冒犯任何
一个人，也并非是
任何人冒犯到了我。

除非我犯什么错误，
我唯一遵从的冲动
来自这样一句歌词：
“我—必—远—行！”

也许一天我会返回，
如果我那时不满意
我从自己已然死去
这件事学到的东西。

鸟卜者

小时候在加利福尼亚的西埃拉[①]，
一只巨大的鹰，以所有的恐怖
俯冲而下，叼起我，掂了掂
分量，却最终没有把我抓走。

这样的征兆很难解读。
我父母在我跑向他们时坚称
是那只高贵的鸟拒绝了我
认为我不配做一个甘尼米德[②]。

不配做给朱庇特[③]倒酒的酒保？
一直到今天我还记恨不已，

① 内华达山脉中部位于加州境内的部分。
② 甘尼米德，希腊神话里特洛伊城国王特罗斯的儿子，长相俊美，宙斯化作一只鹰或者派了一只鹰把他放在背上掠走，负责掌酒。
③ 朱庇特，Jove，罗马神话中相当于宙斯。

_578

除了我自己，又有谁敢说

我成不了这个成不了那个？

辕马

打一盏照不亮的灯
驾一辆又小又破的马车
挽一匹太老迈的马
我们在黑漆无边的树林行进。

从树后钻出来一个人
一把抓住我们的马头
另一手往后冲着肋骨
扎了一刀，故意把他刺死。

沉重的兽倒下，
喀嚓一声折断了一根车辕。
黑夜用一股长长的恶风
吹入树林之间。

虽然是最不会质疑的一对儿，

总是接受那命运，
最不会把我们该有的仇恨
放大后归结给别人，

我们还是猜测那人自己
或者某个他必须听从指使之人
想让我们下车步行
走完余下的路程。

探询的脸

那只冬猫头鹰[①]及时倾侧
差点没有一头撞碎玻璃窗
她绷紧的翅膀一下子打开
染上黄昏的最后一抹余晖
露出腹部羽毛和翅尾翎毛
被隔着玻璃的孩子们看到。

---

① 冬猫头鹰，应该指的是 Snowy owl，又名白鸮，雪猫头鹰，是北美体形较大的猫头鹰，主要生活在极北地区，冬天会飞到美国的新英格兰地区，也就是弗罗斯特生活的地方，甚至更南。

抗议被踩

我在园畦的尽头
踩到一把没人用的
锄头的脚趾。
它跳起来
打了我一记
动摇了我意识的底座。
虽说这怪不了它
但我还是咒骂了它。
我必须说它打我
那一下让我觉得
它是故意使坏。
你可以说我是个傻瓜，
但是难道有这样的规则，
武器竟然可以
变成一件工具？
我们看到什么了？

我踩到的第一件工具
变成了一件武器。

银河是一条牛路

在那些硬得扇不动的
翅膀上我们开始狂欢
自打离开地图踏上
倒数第二次的旅程。

但我们哪儿也没到达，
就像孩子一样发脾气
在空中放手落下
连带我们带的每件东西。

不可救药的拨弄是非者，
我们会看到后果如何：
把大块大块的原铀
照着天空抛掷上来。

在自我坍塌中

我们终于对老婆承认
银河也许是
女人的生活方式。

我们不受蒙骗的配偶
回答说她宁愿相信
是那头母牛跳得太高
因此错过了月球。

她那飞跃天空的抛物
曲线，正如任何人
都可以观察到的，
也许永远无法使她返回。

那著名的收养了男人
和女人们的护士
就此冲向宇宙
留下身后的琐碎。

她一头偏离方向，
越过银河边放倒的
牧场栅栏，在群星上

游荡觅食

那些常青的花朵，
来到有人所说的
我们这个宇宙
那剃刀刀锋的边缘，

如果她不注意
就会把她的食道切开，
但这和任何人
都没关系除了——

写了这些词语的作者，
他一生都不关心
那一群群的家畜
是不是挣不到什么钱。

在一杯苹果汁里

我看去像一块小小的沉渣
在等底部的果汁发酵
以便抓住一个冒起的泡。
我乘着一个气泡上升直到破裂，
当我不得不下沉，原路返回
我并不比当初的境遇更糟。
再等等我还会赶上另一个气泡。
关键是抓住现在，高高兴兴。

[在冬天在林子里……][1]

在冬天在林子里我
独自迎着树木而去。
我标了一棵枫树给自己
然后把它砍倒伏低。

四点钟，我扛起斧头，
在落日的余晖里
穿过染红的雪地，
串起一个个阴影的足迹。

我不认为砍倒一棵树
就是大自然的失败
也不把我的撤退看作失败
而是对下次打击的迎接。

---

① 原诗无题，弗罗斯特诗集编者用第一句加方括号题之。